블레이드&바스타드
—놈의 주검을 끌어가거라—
5
카규 쿠모 Kumo Kagyu
일러스트 so-bin

CONTENTS

BLADE & BASTARD -Dungeon Chronicle-

목차

가비지가,
마치 들개가 하는 행동처럼
얼굴을 들어 올리고 나지막이
으르렁거렸다.
그 찰나—

가비지
“이 녀석이 용살자, 괴물들의 잔빈
소문으로 들은 외모와 일치하는구

"서프라이즈드 유!!"

"Groannn
인가.
나."

오를레아의 자그만 몸이
가볍게 날아가버렸다.
"저, 적이야……?!"

가까이 걸어 다가온 왕태자는
예의를 차리지 않고 들개와 닮은
빨간 머리카락 소녀의 얼굴을
뚫어져라 바라봤다.
nn……!”

블레이드&바스타드

—놈의 주검을 끌어가거라—

BLADE & BASTARD –Drag him high–

5

카규 쿠모 Kumo Kagyu

일러스트 so-bin

제 1 장
에어
투 더 슬론

푸른 밤이었다.

황야에 불어닥치는 바람은 아찔한 소리를 내며 불어 닥치니 몹시 쌀쌀한 느낌을 준다.

아마도 달빛 때문이리라.

다른 별들이 바래질 만큼 찬란하게 빛나는 달은 눈부시게 아름다운 하얀색 빛을 지상으로 내리비치고 있다.

그것은 무차별적이며 평등하고, 공평하며 무자비하고, 아울러 가차 없는 빛이다.

—밤이 까맣다는 소리는 터무니없는 거짓말이다.

소녀는 창문 너머로 보이는 광경을 바라다보며 나직하게 탄식을 내뱉었다.

싸늘하고 차갑고 얼어붙을 것 같았기에 침대 위에서 무릎을 끌어안으며 몸을 웅크린다.

소녀는 자신의 생명이 만들어 내는 미약한 온기에 조금 안도하고 살짝 숨을 내쉬었다.

이곳에 자신이 있다. 그것은 의문을 가질 여지도 없는 사실이다.

그와 동시에 이곳에는 자신밖에 없다는 불안이 온몸을 사로잡는다.

불안— 그렇다, 불안이다.

모든 것이 두렵고, 두려웠다.

내일 하루가. 곧 맞이할 시간이. 이후의 앞날이. 과거의 기억이.

다만 두려움을 표출해봤자 누군가가 나타나 도와주는 것도 아니다.

자신 혼자서 감당하고, 혼자서 대처할 수밖에 없는 처지였다.

—밤은 까맣지 않다. 푸르다.

그렇다면— 미궁은 과연 어떨까? 미궁의 어둠은.

저 멀리 우뚝 선 불야성(스케일)은 답을 가르쳐주지 않는다.

당연히, 달 또한 마찬가지.

§

그날, 스케일의 아침은 사원의 종이 아니라 성대하게 울려 퍼지는 나팔 소리에 의해 시작되었다.

캔트 사원에 사람들이 잔뜩 밀려드는 것은 좀처럼 볼 수 있는 광경이 아니었다.

물론 드나드는 사람은 많다. 이 사원의 거대한 문이 닫히는 경우는 거의 없다.

하지만 사원을 찾는 인물들 대부분은 모험가이며, 동료의 치료 혹은 소생을 요청하는 것이 목적이다.

사원에 예배를 올리고자 오는 시민은 드물었다. 죽어 매장된 동료의 묘에 명복을 빌어주는 모험가라면 더더욱.

그러나, 그날, 캔트 사원에는 잔뜩 모여든 수많은 사람들은 가지런하게 줄 서서 대기하고 있었다.

우뚝 선 카도르트 신 또한 이곳에서 이토록 많은 신도를 맞이한 적은 없었으리라.

그럼에도— 방문자들이 모두 기뻐하고 있는가 묻는다면 결코 긍정할 수는 없겠다.

쭉 늘어선 근위 장교들과 그들에게 둘러싸여 있는 모양새로 대열을 이룬 모험가들.

마치 관광을 하고자 나온 듯한 구경꾼들의 시선을 받으며 모험가들은 거북함이 묻어나는 태도로 계속 움직이며 얼굴을 마주 보고 있었다.

주변에 있는 모두가 잘 아는 얼굴이다.

이곳 스케일에서, 또한 미궁 공략의 최전선에 서서 도전하고 있는 인물들…….

직접 대화를 나눈 경험은 적을지라도 서로에 대한 소문을 한두 마디는 들어서 알고 있다. 당연히 얼굴도 마찬가지다.

"마치 계급장 수여식 같은 행사에 나온 기분이군."

그렇게 이 같은 부류의 필두에 서 있는 올스타즈, 세즈말은 유쾌하게 웃었다.

이 사내가 유쾌한 인물인 것은 언제나 마찬가지인지라 옆에 선 사라는 내심 공막힐 따름이었다만.

예복 차림은 멋진 미장부, 그림으로 그린 듯한 기사 같다고 막 오늘 아침에 새삼 조금은 감탄했었건마는.

—결국 알맹이가 같으면 겉모양도 같아지는구나…….

"그렇게 태평하게 굴어도 되는 상황이 아니잖아……."

"어쩔 수 없지 않은가, 부름을 받았는데 안 올 수는 없는 노릇이지."

"그야, 그렇긴 한데."

한편 사라도 역시 대지의 여신을 숭상하는 종파의 수녀복을 끄집어내 몸에 걸쳤다.

오랜만에 꺼낸 옷인데 딱히 뜯어지는 부분도 없이 몸이 잘 맞았으니 자신에게 흐르는 엘프의 피에 감사해야겠다.

터크 선사는 어느 시대의 복식인지도 가늠할 수 없는 오래된 군복을 갖춰 입었고, 모라딘은 사실 의외로 옷을 잘 차려입는다.

평소와 다를 바 없는 녀석은 프로스페로……. 아니, 이 녀석이 이렇게 근사한 로브를 갖고 있었던가?

결국 평상시와 같은 차림으로 나온 일행은 호크윈드 한 명뿐이다만, 이 녀석도 나름 깔끔하게 입은 편이었다.

―그나저나, 제법 익숙한 모습이구나.

마치 이렇듯 격식 차리는 수여식에 여러 번 참석한 경험이 있는 듯한 자세였다. 그에 비교해서…….

"……."

조금 떨어진 곳에 어색하게 서 있는「구두 장인의 아들」슈마허는 평소와 같은 차림새.

다소 몸차림을 단정하게 다듬은 모습이기는 한데, 설마하니 의례용 예복을 갖고 있을 리 없겠다.

옆에서 살살 놀리며 팔꿈치로 무릎 부근을 찔러대는 호빗 소녀도, 뭐, 비슷비슷한 처지이고.

다른 일행들, 빨갛고 파란 쌍둥이, 까맣고 커다란 갑옷, 척후 소녀까지 차례차례 살펴보자면— 더는 할 말이 없었다.

저 파티에만 해당되는 이야기는 아닌가.

질풍의 엘사리온. 어딘가의 공주님이라는 소문이 있는 것도 납득이 되는 미모의 엘프 여검사.

엘사리온의 추종자들도 하나같이 미녀이다만, 오히려 함께 도여서 공주의 아름다움을 더욱 돋보여준다.

본인의 체형을 조금도 감추지 않는 엘프의 진은 사슬 갑옷은 미궁에서 착용하는 장비와 같은 물건이었다.

그럼에도 불구하고 저 여인의 자태는 근위병들조차 옆에 설 자리가 없을 만큼 늠름하고 당당하지 않은가.

—미인은 이득이라니까…….

사라는 똑같이 긴 귀를 흔들거리며 마치 자신은 아니라는 양 독백을 했다.

이어서 시선을 보내는 방향은 장신의 엘프보다 훨씬 낮은 곳. 산적 같은 풍모의 드워프들.

무갈 파티는 전통을 따라 전원이 같은 일족의 드워프로 구성되어 있다.

용케도 활동을 하고 있다는…… 생각도 든다. 아무튼 여태 살아남아서 일류 모험가로서 이름을 올린 사람들이다.

틀림없이 실력자— 터크 선사의 말을 빌리자면 역전의 용사라고도 부를 수 있으려나.

「무인의 들판을 나아가는」 현자 로달, 철심(鐵心) 사바타, 은빛 창 브리트마트, 성상(星霜)의 아리아…….

스케일의 주민들이 재미 삼아서 붙인 명칭으로 함께 언급되는 고위 모험가들.

사라도 저들의 소문을 한두 마디쯤 들은 기억이 있다. 자신들과 관련된 무책임한 소문과 함께.

출신도 종족도 직업, 장비, 연령, 성별, 그리고 성향(얼라인먼트)조차 천차만별인 모험가들.

하지만 오늘, 이날 이때, 캔트 사원에 모인 모험가들에게는 한 가지 공통점이 있었다.

대부분이 지극히 심드렁하게, 단지 귀찮다는 표정을 짓고 있다는 점.

물론 사라도 그중 한 사람이었고.

모험가들이 오늘 구태여 아무 볼일도 없는데 캔트 사원에 온 이유는 단 하나.

"왕태자 전하께서 곧 모습을 보이실 것이다. 제군들, 각자 자세를 바로 하고 경의를 표하라!"

요컨대 들러리였다.

사라는 적당히 책만 잡히지 않게 허리를 펴고 표정을 대충 수습하며 탄식했다.

—이제 와서 뭐 하는 짓이람…….

릴가민 왕가의 왕자님께서 황송하게도 직접 모험가들을 격려하고자 방문하신다……?

『그러니 사원으로 와라』라는 명령이 떨어진다면 당연히 반응도 냉담해질 수밖에 없다.

그래, 확실히 스케일은 릴가민 왕국의 영토 안쪽에 위치하는 곳이다.

그러나 이 도시의 모험가 중 누구 한 사람도 그런 이유로 왕가에 복종하자는 마음을 갖고 있지는 않다.

딱히 왕가와 왕족을 위해 모험을 하는 것이 아니니까.

부, 명성, 명예, 무훈, 탐구, 무엇이든 간에 자기 자신의 의지로 미궁에 도전하고 있는 것이다.

그런데 이제 와서 거들먹거리며 『칭찬의 말씀』을 늘어놓아 봤자 어쩌라는 말인가.

이래저래 입만 놀리는 외부인은 사절하고 싶다, 전혀 달갑지 않다…….

"아주 잘났군……. 미궁에 들어가 본 경험도 없는 녀석들이 뭘 안다고?"

"왕태자 전하는 조금이나마 검술(병법)을 익혔다던데."

"바깥의 검술 아닌가. 코볼트, 오크에게도 통하긴 할지."

"알라비크 왕자를 본받아주면 좋을 텐데 말이다……."

마인 다팔푸스를 토벌하고자 몸소 미궁에 도전했던 전설의 왕자와 비교당하는 것은 조금 잔혹한가.

사라는 기다란 귀를 움직이며 작게 새어 나오는 은밀한 이야기에 주의를 기울였다.

“거참, 느닷없이 왕족의 호출이라니. 한동안 재수가 없겠는데…….”

소리 죽여서 서로 숙덕거리는 모험가들이 그럼에도 잠자코 온 이유는 이곳이 **캔트 사원**이기 때문이다.

릴가민 왕가에 표할 경의는 거의 전무에 가까울지라도 캔트 사원에서 나온 호출령이라면 경우가 달라진다.

캔트 사원— 카도르트 신의 심기를 거스른다? 모험가들에게 일말의 과장도 없는 사활 문제다.

만물의 끊임없는 변화를 다스리는 카도르트의 자비 덕택에 모험가는 죽음의 늪으로부터 다시 현세로 되살아날 수 있도록 허락을 받는 입장이다.

만에 하나라도 캔트 사원에서 파문당하기라도 한다면……. 생각만 해도 끔찍하겠다.

“—.”

일부러 캔트 사원의 이름을 내세워서 모험가들에게 소식을 전한 장본인(아이닛키)은 생글생글 천연덕스러운 얼굴.

마치 아기처럼 하얗고 아름다운 손을 자랑하는 것처럼 서혜부에 포개어 놓고 가만히 서 있는 모습은 마치 성녀와 같다.

손가락에 반짝이는 반지를 낀 친구가 요즘 들어서 무척이나 신이 난 모습인 것은 넘어가더라도…….

—아휴, 함정에 빠진 기분이라니까…….

이렇듯 태평하게 딴생각을 하고 있는 사이에 성대하게 나팔 소리가 울리더니 예배당으로 이어지는 문이 차츰 밀려나서 열린다.

그곳에서 나타난 것은 금과 은으로 장식된 호사로운 갑주 차림의 근위 기사단. 다만 사람들의 시선이 집중되는 까닭은 저 웅장하고 화려한 기사들의 복장에 있지 않았다.

기사들에게 경호를 받는 모양새로 당당하게 걸음을 내디디는 아름다운 소년의 기세였다.

마치 꽃다운 아가씨의 꿈속에서 빠져나온 듯하다— 이렇게 표현할 수 있을 것이다.

나긋하고 늘씬한 체구를 몸에 딱 맞춘 비단 튜닉으로 감싼 자태.

반짝반짝 보석을 붙인 벨트로 꽉 조인 허리는 여성의 눈으로 봐도 질투하게 될 만큼 가느다랗다.

또한 허리의 선을 따라서 이어지는 하반신은 퀼로트와 —승마용의 바지다— 부츠에 감싸인지라 신체 윤곽까지 훤히 노출되었고.

다만 준마를 닮은 다부진 걸음걸이, 어깨에 걸쳐져서 나부끼는 망토와 함께 어우러지면…….

……그림이 된다.

감탄스러울 만큼.

다만 무엇보다도 사라가 주목한 것은 소년의 용모였다.

은빛의 관 아래에는 타오르는 듯한 적발. 하얀 피부. 그리고 바닥을 가늠할 수 없는 호수처럼 티 없이 맑은 푸른색 눈동자.

"……닮았어."

무의식중에 툭 새어나온 혼잣말에 세즈말이 「닮았을 테지」라며 웃었다.

카도르트 신상의 발밑에 설치해놓은 금색의 걸상에 왕태자는 매우 당연하다는 듯이 걸터앉는다.

"릴가민의 왕태자, 페스틴이다. 제군들, 언제나 미궁 탐색에 힘쓰느라 참으로 노고가 많다!"

그것은 단지 늠름하다고 평을 하기에는 날카롭고 위세가 있어 칼날을 휘두르는 듯한 목소리였다.

상석에 앉은 채 아래쪽에서 쭉 늘어선 사람들을 글자 그대로 내려다보는 동작에는 나이와 어울리지 않는 관록이 있다.

열넷, 다섯쯤 되었을까? 태어났을 때부터 위엄 있게 행동하도록 교육을 받아왔을 테지.

다만 저 번뜩이는 눈빛. 마치 짐승과 같은 저 눈매는 확실히 닮긴 닮았으나—.

—그 아이와 달리 귀염성은 없구나.

물론 생각을 했을 뿐이고, 입 밖에 꺼내지는 않았다. 괜히 나서서 빈축을 살 만큼 사라는 미련하지 않다.

다른 모험가들도 속내는 어떻든 간에 일단은 머리를 숙인 자세를 보이고 있고.

그러자 페스틴 왕태자는 만족한 기색으로 고개를 끄덕거리더니 옆에 대기하고 있는 측근에게 눈짓을 했다.

그 가신은 공손하게 양피지 두루마리를 펼친 뒤 마치 품목을 낭

독하는 것처럼 모험가의 이름을 크게 외쳤다.

가장 처음으로 불린 인물은 슈마허였다.

어색하게 주위를 둘러보며 슈마허는 정말 자신이 호명되었는지 자신감을 갖지 못하는 모습으로 나서서 걸음을 내딛는다.

페스틴 왕태자는 그 모습을 살짝 코웃음 치며 쳐다보다가 고개를 끄덕였다.

"그대가 《붉은 용》과 가장 먼저 대적했다지. 고생을 했어."

"아, 으음, 황송한, 말씀…… 감사…… 드립니, 다?"

미리 쓴 문장을 똑같이 따라서 읽는 듯한 대사였으나 슈마허도 비슷한 태도로 답했다.

다만 어느 쪽이 더 진심이 담긴 연기였느냐고 묻는다면 틀림없이 후자일 테다.

잔뜩 긴장한 슈마허를 역시 레아 소녀가 히죽거리며 놀리는 듯한 분위기였다.

라므사므, 코레타스는 무슨 생각을 하는 것인지 변함없이 알아볼 수가 없고…….

굳이 말하자면 섀도윈드는 뭔가 무척이나 감격한 모습이기는 했다만.

『칭찬의 말씀』을 들어봤자 이후의 모험에서 아무 보탬도 되지 못한다는 것은 명백하다.

차례차례 조금 높직한 상석으로 불려 나가는 모험가들도, 입을 움직이고 있는 왕태자조차 뻔히 아는 사실이다.

이것은 요컨대 어디에 있는 누군가에게 보여주기 위함인지도 알지 못하는 연극. 단지 그뿐이다.

—높은 사람도 고생이 많네.

그렇다고 해서 동정심을 갖고 대응해줄 생각은 털끝만큼도 들지 않았다만.

"조금 더 관심이 있는 표정을 짓는 게 어떤가?"

소곤소곤 속삭이는 목소리. 힐끔 눈을 옆으로 돌려보니 후드를 벗은 프로스페로였다.

너 같은 녀석도 이런 행사에서 모자를 벗을 만큼은 예의를 차리는구나, 라고 시선만으로 비웃어준다.

다만 프로스페로는 전혀 개의치 않고 「미남 왕자잖나」라며 되받아치니 괘씸했다.

"잘 구슬려 낚아채면 나라에서 가장 고귀한 성녀가 될 수 있지 않겠나."

사라는 있는 힘껏 프로스페로의 정강이를 발부리로 걷어찬 뒤 소리 죽여서 웃는 모라딘을 발뒤꿈치로 콱 찔렀다.

아휴, 레아는 발길질하기 편해서 좋다니까. 아파서 펄쩍 뛰어도 눈에 안 띄고.

"다음, 올스타즈의 세즈말 경!"

"넷!"

몸에 밴 능숙한 동작으로 앞에 나서는 세즈말. 그래, 본명이랬지. 정말이었어.

—그런데 뭔가 칭찬받을 만한 활약을 했었던가?

"귀공은 파티와 함께 언제나 미궁 탐색의 선두에 서서 기꺼이 새로운 계층으로 걸음을 내디딘다지. 참으로 훌륭한 마음가짐이다."

아하, 이건가.

언제 겪었던 일이었더라…… 잠시 기억을 더듬다가, 아, 맞다.

—**그 녀석**과 마주쳤던 순간이 너무 인상적이어서 잊고 있었지…….

이제는 꽤 지난 일이라는 생각이 들고, 별로 긴 시간이 지나지는 않았다는 생각도 든다.

미궁 안에서 어느 정도의 시간이 흘러갔는지 정확하게 파악 가능한 인물은 애당초 없다.

이곳 스케일에서는 모든 시간이 애매하게 느껴지며 종잡을 수 없다.

깜빡 정신을 못 차리면 로열 스위트에 숙박했는데 문득 깨달았을 때는 황당하게도 1주일이나 지난 이후다.

뭐, 이런 건 농담이지만. 로열 스위트에 숙박할 수 있는 시점에서 돈은 남아돈다는 뜻이니까.

—아무튼, 그 녀석은……?

"다음, 흑색 지팡이 이알마스! 앞으로 나오도록!"

막 떠올리던 모험가의 이름을 왕태자의 측근이 큰 목소리로 불렀다.

대답은 없다.

성당에 쭉 늘어선 모험가들이 반쯤 심심풀이 삼아서— 지겨운 기분을 달래고자 고개 돌린다.
역시 없었다.
"흑색 지팡이 이알마스! 어서 앞으로 나오지 못할까!"
"이알마스라는 녀석은 없는 것인가?"
페스틴 왕태자는 답답하다는 듯이 걸상에 앉은 채 무릎 위쪽을 손가락으로 바삐 두드렸다.
네, 대답. 뒤쪽에서 시중을 들듯 대기하고 있던 아이닛키가 무슨 이유인지 생글생글 미소를 지은 채 속삭거린다.
"그 사람의 파티는 며칠 전부터 탐색을 나가 복귀하지 않았답니다."
"오늘 내가 방문한다는 소식은 미리 전달했을 터인데?!"
"그게 말이지요, 소식이 닿기 전에 탐색을 위해 출발한지라……."
발끈하며 자리에서 일어서는 페스틴 왕태자와 달리 아이닛키의 표정은 어떤 변화도 없이 여전히 즐거움이 묻어난다.
곧장 사원의 내부가 시끄러워졌다. 가신들이 허둥지둥하고 사제가 이리저리 달려 다니니 모험가들은 그저 어깨를 으쓱일 뿐.
갑작스레 소동이 난 와중에 호크윈드가 고개를 절레절레 젓고 웃음을 눌러 참으며 혼잣말했다.
"제법 잘 만든 핑계군……."

§

“괘, 괜찮…… 을까아……?”

주뼛거리는 벨카난의 혼잣말이 어스레한 묘실의 어듬 속에서 메아리쳤다.

답변 대신에 울려 퍼지는 것은 철버덕하며 축축한 바닥을 밟아 디디는 부츠의 소리.

끈적이는 피 웅덩이 위쪽, 처참하게 흩어진 괴물의 주검 안쪽에서 이알마스가 서 있었다.

“열병식 따위에 출석해봐라. 죄다 몰수당하고 상대의 공적으로 빼앗길 뿐이다.”

그렇다고 해서 하염없이 지하에 틀어박힌 채 돌아다니기나 할 생각도 없다만—.

이렇듯 이알마스가 의미불명의 발언으로 능청부리는 것이 어제 오늘의 일은 아니다.

벨카난은 일찌감치 이해하기를 포기했다. 고위 마술사는 다들 종잡을 수 없는 사람인 듯하다.

—옛날이야기에 등장하는 마술사도 마찬가지이고……. 할머님도 잘 이해되지 않는 말씀을 종종 하셨고.

지하 4층, 미궁 안에서 나눈 대화였다.

일행은 묘실에 진입한 뒤 그곳에 잔뜩 모여 있었던 괴물들을 거뜬히 해치웠다.

벨카난의 입장에서는 매번 비슷하게 죽기 살기로 용살(드래곤 슬레이어)의 검을 마구 휘두르는 전투이기는 했다만.

그럼에도 전투를 끝낸 뒤 숨을 내뱉으면 의외로 많이 지치지는 않았으니 충분히 「거뜬히」라는 표현을 쓸 수 있겠다.

물론 당사자에게 자각은 없다. 여전히 주뼛거리며 챙 넓은 모자 아래에서 시선이 좌우로 흔들거린다.

그런 소녀의 상태를 알아차렸기 때문은 아닐 터이나 이알마스는 어깨를 으쓱거리고 말을 보탰다.

"레그너에게 추월을 당하고 싶진 않거든."

"레그너……."

분명 예전에 만난 라므사므와 섀도윈드의 파티에 있는 여자애이다.

레아이고…… 가느다란 검을 가지고 있고…… 자그마하고…… 하얀 머리카락.

특징적이었다. 벨카난은 끝내 그 여자애가 자칭하는『유격사』라는 직업이 무엇인지는 알 수 없었다만.

―레아는 모두 소박하고 유쾌하며 느긋한 사람이라고 생각했었는데…….

오를레아도 그렇고 레그너도 그렇고 풍문과 실제로 본 모습은 크게 차이가 난다.

게다가 라므와 사므, 적색과 청색의 쌍둥이 또한 노움이 그런 종족인 줄은 알지 못했다.

뿔이 한 개 달렸다는 둥 두 개가 달렸다는 둥 짐승처럼 생긴 족속이라는 둥 염소나 양을 닮았다는 둥 키가 큰데 작다는 둥…….

뭐, 온몸을 까만 갑옷으로 두른 코레타스는 여전히 도통 알 수가 없다만.

그리고 마지막으로 섀도윈드. 사이좋게 지낼 수 있다면…… 좋겠다고 벨카난은 혼자 생각하고 있다.

그런 만큼, 저 여자애들이 속한 파티가 『악』이라는 것을 도저히 믿을 수 없었다.

슈마허를 비롯하여 매사에 장해를 제거하는 것을 우선하면서 쫓치고 나가는 방침은 속된 말로 『악』이라고 불리는 계율에 속한다.

동료의 희생에도 개의치 않고, 싸울 의지를 잃은 적조차 등 뒤에서 베어 넘기고, 최대 효율과 최대 성과를 목표로 한다.

물론 저러한 『악』은 단지 스케일의 속어에 불과한지라 올바른 의미의 선악은 아니었다.

—그러니까 진짜로 나쁜 사람들은 아니야.

벨카난은 자신의 발을 감싸는 큼지막한 샌들을 내려다보며 꾸물꾸물 발가락을 움직였다.

"……레그너, 씨……. 혹시, 잘 아는…… 사이야?"

"글쎄다."

그렇구나. 벨카난은 풀 죽어 중얼거렸다.

시야 저편에서는 보물상자 옆쪽에 달라붙어 있는 라라자와 으를레아가 보인다.

두 사람 모두 진지한 표정으로 이래야 맞다, 저래야 맞다며 함께 속삭거리는 중이다.

살짝 희미하게 녹색으로 빛나는 오를레아의 손바닥에서 빛이 방울방울 떨어져 보물상자에 닿았다.

“《칼포(투시)》로 보면 석궁의 화살인데?”

“장담하지 마라, 주문도 절대적이진 않아. ……내가 보기에는 독침이 맞다.”

“절대적인 건 아닌데 네 경험도 마찬가지잖니…….”

“설마 둘이서 같이 틀리는 건 아니겠지. 생각도 하기 싫군…….”

두 사람은 나란히 어깨를 맞댄 모양새로 앉아 있었기에 벨카난은 멀찍이 바라보다가 살짝 얼굴을 찡그렸다.

그리고 곧장 마음속에 고이는 탁한 응어리를 걷어 내고자 머리를 좌우로 휘휘 흔든다.

—뭐, 괜찮아.

응, 맞아. 두 사람의 사이가 좋다면 기쁜 일이다. 얼굴을 찡그릴 이유가 하나도 없어. 맞아.

게다가 지상의 문제, 임금님의 —왕자님이었던가?— 행차까지 신경을 쓸 만한 여유는 없지 않은가.

저 둘도 마찬가지고 이알마스도 마찬가지. 괜한 걱정을 하는 사람은 자신뿐…….

—맞겠지?

“woof!”

힐끔 시선을 돌리면 바로 옆에서 가비지가 거의 벽면에 달라붙은 채 낮게 신음한다.

빨간 머리 여자아이는 어찌 된 영문인지 보물상자와 거리를 벌리면서도 눈에 잔뜩 힘을 주고서 노려보고 있었다.

최근 들어서, 아니, 지난번 지하 4층에서 모험을 한 이후로 나타나는 경향.

어렵지 않게 이유를 떠올린 벨카난은 무의식중에 웃음을 짓고 말았다. 곧바로 터져 나오는 으르렁 소리.

"Wou!"

"아, 앗. 아니야……. 놀리려고 웃은 거 아니야, 진짜."

"snarrrrl……."

"나, 나도, 무서운걸……."

"yap! yalp!"

똑같이 취급하지 말라는 듯 으르렁거리는지라 놀라서 허둥지둥 손을 흔들고 얼버무리고자 애는 썼다만.

—무엇을 하든 간에 눈앞의 목표에 먼저 의식을 집중하자. 잠깐 정신을 팔면 죽어버리니까…….

예전보다 조금 강해졌다는 생각은 들지만, 조금 강해졌으니 태평하게 돌아다닐 수 있다면 이곳은 미궁이 아니다.

"……좋아, 열었다."

"결국 함정은 충격파였어……. 이게 진짜야?"

"뭐, 혹시 몰라서 확인한 게 다행이지……."

얼굴을 잔뜩 찌푸린 오를레아의 옆에서 이마의 땀을 닦은 라라자가 보물상자의 뚜껑으로 손을 가져갔다.

"alf!!"

곧장 한 차례 우짖고 가비지가 내달렸다.

소녀는 거침없이 등에 멘 악마 멸살의 보검으로 보물상자를 쿡쿡 찌른 뒤 문제없다고 판단을 마치자마자—.

"yap!"

있는 힘껏 상자를 걷어찬다. 콰당탕 소리를 내며 뚜껑이 휙 떨어졌다.

"waf……!"

"야, 인마……! 잠깐 얌전해졌나 싶더니 또 이러기냐?!"

라라자가 고래고래 소리를 질러도 듣는 시늉조차 하지 않는다. 가비지는 보물상자에 다리를 걸쳐 올리고 흥흥 콧소리를 냈다.

느닷없는 접근에 놀라며 눈이 휘둥그레졌던 오를레아가 곧 어이없다는 표정을 지었으나 마땅한 반응일 테다.

"어디, 내용물을 살펴볼까."

철커덕, 무구가 울리는 묵직한 소리와 함께 이알마스가 걸음을 뗐다.

벨카난은 당황하며 느릿느릿 —본인의 인식으로는 총총— 뒤를 쫓았다.

요컨대 이 파티의 모험과 일상은 아직 무탈하게 진전 중이었다고 말할 수 있겠다.

§

이알마스는 **적당히** 둘러댔을지언정 탐색 자체를 대충 한다거나 급히 걸음을 옮기는 등의 변화는 딱히 없었다.

그저 담담하게 미궁을 나아가며 기어다니는 금화(크리핑 코인)를 던졌다가 다시 끌어당기고 지도를 세세하게 채워 넣기를 선호한다.

"승강기로 가장 아래쪽까지 쭉 내려가면 안 되는 거야……?"

언제였더라, 이런 방식에 오를레아가 불평을 늘어놓은 때가 있었다.

거듭 《몬스터 배치(앨러케이션) 센터》를 지나 승강기에 타는 과정이 싫어졌기 때문일 테지.

굳이 일일이 한 층마다 내려서 공략하는 것보다 최하층에서 내린 뒤 그곳만 탐색하면 안 되는가.

진심으로 지겹다는 듯이 말하는 목소리에 이알마스는 어깨를 으쓱거린 뒤 답했다.

"상관없다만?"

"……안 하는 이유가 있단 말이구나?"

"물론이지."

이알마스가 웃었다.

"그러다 전멸하면 아무도 시체를 회수하러 오지 못하니까."

최전선의 —오를레아는 본인이 가장 앞줄에 있다는 것을 믿을 수 없었다만— 모험가를 따라다니는 고민거리.

즉, 덜컥 전멸했을 때 시체가 있는 곳은 최전선이라는 극히 당연한 사실이다.

따라서 최전선에 다다를 수 있는 역량을 보유한 모험가 파티만이 시체를 회수해줄 수 있다.

덧붙여서 말을 하자면— 시체 회수가 목적인 이상 『빈자리』까지 만들어서 최전선에 갈 수 있는 파티로 한정된다.

그러므로 모험가들은 단체(클랜)를 결성한다.

속된 말로 1군, 2군 따위의 표현을 쓰는 경우도 있다만, 주력과 지원으로 파티를 다수 만드는 것이다.

게르츠의 패거리가 —떠올리고 싶지도 않다— 좋은 사례다.

그토록 많은 인원의 모험가들을 단지 게르츠라는 한 사람만을 위하여 모아 놓았으니까.

그러나 현재 《스케일》에서 최전선에 서는 모험가들은 전부가 한 개의 파티에 불과하다.

오를레아가 직접 면식이 있는 부류는 자신들과 올스타즈, 그리고 구두 장인(슈마허)의 아들 파티…….

그 이외의 이름 높은 모험가 파티는 예외 없이 6인 1조로 행동하고 있다.

—뭐, 귀찮으니까…….

사람을 통솔하는 것이. 오를레아는 바로 얼마 전 탐색에서 겪은 고생을 떠올리며 얼굴을 찡그렸다.

여섯 명인데도 **진저리**가 났다. 두 파티면 열두 명. 세 파티면 열

여덟. 네 파티, 다섯 파티…….

생각하고 싶지도 않다.

하물며 모든 파티를 언제나 1군과 같은 수준으로, 혹은 살짝 떨어지는 수준으로 훈련까지 시켜야 하지 않는가.

《미궁》 안에서야 시간이라는 자원을 무한히 쓸 수 있다지만, 바깥에서는 사정이 많이 달라지기도 하고.

전원을 일정 수준으로 키워낼 노력과 시간은 가늠조차 어렵다.

앞으로 나아가는 데 필요한 것은 소탈하고 서로 마음이 잘 통하는 6인 1조로 족하다. 장비도 경험도, 특별히 더 필요하지는 않다.

그런데— 전멸하면 어떻게 되지?

아마도 이 같은 우려를 슈마허 파티도, 또한 올스타즈도 염두에 두고 있다.

또한 이 같은 배경이 있는 까닭에 **경쟁**이 성립되는 것이다.

그렇게 생각하면 미궁의 심연에서 과연 무엇이 기다리고 있는지 알지 못한다는 사실에 감사해도 괜찮을 테다.

모두가 똑같이 전진하고자, 더 안쪽 깊숙한 곳으로 나아가고자 서두르면서도 주의를 기울이고 있는 까닭에 보조가 맞춰지고 있는 상황이니까.

"뭐, 10년이나 20년쯤 방치되다가 불쑥 누군가가 주워줄 가능성이 없지는 않군."

오를레아는 한층 더 진저리가 난다는 표정을 지었고— 벨카난도, 라라자도 마찬가지.

예외는 가비지뿐……. 빨간 머리 여자애, 들개를 닮은 소녀는 역시 변함없었다.

"yap! yap!"

소녀는 의기양양하게 파티의 선두에 서서 미궁의 통로를 나아가고 있다.

가끔 이알마스가, 혹은 라라자가 붙잡아 다시 끌어오긴 하는데 기세는 수그러들지 않는다.

가비지가 망설임을 보이는 대상은 지금 시점에서 보물상자뿐이며 이조차 과연 언제까지 이어질지 장담할 수 없겠다.

"woof!"

다음 묘실을 발견한 가비지가 컹컹 소리치며 위치를 알려준다.

이알마스가 항의의 목소리를 무시하며 가비지의 외투를 붙잡은 채 웅장한 문 앞에서 멈춰 섰다.

그에 맞추는 모양새로 다른 일행들도 걸음을 멈춘다.

"……돌입하는 건가?"

"뭐, 아직 오늘은 여유가 있으니까 말이지."

주문은 미사용, 집중력(히트 포인트)도 많이 깎이지는 않았다. 가방에도 빈 공간이 있다. 시체도 없고.

거의 만전의 상태라고 말할 수 있겠고— 무척 바람직한 상태라고도 말할 수 있겠다.

"대열은 어떻게 할 거야?"

"나, 나……. 또 앞쪽에…… 서야 해?"

오를레아가 허리에 손을 얹고서 날카롭게 중얼거리자 주뼛주뼛 하며 벨카난도 목소리를 높였다.

순수한 사제보다는 못할지언정 사교도 전위 역할을 절대로 맡지 못하는 것은 아니다.

……다만 그럼에도 이 자그마한 레아 소녀의 뒤에 숨으려 하는 행동은 벨카난 또한 마음이 내키지 않았다.

그렇다 해도, 그럼에도 파티의 인원이 다섯 명으로 늘어난 만큼 벨카난도 조금이나마 더 여유를 가질 수 있다.

라라자와 가비지와 이알마스가 상대일 때는 함께 이야기를 나누는 것도 어려우니까.

"뭐, 평소대로 하지."

"알았다……."

이알마스의 말에 라라자는 허리춤에 꽂아 둔 단검을 잡아 뽑았다. 손에 쥐고 준비 운동 삼아서 칼자루를 꽉 잡아본다.

요컨대 전위는 라라자와 벨카난, 아울러 가비지였다.

라라자와 벨카난이 공격을 저지하면 그 틈에 가비지가 마구 날뛴다.

생각해보면 지금 인원이 모인 때부터 전법은 딱히 달라진 부분이 없었다만, 그래도—.

—예전과 비교하면 많이 편해지기는 했지.

"alf."

"아무것도 아니다."

그중 한 요인이 목덜미를 붙잡힌 채 불만을 표시하는 소녀의 손에 들린 하스니르임은 틀림없었다.

전설 속 다이아몬드의 기사라든가 악마 멸살의 보검이라든가 이 같은 이야기를 라라자는 솔직히 별로 믿지는 않는다.

딱히 의심을 하는 것은 아니지만, 전설을 운운하는 행동 자체가 모험에는 별 보탬이 되지 않기 때문이었다.

라라자가 사실로 받아들인 부분은 이것이 터무니없이 예리한 검이라는 경험 하나뿐.

또한 저 검을 쥐고서 신나게 휘둘러 대는 잔반(가비지)은 무척 기분이 좋아 보인다는 정도다.

"돌입하지, 언제든."

"앗, 나…… 나도……!"

허둥지둥 당황하면서 뒤늦게 벨카난도 용살의 검을 뽑아 준비했다.

평소에는 지팡이 대신 쓰이는 용살의 검은 오래도록 제 칼날에 광채를 밝혀주지 않았다.

아무래도 변함없이 의욕이 없는 듯하니, 다시 말하자면 이 문의 안쪽에 있는 적은 용 이외의 다른 무엇이라는 증거다.

―의외로 편리하다니까…….

오를레아는 딱 하나가 남은 눈동자로 힐끔 쳐다보며 생각했다.

과연 이 미궁에 얼마나 많은 용이 있는지는 ―썩 많지는 않을 것이라 예상하고 있다― 차치하더라도.

『없다』라는 사실을 파악할 수 있다면 그것만으로 등장할 적의 가능성 중 하나를 지울 수 있다는 의미이기도 했다.

—뭐, 아무래도 상관없나…….

오를레아는 잡념을 떨친 뒤 머릿속으로 중얼중얼 《카티노(수면)》, 《카티노(수면)》 하고 주문을 되풀이했다.

아군에게 수호의 효과를 부여하는 《칼키(축복)》는 치유의 비적 《디오스(약석)》와같은 위계에 있다.

더 효과가 강한 《마츠(공막)》는 《칼포(투시)》 및 《몬티노(침묵)》(게르츠에게 재앙 있으라!)와 같은 제2위계.

둘 다 같은 위계에서 중요한 주문과 겹치는 이상 섣불리 쓰고 싶지는 않은 심정이었다.

이래서 《카티노(수면)》는 편리하다.

왜냐하면 마술사의 제1위계에는 별로 중요한 주문이 없으니까.

특별히 온존하지 않고 쓸 수 있는 만큼 미궁에서 귀하게 여겨지는 이유도 납득이 된다.

마술사의 제2위계에 있는 《딜토(암흑)》 및 《소픽(투명)》도 마찬가지였다.

제한된 주문 행사 횟수를 어떻게 활용하는지가 주문술사의 기량이라고 말할 수 있겠다.

그렇게 생각하자면—.

—이 녀석이 곧잘 《딜토(암흑)》를 쓰는 이유도 뭔가 이해가 되는구나…….

오를레아는 힐끔 자신의 옆쪽, 후열로 물러난 까만 옷 이알마스를 올려다봤다.

이 정체를 알 수 없는 마술사인지 전사인지 하는 녀석은 틀림없이 탁월한 주문술사였다.

단지 역량(레벨)을 두고서 하는 이야기가 아니라— 누적된 경험의 차이임을 오를레아는 왠지 짐작할 수 있었다.

이곳은 오직 역량으로, 무력으로 살아남을 수 있는 장소가 아니다.

미궁에서 죽고 싶지 않다면 조금이라도 이 녀석으로부터 지식과 경험, 기술을 쥐어짜 가져와야 했다.

"나도 문제없어. 언제든 돌입하시죠?"

아예 맨손은 곤란하니 대충 장비하고 있는 메이스와 작은 방패를 들어 올리며 부루퉁하게 뾰족한 목소리로 중얼거린다.

"가지."

"Wou! Ouuuuuh!!"

이알마스가 손을 놓아주자 가비지가 뛰쳐나갔다. 그리고 곧바로 문을 걷어차고 묘실로 들이닥친다.

긴장되는 한순간— 이알마스조차 예외는 아니다. 또한 이러한 느낌을 즐기기까지 했다.

엷은 어둠으로 가득 찬 묘실의 안에 괴물의 모습은 보이지 않는다— 아니, 정말 안 보이는 것은 아니었다.

어둑한 곳에서 불쑥 기이한 기운이 생겨나더니 모험가들의 앞으로 훽 떠올랐으니까.

처음에 그것은 은은하고 희푸른 빛처럼 보였다. 인간의 형태를 취한 희푸른 빛…….

"《카프아레프 타이 눈잔메》(혼아, 멈춰라, 그대의 이름은 미몽이로다)!!"

상대의 움직임보다 더 빨리 오를레아의 가련하면서도 예리한 목소리가 마치 칼날을 휘두르는 것처럼 묘실에서 울려 퍼졌다.

하얀 연무가 순식간에 퍼져 나가서 묘실을 가득 메운다.

마력이 작용하는 초자연적인 안개는 눈 깜짝할 사이에 적을 포착하여 의식을 빼앗아 간다―.

다만― 하얀 연무를 걷어내려는 듯 갑자기 빛이 어렴풋하게 광채를 발하지 않겠는가.

―《카티노》(수면)가 안 통한다!

오를레아는 용모와 어울리지 않는 상스러운 태도로 혀를 찼다.

아마 뒤에서 히죽이고 있을 이알마스가 지도를 하는 짬짬이 말해주지 않았던가.

『주문을 튕겨내는 마물은 있다. 하지만 자신들에게 거는 주문은 확실하게 효과를 발휘한다』…… 라고.

《칼키》(축복)를 써야 했다. 혹은 《딜토》(암흑). 공간을 어둠으로 닫아버린다면 저항을 당하지도 않는다.

한 수 뒤쳐졌다. 분노, 조바심, 혼란, 후회. 낭비한 시간. 화가 치민다.

무엇보다 자신이라면, 기운― 냄새만 맡고도 알아차릴 수 있었을 텐데.

아무리 살점의 가시에 꿰뚫려서 감각이 애매한 상태였더라도 지긋지긋할 만큼 뒤얽혔던 상대이지 않은가.

어쨌거나 덕분에 상대의 정체는 확실해졌다—.

"—악마……!"

"wouaah—!!"

하스니르가 소리를 울렸다.

작고 가녀린 몸을 힘껏 비틀어서 마치 선풍처럼 묘실의 한복판으로 뛰어드는 가비지.

진공의 칼날을 두른 보검이 종횡무진으로 달려 나가자 빛이 소리 없는 소리를 울리며 몸을 빼낸다.

가스 구름과 비슷하게 요염한 움직임으로 가비지에게 들러붙을 의도인 듯했다.

"아, 차차……!"

가만 놔둘까 보냐, 둘 사이로 뛰어든 라라자가 단검으로 적을 튕겨(패리)낸다.

—소름 끼친다……!

뜨뜻미지근하고 축축한지라 마치 혓바닥이 훑고 지나간 듯한 감촉이 손부터 팔로 전해졌다.

게다가 무시무시하게도 이렇듯 등줄기를 으슬으슬 떨리게 하는 감촉이 몹시 기분 좋게 느껴지는 이유는 무엇인가.

단검의 칼날로 쳐냈을 때 느껴졌던 반응도 보드랍고 탄력이 있어서 마치—.

"와, 와아앗?! 사람……. 여자야?!"

그렇다, 여인의 살결이었다.

울며불며 열심히 검을 휘두르던 벨카난이 일순간 눈을 부릅뜬다— 여자.

여자의 알몸을 (시체를 제외하고!) 만진 경험이 없는 라라자도 직감적으로 정체를 깨닫게 되는 분명한 감촉.

미궁의 어둠 속에서 불쑥 등장한 적은 지금까지 본 적이 없을 만큼 아름다운 여인이었던 것이다.

라라자가 아는 한 가장 아름다운 여성은 캔트 사원의 시스터 아이닛키다.

은색의 머리카락, 수녀복 위로 보아도 알 수 있는 풍만한 육체. 아름답고 사랑스러운 천성의 미모…….

다만 미궁에서 지금 이 순간에 대치하고 있는 저 존재는 오히려 그보다 더한 미녀라는 인상을 받았다.

타오르는 듯한 붉은색 머리카락, 귀를 간질간질 속삭거리는 웃음소리. 다리를 벌리고 이쪽으로 손짓을 하는— 뼈 날개가 달린 여인.

"웃기지도 않는군……!"

이알마스의 욕설이 문득 라라자의 의식을 각성시켰다.

굉장히 드물게도 이알마스가 격한 혐오를 드러내며 악담을 쏟아 냈으니까.

이알마스는 흐느적흐느적 비틀거리는 라라자의 머리를 콱 붙잡더니 뒤로 홱 날려버린다.

이어서 안짱다리로 제자리에 못 박힌 벨카난에게 향하며 몹시 불쾌하다는 듯이 내뱉었다.

"서큐버스 따위를 누가 상대하겠나!"

"흐앙……?!"

벨카난의 커다란 몸이 이알마스의 팔에 붙들린 채 거의 고꾸라지다시피 몽마들의 곁에서 떨어져 나온다.

남은 인원은 가비지. 하스니르를 마구 휘두르는 소녀는 그 덕에 몽마들의 접근을 용납하지 않는다.

이알마스는 그쪽으로 향하며 몹시 놀라서 눈이 흔들리고 있는 오를레아에게 날카로운 목소리로 다그쳤다.

"오를레아, 그 녀석들 잡아끌어서 당장 바깥으로 나가라!"

"이, 일단 알았어……!"

어쨌거나 이알마스가 이렇듯 소리 지르고 있지 않은가. 군소리는 하지 않는다. 의문도 나중으로 미뤄둔다.

오를레아는 작은 손으로 벨카난을 잡아 일으키고 거의 끌어내다시피 문으로 이동했다.

라라자는— 뭐, 알아서 일어나겠지……!

"자, 빨리…… 일어서!"

"아, 알았, 알았어……! 잠깐만, 자, 잠깐……!"

벨카난이 근육이 좀 붙었다지만 아직껏 미덥지 못한 몸으로 거의 구르다시피 엉덩이를 내밀고 안간힘을 쓴다.

"그렇게 위험한 것들이냐? 이알마스……!"

두 소녀를 등 뒤에 두고 단검을 겨누며 외친 라라자에게 이알마스는 답했다.

"진심으로 귀찮기 짝이 없는 상대다……!"

"woof?!"

이알마스는 항의하며 소리 높이고 손발을 마구 버둥거리는 가비지를 짊어진 뒤 한쪽 손으로 쥔 기병도(사벨)를 휘두른다.

흑색 지팡이— 흑색의 칼집에서 뛰쳐나온 예리한 칼날은 일말의 자비도 동정도 없이 몽마의 유방을 베어 갈랐다.

쫙 흩날리는 것은 선혈이 아닌 영액(이코르)이다. 아리따운 용모를 지닌 여성일지언정 실체는 악마에 불과했다.

여자들이 무시무시한 낯빛으로 손을 내뻗자 이알마스는 마치 오물을 피하는 동작으로 뛰어서 물러난다.

"yelp! yap!"

"당장 나간다!"

"alf?!"

이알마스는 우짖는 가비지를 묘실의 문 너머로 던진 뒤 재빨리 달려 나갔다.

"으앗, 기다려……?!"

혼자 남겨지면 끝장인지라 라라자도 서둘러 뒤를 따라서— 문 바깥으로. 콰당탕, 문이 닫힌다.

그야말로 첫 번째 수부터 눈이 핑핑 돌아가는 찰나의 전투였다.

§

“정말 괘씸하기 짝이 없구나, 이 도시는……!”

정적으로 가득 차 있어야 했을 캔트 사원에서 날카로운 목소리가 칼날처럼 울려 퍼졌다.

울분을 풀 길이 없다는 듯한 태도로 사원의 복도를 박차다시피 나아가는 빨간 머리카락의 왕태자.

그 뒤에서 수행하는 시녀 및 귀족의 자녀들은 안절부절 당황하며 얼굴을 마주 보고 있었다.

분노한 용에게 스스로 다가가고자 하는 인물은 멍청이이거나 용사뿐이다.

그렇다면 **여인**은 둘 중 어느 쪽인가.

단 한 사람— 왕태자를 앞에 두고도 생글생글 즐거이 웃음을 짓고 있는 이 수녀는.

“빵, 밀가루 같은 식품의 가격을 상공회에서 임의로 매기는 것은 큰 문제다!”

“스케일에서 식량은 외지, 금화의 유통은 미궁에 의존하고 있으니까요.”

아이닛키는 위축되지 않고 오히려 더욱 들떠서 목소리를 높이며 왕태자의 말에 대답했다.

“선불리 저렴한 값으로 책정하면 반대로 금화가 넘쳐나는 탓에 경제가 파탄이 날 수도 있답니다.”

“당연히 알고 있다.”

왕태자는 코웃음을 쳤다.

“하지만 정작 곤경을 겪는 건 모험가가 아닌 사람들이잖은가.”

얼마 전 「붉은 용」 소동이 좋은 예시다— 왕태자는 침음했다.

그때, 미궁에서 나오는 금화의 흐름이 정체되자마자 이 도시에서 사는 주민들의 생활은 거의 붕괴할 뻔했었다.

무한히 재화가 솟아나는 항아리에만 의존하다가 불쑥 항아리에 뚜껑이 덮이면 어떻게 되겠는가.

스케일에 국한되는 이야기가 아니다.

바라든 바라지 않든 관계없이 릴가민 왕국은 스케일의 미궁을 꽉 끌어안고 있는 형세였다.

가만 앉아서 구경하다가 스케일에 뚜껑이 덮였을 때 멸망하는 것은 릴가민이다.

—운송 때문에 가격이 높아지는 것은 부득이할지언정 식량과 의복 문제는 상공회와 담판을 지어야겠군.

사색을 이어 나가면서도 페스틴 왕태자의 조바심은 점점 더 심해졌다.

아니, 조바심을 억누르기 위하여 죽기 살기로 상념을 거듭했다는 표현이 더 옳겠다.

열병식이 끝난 뒤 이때까지— 줄곧 이 같은 상태였다.

왕태자는 조바심을 전혀 숨기지 않았으나 그럼에도 본인이 맡은 공무를 게을리하지는 않았다.

곁에서 시중을 드는 시녀들은 우왕좌왕.

단 한 사람, 사원 소속으로서 수행인 역할을 맡은 아이닛키만이 즐거워하는 모습이다.

페스틴 왕태자는 걸음을 옮기며 계속 사고했다.

—결국, 모든 문제를 해결한 것은 모험가다.

왕국이…… 왕태자가 사태를 인지한 시기는 모든 소동이 끝난 뒤.

—《송곳니의 사원》, 음흉하고 괘씸한 것들.

비밀주의 때문인가, 아니면 뭔가 음모가 있는 탓인가. 전혀 정보를 알려주고자 하지 않는다.

모험가, 모험가, 모험가. 사람들이 전부 모험가에게 휘둘리고 있다.

모험가만으로 세상이 돌아가지는 않는 법이건만.

하물며 그 빨간 머리의—!

"……후후."

문득 들리는 작은 웃음소리.

곧장 왕태자는 불쾌한 티를 감추지도 않고 신발 소리를 울리며 걸음을 멈췄다.

"……내 꼴을 구경하자니 굉장히 유쾌한가 보군, 시스터 아이닛키."

"아니요."

아이네는 즐거이 눈웃음을 지었다.

왕태자의 얼음처럼 예리하고 싸늘한 눈동자와 마주하면서도 전혀 겁먹지 않고 시선을 버드나무처럼 흘려 넘긴다.

"다른 분들이 난처해하고 계세요. 즉, 평소에는 이렇듯 언짢아하는 마음을 겉에 드러내는 경우가 많이 드무셨을 테죠……."

"……."

왕태자는 숨을 내뱉었다.

마음속에 담아둔 응어리를 모조리 토해내려는 듯이 세차게.

이어서 미간을 꾹꾹 눌러주며 잠시 느슨해졌던 의지를 억지로 다잡는다.

당장에 끊어져버릴 듯이 팽팽하게 당겨진 실을— 아이넛키는 단지 포근하게 지켜봤다.

"확실히…… 나답지 않은 태도였음은 인정하마."

"모험가분들의 태도에 불만이 있으신가요?"

"그래. 대단히 불만스럽군."

페스틴 왕태자는 칼을 휘두르는 것처럼 날카롭게 답했다.

"왕가가 모험가를 억제하지 않으면 달리 누가 할 수 있겠나?"

그것은 질책이 아닌 자책에 근거를 둔 발언이었다.

《미궁》은 신화, 전설의 영역에 있다.

그곳에 도전하여 목숨을 부여잡고 지상으로 복귀한 자는 하나같이 점점 더 인간의 영역을 벗어난다.

그러한 모험가를, 끝내 누군가는 다스려야만 한다.

무익하고 무상하며 무모한지라 모험가를 잘 아는 사람의 입장에서는 우습기 짝이 없는 발버둥일지라도.

국가의 왕족이 필히 나서야 할 문제이고, 아울러 끝내 외면하겠다면 무책임한 나약함과 다를 바 없겠다—.

페스틴 왕태자는 모험가들로부터 얕보이는 이유를 상대가 아닌 자신에게서 찾아낸 듯했다.

위엄이 부족하다. 경험이 부족하다. 연령이 부족하다.

모두 다 세월이 차차 보완해줄 터이나—.

—시간조차 부족해 보이는 상황이니…….

유사 이래로 충분히 만족할만한 시간을 보유했던 인물이 누가 있었던가. 심지어 엘프 중에도 시간으로부터 자유로웠던 위인은 결코 없었다.

아이닛키는 페스틴 왕태자라는 사람이 싫지는 않았다.

오히려 호감마저 느끼고 있다.

부족한 것을 채우고자 죽기 살기로 발버둥 치는 모습은 생명의 가치를 드높이는 행위와 마찬가지이니까.

"딱히 왕자님을 가볍게 여기는 사람은 없었다고 생각하는데요."

"그럴 리가."

"단지 알지 못하기 때문이겠지요."

아이닛키는 마치 갓 태어난 아기처럼 하얗고 티 하나 없는 손가락을 쭉 세워 보이며 말했다.

"왕후 귀족은 하나같이 호화롭게 사치 부리고, 거들먹거리고, 허세 부리는 것이 전부인—."

"민초의 망상 속에나 있는 부류군."

페스틴 왕태자는 아마 놀림당했다고 생각했는지 코웃음을 치고 얼굴을 찌푸렸다.

"물론 매사에 예외는 있더라도 말이지."

"네."

아이닛키는 변함없이 웃는 얼굴로 고개를 끄덕였다.

높은 지위에 선 인물이 거들먹거리고 허세 부리며 명령을 내리지 않는다면 국가라는 체계는 기능하지 않는다.

또한 굽신굽신 머리를 숙여 아첨하는 인물에게는 아무도 기꺼이 복종을 하지 않는 법이다.

그렇다고 아랫사람을 업신여겨도 되는 구실로 이용하라는 뜻은 아니다만—.

"비슷하게 모험가는 하나같이 몰상식하게 힘을 남용하거나 약한 괴물만 골라 해치우며 기뻐하는 것이 전부라고……."

왕태자가 짓는 의미심장한 표정을 보고 아이닛키는 만족스레 말을 덧붙였다.

"이런 생각은 하지 않으시겠죠?"

답은 없었다.

아이닛키는 힐끔 시선을 보내며 왕태자의 측근들이 어떻게 반응하는지 살핀다.

시녀든 시종이든 짓는 표정은 당혹감과 주저, 그리고—.

"다만 죽음을 앞에 둔다면……. 《미궁》에서는 모든 사람이 동등하게 공평한 입장에 놓이게 되죠."

그리고 **두려움**이다.

왕태자를 대상으로 하는 감정이 아니다. 시스터 아이닛키라는 한 여인을 두려워한다.

—탓할 수 없는 반응이지…….

외지의 인물이라면 당연히 모험가를 지척에서 봤을 리 없다. 더구나 대화까지 나눈 경험도.

그럼 이 가느다랗고 작은 신체에 패기를 가득 담아내고 있는 왕태자는 어떨까?

겁먹지도 않고 떨지도 않고 당당한 행동거지를 견지하고 있는 이 소년의 기백을 받쳐주는 것은 무엇인가.

"중요한 것은…… 당신께서 어떤 사람이며 무엇을 이루고자 매진하고 있는가."

아이닛키는 구태여 더 깊이 파고들지는 않았다. 오히려 왕태자의 손을 이끌어주는 듯한 말투였다.

"태어나는 방식과 죽는 방식은 결정할 수 없더라도 어떻게 살아갈지는 본인의 자유이니까요."

왕태자는 입을 꾹 다물었다.

붉은 머리카락의 왕족은 무엇인가 말을 꺼내고자 입을 살짝 열다가 다시 되삼키고, 쥐어짜다시피 말했다.

"……낳아준 어머니에게 버림받은 갓난아이, 사슬에 묶여 감옥에 갇힌 채 죽음만 기다려야 하는 죄인이어도 말인가?"

"예, 물론이지요."

아이닛키는 일절 망설임 없이 곧바로 딱 잘라 말했다.

설령 첫 울음을 터뜨릴 겨를도 없이 죽은 아기일지라도. 단두대에 묶여서 목을 베이기 직전의 죄수일지라도.

그 짧은 한순간이나마 어떻게 살아갈지는 전부 자신의 자유다.

울부짖어도 좋다. 발버둥 쳐도 좋다. 포기해도 좋다. 속마음을 쏟아 내어도 좋다.

시스터 아이닛키는 저런 행위에 삶의 가치가 있노라고 진심으로 믿는다.

"물론 왕태자께서도 예외는 아니랍니다?"

"……불경하구나."

"어머나."

아이닛키는 목 안에서 방울 굴리듯 까르르 웃었다.

"경의를 표시하고자 드린 말씀이에요!"

§

"대, 대체 뭐였냐……?"

피로는 긴장과 당혹감이 불러들인 여파였다.

숨을 내뱉으며 문에 기대는 모양새로 라라자가 주저앉는다.

"crouahh……!!"

이알마스 본인과 무슨 짓이냐며 이알마스를 걷어차는 가비지 이외에는 모두 비슷한 상태였다.

이 까만 옷차림의 모험가가 조금 전처럼 질색하며 감정을 드러내는 상황은 좀처럼 볼 수 없었는데.

"서큐버스였다. 이쪽의 의사와는 관계없이 정기를 죄다 빼앗아 가지."

칼날에 들러붙은 영액(이코르)을 마치 오물을 치우듯이 흔들어 털어 내고 이알마스는 카타나를 납검했다.

"까딱 실수로 저것들과 접촉해봐라. 미숙한 부류는 순식간에 쥐어짜여서 곧바로 혼이 소실(로스트)될 테지."

"흐엥……!"

겁먹은 목소리는 벨카난에게서 새어 나왔다.

악마에게 혼을 송두리째 빼앗긴다, 잡아먹힌다— 다시 돌아오지 못한다.

붉은 용과 맞닥뜨려서 죽음의 늪에 가라앉았다가 겨우 되돌아온 경험을 상기하면 더욱 아찔한 공포가 바짝 덮쳐든다.

진정한 죽음— 그러한 결말을 맞이했을 때 이후 어떻게 되는지 벨카난은 차마 상상도 할 수 없었으니까.

"alf! spiiiiit……!!"

"애당초 저것들에게 빨아먹힌 정기를 되찾기 위해 겪을 고생은 또 얼마나 허탈하겠나."

이알마스는 자꾸 다리를 걷어차고자 하는 가비지를 마음대로 하게 놓아둔 채 지긋지긋하다는 듯이 말했다.

언데드라면 망설임 없이 《질완(퇴마)》을 때려 박았을 터이나 마신이라면 경우가 달라진다.

투덜거리며불평 비슷한 소리를 늘어놓는 꼴을 라라자는 아연실색하며 쳐다봤다.

—이알마스 녀석도 저런 표정을 짓는구나…….

인간이 아니라— 기계 장치로 움직이는 인형처럼 오로지 미궁 탐색만 하는 존재라는 생각이 드는 때도 많았다.

그런 녀석이었는데 역시 싫어하는 것은 있구나……. 갑자기 라라자는 오히려 유쾌한 기분마저 느꼈다.

그래서일 테지. 문득 예전에 시스터 아이닛키가 지나가는 말로 들려줬던 이야기가 떠오른 까닭은.

라라자는 히죽거리는 웃음을 감추지도 않고서 마치 약점이라도 잡은 것처럼 이알마스에게 물었다.

"……너 말이다. 혹시 서큐버스한테 쥐어짜여서 죽었던 게 아니냐?"

"멍청한 소리. 누가 저따위 창녀에게 마음이 동해 상대를 한단 말인가."

"……추잡하긴."

오를레아는 언짢아하는 티를 숨기지도 않고 얼굴을 찡그리며 신음했다.

"와, 아앗……!"

무엇이 짜증 나냐면 옆에서 얼굴을 붉힌 채 고개 숙이는 벨카난의 청순함이다.

딱히 잘못을 저지른 것은 아니다. 어차피 이런 여자아이를 좋아

할 테니 라라자에게 괜히 화풀이를 할 뿐이다.

애당초 오를레아는 분명하게 목격을 했다. 라라자가 흐느적거리며 서큐버스에게 다가가고자 했던 광경을.

—이 녀석에게 서큐버스는 대체 어떤 모습으로 보였던 거야.

그 생각을 하면 어쩐지 마음속이 부글부글 끓어올랐다. 레아로 보였든 보이지 않았든 간에.

"너처럼 멍청하게 긴장을 풀고 다니면 진짜로 싹 빨아먹혀서 죽을걸."

"딱히 방심은 안 했다고……!"

"찔리나 봐."

흥, 코웃음을 치고 오를레아는 흐릿한 눈에 힘줘서 이알마스를 쏘아봤다.

"아무튼, 어떡할 거야?"

"복귀한다."

이알마스는 말했다.

"마가 끼었군. 오늘은 이만 철수하지."

"그래……."

오를레아는 입을 닫았다. 더 이상 아무런 말도 꺼내고자 하지 않았다.

동료들이 부랴부랴 짐을 확인하고 복귀 준비를 시작하는 모습을 멍하니 바라본다.

—웃기지도 않아…….

부르르, 자그마한 몸이 떨렸다.

혼을 착취당한다? 웃기지도 않는다. 그딴 신세 두 번은 절대로 사절이다.

그러나, 그 이상으로―.

―서큐버스……. 몽마……. 악마…….

그레이터 데몬과 마찬가지로 이계의 존재. 마신의 일종이었지……, 분명히.

서큐버스는 꿈, 정신을 매개로 하여 사람의 마음에 숨어든다. 그런 존재가 형태를 얻어 물질계에 나타났다…….

―……상황 자체는, 뭐, 일어날 수도 있겠지만.

이렇게 잔뜩, 떼를 지어서 나타나기도…… 하는 것인가?

그레이터 데몬 무리를 소환했었던 탓에 아직껏 차원의 틈새가 흔들리고 있나?

아니면 이곳이 지하 미궁이기 때문인가? 던전은…… 이곳은 이계와 많이 가까운가?

어쩌면―.

―이곳의 가장 아래쪽에…….

무엇인가가 있음을 암시하는 것인가.

오를레아는 조심스레 애매하고 불확실한 시야로 발밑을 봤다.

자칫 긴장을 늦추면 하얀색 선과 암흑밖에 보이지 않는 세계에서, 자신은 과연 무엇의 위에 서 있는 것일까.

"woof!"

"……알았어, 갈게."

오를레아는 굳이 더 생각하고 싶지 않아서 가비지에게 대꾸한 뒤 이알마스의 옆으로 다가갔다.

어서 빨리 지상으로 돌아가고 싶다니— 이런 기분이 드는 경우는 거의 없었는데.

§

—마중을 나온 사람이 있는 상황도…… 거의 경험하지 못했지.

오를레아의 눈에 저것은 단지 검붉은 태양을 등지고 쭉 늘어선 그림자의 무리로 보일 따름이었다.

아침노을인지 저녁노을인지도 소녀의 절반만 남은 시야로는 분간이 되지 않는다.

도시 변두리— 미궁의 출구, 혹은 입구. 스케일의 바깥에 펼쳐지는 황야를 등지고 사람들이 있었다.

똑같이 맞춘 갑주는 피와 비슷한 색을 띠는 햇빛을 등 뒤로 받으며 마치 새카만 산맥처럼 윤곽을 드러내고 있다.

척 봐도 훌륭한 장비— 적어도 바깥의 기준으로는.

어떤 명장이 제련했을지라도 미궁에서 저것은 단지 『갑옷(플레이트 메일)』에 지나지 않는다.

다만 「갑옷」도 나쁘지는 않은 물건이라고 오를레아는 생각했다.

가죽 갑옷보다는 쓸만한 데다가 엘프의 사슬 갑옷만큼 몸을 지켜주기는 할 테니까.

"네 녀석이 흑색 지팡이 이알마스인가."

정수리부터 단숨에 베어 절단하는 듯한 일방적이고 위압적인 목소리였다.

기사들이 둘러싸고 있는 저편으로부터 고급 구두로 땅을 박차다시피 발소리를 내며 자그마한 그림자가 앞에 나선다.

"전하……!"

기사들도 당황하며 말리고자 했지만, 소년은 마치 벌레를 쫓아내듯이 손을 흔들어 물리쳤다.

"캔트 사원에서 보낸 소환령을 무시하다니, 뭐 하는 작자인가 싶어서 보러 왔다만."

"이미 던전에 진입한지라 알지 못했군."

이알마스는 슬며시 웃었다.

"지상에서 뭔가 일이 있었나?"

"네놈, 불경하다."

빨간 머리카락과 어쩐지 낯익은 인상을 받는 티 없이 맑은 푸른색 눈동자를 지닌 소년은 불쾌함을 숨기지도 않고 쏘아붙였다.

이알마스의 불손하기 짝이 없는 ―평소와 같은― 언행이 몹시 거슬렸나 보다.

곧장 뒤쪽에서 벨카난이 화들짝 놀라며 몸을 움츠리는 것을 오를레아는 알 수 있었다.

반면에 라라자는 두 소녀를 등지고 보호하는 위치로 한 발짝 걸어 나간다.

어엿하게 사나이 행세를 할 생각인가 보다. 오를레아는 코웃음 쳤다. 뭐, 마음대로 하든가 말든가.

남은 건 가비지, 우리의 잔반 나리께서 느닷없이 덤벼들지만 않으면—.

"……grrrrrr……."

—?

가비지가 마음에 안 든다는 듯이 목구멍 깊은 곳으로 내는 으르렁 소리를 듣고 오를레아는 한쪽 눈썹을 끌어 올렸다.

딱히 이 들개가 초대면부터 다른 사람에게 관심을 곧장 표시하는 것은 특별히 드문 경우도 아니기는 한데…….

"무엄한 것들……! 릴가민의 왕태자, 페스틴 전하이심을 알고서 하는 행동인가!"

"지금 막 들었다만."

허리에 찬 검에 손을 얹고서 격앙하는 근위 기사와 마주하며, 다만 이알마스는 놀랄 만한 행동에 나섰다.

한쪽 무릎을 굽히고 앉아서 머리를 숙인 것이다. 게다가 몹시 능숙하고 정중한 동작으로.

"엉……?!"

당황한 라라자가 어설프게나마 흉내 내면서 같은 자세를 취했고, 벨카난도 허둥지둥 따라 한다.

저 둘과 비교하면 오를레아가 가슴께에 손을 가져다 대며 쓱 머리를 숙인 동작은, 뭐, 훌륭한 편이겠다.

어머니, 아버지의 교육에 감사하자. 시스터 아이넛키도 이쪽 방면에 의외로 꽤 엄격하다.

문제는—.

"alf!"

예법 따위 알 바 아니라는 듯이 코웃음을 치더니 당당하게 우뚝 서 있는 가비지였다.

"……뭐 하니!"

짧게, 날카롭게, 작은 목소리로. 오를레아 본인도 이알마스와 잔반 중 누구에게 한 말인지 알지 못한다.

가비지의 외투 자락을 잡아끌면서 보호자는 네가 아니었냐고 말하고 싶은 마음도 있었다.

"흥."

가까이 걸어 다가온 왕태자는 예의를 차리지 않고 들개와 닮은 빨간 머리카락 소녀의 얼굴을 뚫어져라 바라봤다.

"이 녀석이 용살자, 괴물들의 잔반(가비지)인가. 소문으로 들은 외모와 일치하는구나."

"Groannnnn……!"

짐승 같으니.

굉장히 아니꼽다는 듯이 내뱉은 혼잣말과 불쾌감이 담긴 으르렁 소리.

—닮았다?

그저 느낌이지만 오를레아는 그렇게 생각했다.

외모를 두고 하는 이야기가 아니다. 오를레아의 눈동자로는 사람의 용모가 잘 분간되지도 않고, 남의 말을 할 만한 얼굴도 못된다.

다만 마음에 안 드는 대상이라면 거리낌 없이 물어뜯어 주겠다는 기세가— 어찌 된 영문인지 무척이나 닮아 보였다.

페스틴 왕태자는 잠시 소녀의 얼굴을 빤히 들여다보다가 이윽고 얼굴을 찌푸리더니 거리를 벌렸다.

심히 혐오를 표시하는 태도였고, 곧 왕태자는 억지로 화제를 바꾸려는 듯이 말했다.

"그래, 변명할 말은 있는가. 이알마스, 모험가."

"왕태자 전하께서 이렇듯 바쁘신 와중에 몸소 시간을 내주셨다니 진심으로 송구합니다."

이알마스는 머리를 숙인 채 정중히 대답했다. 이어서 「하오나」라며 날카롭게 말을 잇는다.

"모험가는 탐색이야말로 본분. 전하께서 모험가를 필요로 하시는 이상 더더욱 의무를 소홀히 할 수는 없나이다."

왕태자의 추궁이 머리 꼭대기로부터 내리 휘둘러지는 공격이라면 이알마스의 대답은 하단으로부터 뱀처럼 뻗어 올라가는 맞받음이다.

"네 녀석, 그러한 핑계가 통할 것이라 생각하는가?"

"단지 사실을 아뢰었을 뿐이온지라."

"……모험가 놈."

—저게 본심일까……? 아니, 좀 다른가.

왕태자가 흘린 발언을 듣고 머리를 숙인 채 오를레아는 사고를 거듭한다.

익숙한 눈치 보기다. 스스로도 여유를 느끼는지라 웃음을 꽉 눌러 삼켰다.

어쨌든 폭력이 날아들지 않는 만큼 게르츠 때보다 훨씬 수월하다.

왕후 귀족들은 으레 감정을 겉에 드러내지 않도록 교육받으며 자란다고 예전에 들어본 기억이 있다.

그 이유는 예의범절의 중요한 부분이기도 하며, 아울러 정치에서 몹시 불리해지기 때문이다.

실제로 이렇듯 레아 계집에게 이것저것 의도를 짐작당하고 있지 않은가.

이 같은 전제를 감안한다면—.

—왕태자라는 높은 지위에 있는 인물이?

이렇게까지 척 봐도 조바심을, 속내를 감추지도 않는 것은 조금이 아닌 적잖이 부자연스럽다.

연극이나 익살 소설 따위도 아닐뿐더러 설마 왕태자가 단순한 멍청이도 아닐 터이고.

이알마스가 소환에 따르지 않은 탓인가? 이 녀석의 태도 때문인가?

—설마.

이 남자는 자꾸 신경을 건드리는 경향은 있다만, 단지 그것뿐…… 그것뿐이다, 분명히.

실제로 이알마스의 지금 태도는 본인 나름대로 최대한 예의를 차리고 있는 증거잖은가.

아첨을 할 생각은 없다. 다만 모욕할 의도도 없다. 따라서 무릎을 꿇고 머리까지 숙이고 있다.

양측에 있는 것은 각각의 입장이다. 이쪽은 모험가이며, 상대는 왕태자. 분명하게 존재하는 사실.

그것을 불경하다고 말하며 화낼 만큼 왕태자의 그릇이 작지는 않을 터이다.

그렇다면, 원인은—.

"Wouaah!"

불현듯 가비지가 물어뜯을 기세로 우짖었다.

이알마스를 지키기 위함이 아니다. 단지 방금 전 왕태자의 태도가 마음에 들지 않는다는 이유뿐이었을 테지.

이 녀석은 그저 솔직하다. 오를레아는 잘 알고 있었다.

"……쯧."

그렇기에 왕태자가 노골적으로 혀를 차고서 물러났을 때 오를레아는 더욱 분명하게 확신을 품을 수 있었다.

왕태자가 조바심을 보이는 원인은— 바로 잔반이다.

"이제 됐다. 내일 캔트 사원으로 와라. 명을 지키는 것이 신상에 이로움을 알도록."

"넷……."

이알마스의 대답을 제대로 듣지도 않고 왕태자는 발길을 돌려 세차게 걸어 나아갔다.

왕족이 보여서는 안 되는 과격한 걸음걸이였기에 기사들이 「전하!」라고 외치며 허둥지둥 뒤를 쫓는다.

오를레아는 그 광경을 흡족한 마음으로 지켜봤다. 『파악』할 수 있다는 것이 무척이나 기분 좋았다.

한편 벨카난은 아니었나 보다. 혼자 얄미울 만큼 큰 가슴을 쓸어 만지며 숨을 내쉬고 있었다.

"어, 엄청 긴장했어……."

"이보쇼, 이알마스 나리……."

또한 라라자의 반응은, 몹시 원망에 찬 표정으로 이알마스를 노려본다.

"조금 더 뭔가…… 어떻게, 좀, 원만하게……. 뭔가!"

"마르그다 공주, 베이키 여왕, 아이라스 여왕이라면 대화도 좀 달라졌을걸."

이알마스는 천천히 일어난 뒤 항의하는 라라자에게 잘 알지 못하는 이름을 늘어놓더니 어깨를 돌려 풀어줬다.

"뭐지. 확 나이를 먹은 표정이군."

"수명이 줄어들었단 말이다, 너 때문에……!"

"그다지 긴장을 할 필요도 없었을 텐데? 실력이라면 너희가 더 윗줄 아닌가."

“엥.”

이 말에 무심코 소리를 낸 사람은 벨카난이었다. 오를레아는 한숨을 쉰다.

미궁과 지상을 거듭 왕래하면서 모험가가 점차 인간의 범주를 초월하는 영역에 다다른다는 것은 이 도시의 상식이다.

더 나아가서는―.

“용을 토벌한 녀석이 이제 와서 『엥』은 할 말이 아니잖니.”

“그, 그렇긴 한데. ……그게 아마도 맞기는 한데.”

오를레아가 날카로운 목소리로 톡 쏘아붙이자 벨카난은 몹시 가냘픈 목소리로 부정한다.

―자꾸 이런다니까…….

이 커다란 친구에게 짜증이 나는 한 가지 이유다.

자신감 부족. 청순파. 남자의 뒤를 따라다닌다. 보통은 이런 여자가 예쁨을 받는다는 부조리한 분노.

오를레아는 그 울화를 가차 없이 라라자에게 쏟아붓기로 했다. 벨카에게 덮어씌우기에는 마음이 좀 켕기니까.

“설마 너까지 겁을 먹지는 않았지? 진짜 웃기지도 않아…….”

“……아니, 모르는 일이잖냐. 그야 빈틈투성이로…… 보이기는 했는데.”

스스로도 놀란 참이다……. 믿기지 않는 심정이라는 듯한 말투였다.

라라자는 꽉 손을 쥐었다가 다시 펼쳤다가 휙휙 흔든다. 막 방금 전까지 단검의 자루를 쥐고 있었던 손을.

근위 기사들도 왕태자도 라라자의 은밀했던 동작을 눈치채지조차 못한 듯하다.

"그래도 숫자 차이가 좀 컸잖아. ……그래서 이알마스 너도 머리를 숙였던 게 아니었냐?"

"글쎄다. 단지 귀찮았기 때문일지도 모르지."

이알마스는 또 능청을 부리면서 붉은 곱슬머리를 구깃구깃 휘젓는 모양새로 쓰다듬고 있었다.

"yap! yelp!"

곧장 쏟아지는 항의의 외침을 무시한 채 이알마스는 저녁 해 가라앉는 황야로 눈을 돌렸다.

"그나저나, 흠, 용케 우리가 나온 시간에 딱 나타났군—."

"……용건은 제가 전하겠다고 말씀을 드렸는데 말이죠."

질문에 대한 답변은 막 조금 전까지 기사들이 서 있었던 위치의 건너편에서 들려왔다.

시스터 아이닛키. 검붉은 저녁노을도 저 여인의 등 너머에서는 금색으로 보이는 기분이다.

—이 사람이 아름답지 않을 때가 있기는 할까?

캔트 사원에서 얼굴을 마주할 때마다 오를레아는 매번 생각을 한다.

최근 들어서 무척 신이 난 모습인지라 더더욱 그렇고.

"대답이 못 되는 말이잖나."

이알마스는 목구멍 안쪽으로 웃으며, 다만 납득했다는 듯이 고개를 끄덕였다.

아이닛키라면 당연히 이알마스 파티가 밖에 나오는 시각도 대강 짐작을 할 수 있을 것이다.

애당초 이 남자에게 일부러 왕태자가 방문하는 일시를 미리 알려준 사람이 저 수녀이니까.

그 정도 짐작은— 뭐, 오를레아도 할 수 있겠다.

"사이가 참 좋으시네……."

야유와 어이없음과 솔직한 감상. 그 전부를 혓바닥 위에 올리고 입 안쪽에서 굴려뜨렸다.

—아무튼 간에, 음.

내일은 꼭 캔트 사원으로 가야 할 테다. 왕태자님의 심기를 대놓고 거스르고자 하는 것이 아니라면.

오를레아는 그렇게 생각하면 지금 당장에라도 숙소의 간이침대로 몸을 던지고 싶은 마음이 솟구쳤다.

아예 마구간의 짚 더미 위쪽도 괜찮겠다— 게르츠가 마련해줬던 침상과 비교하면 어디든 편안하다.

"……일단 끝났으니까 빨리 돌아가고 싶거든?"

"wouaff!!"

"안 움직이면 잔반이 혼자 달려갈 거야."

물론 가비지의 목표는 주점의 식사일 테지만.

아이닛키가 「그러게요」라며 부드럽게 미소 지었다. 이런 부분에서는 말귀가 밝다.

"내일 일정에 대해서도 **여러모로** 상의를 하고 싶으니까요……."

"……흠. 뭐, 그런 건가."

그런 문제에 가장 신경을 안 쓸 것 같은 이알마스가 천천히 고개를 끄덕였다.

아이닛키의 말에는 뭔가 함축이 있는 듯한 분위기였다만……. 뭐, 굳이 고민까지 할 필요는 없다.

—잔반인가.

"alf?"

등에다 보검 하스니르를 짊어진 빨간 머리카락 소녀가 무슨 일이냐는 듯이 이쪽을 쳐다본다.

오를레아는 「아무것도 아니야」라며 손을 흔들었다.

"……나, 왕자님이랑 만나서 직접 얘기를 나눌 자신이 없어……."

"적당히 머리 숙이고 네, 네, 대꾸해주면 끝이야."

그렇게 말한 뒤 오를레아는 걸음을 내디뎠다. 더 이상 골치가 아픈 생각은 하기 싫었다. 피곤해지니까.

잔반의 사정도, 왕태자의 사정도— 진짜 문제가 생겼을 때 고민하도록 하자. 당장은 넘어가도 될 것이다.

"……그나저나 말이다."

따라서 오를레아는 라라자가 신중한 말투로 중얼거린 의문도 일부러 의식 바깥으로 몰아냈다.

"구태여 『내일 반드시 캔트 사원에 와라』라는 말 한마디를 하려고 왕자가 이곳까지 찾아온 거냐?"

답이 나올 리 없겠다. 질문은 황야에 부는 바람에 떠밀려서 사라져 간다.

높고 날카로운— 곡하는 여인(밴시)이 절규하는 듯한 아찔한 바람 소리였다.

제 2 장
스트레인지 애니멀

—아아, 제기랄……!

그날 밤, 캔트 사원—.

다수의 신자 미만, 즉, 모험가들이 떠올릴 법한 모습과는 상당히 거리가 있는 간소한 침실.

사원의 사제들이 고액의 기부금을 바라는 것은 결코 현세의 이익을 탐하고자 하는 까닭이 아니다.

다만, 그럼에도 귀인을 맞이하여 접대할 수 있도록 신경을 써서 꾸민 방 안…… 침대의 위쪽.

그곳에 웅크리고 앉아서 무릎을 끌어안은 채 빨간 머리카락의 젊은이가 짜증스럽게 손톱을 물어뜯고 있었다.

도저히 왕태자에게 어울리는 행동은 아니었으나— 그런 건 페스틴 본인부터 잘 알고 있다.

"……《송곳니의 사원》 놈들. ……나한테까지 줄곧 숨겨왔어……. 제기랄……!"

왕태자의 머릿속에서 불과 몇 시간쯤 전에 목격했던 광경이 되살아난다.

소름 끼치도록 티 없이 맑은 눈, 바닥을 가늠할 수 없는 호수처럼 투명한 푸른색 눈동자—.

—짐승 같으니……!

그렇게 욕설하다시피 머릿속으로 말이 터져 나왔던 까닭은 단지 조바심, 오만 때문은 아니었다.

—대체 어찌하면 된단 말인가……!

공포 때문이다.

모든 면에서 자신과 똑 닮은 조형의 얼굴이건마는, 단 하나, 눈동자만이 달랐다. 자신을 노려봤었다.

언제든 틈을 살피다가 이빨을 박아 넣어서 숨통을 물어뜯고 내장을 게걸스럽게 먹어 치우고자 하는 들개처럼.

마치 불과 같이 형형하게 타오르던 눈동자는 다른 무엇보다도 분명한 신상의 증거가 아니겠는가.

—상제(오버로드)의 후예……!

그것과 같은 피가 자신의 몸에도 흐르고 있다. 하지만……. 하지만…….

아버지에게 버림받은 사생(바스타드)아. 그리고 적룡을 죽인 다이아몬드의 기사.

옛 설화 속에서 갑작스레 현실로 나온 것 같이 정체를 알 수 없는 자.

그런 인물이 지척까지 다가든 상황이다. 페스틴은 골수에서 치솟는 한기로써 느끼고 있다.

—대체 어찌해야, 되는가…….

그 소녀가— 그 소녀 하나만이 두려운 것은 아니다.

지금 페스틴의 위에서 내리 덮이고 있는 것은 릴가민의 역사 자체다.

릴가민 왕가의 여아는 불길함의 상징이었다.

마르그다 왕녀 때 왕궁을 습격했던 마인 다팔푸스로 한정되는 사안이 아니다.

여왕 베이키가 즉위했을 때는 세계의 멸망과 다를 바 없는 천재지변이 왕국을 덮쳤다.

여왕 아이라스의 시기에는 저주에 당한 왕의 언니 속스가 마녀로서 재앙으로 화했다.

심지어 달리아 공주는—.

"……큭."

이제는 전부 다 신화, 전설 속 이야기다.

모든 것은 풍화되었고, 상세한 곡절은 망각되었다.

왕족을 제외하면 자세히 아는 사람은 없다. 아니, 왕족일지라도 전모는 파악할 수 없다.

모든 것이 단순한 유산(레거시)으로 전락했으니까.

다만, 그 유산이야말로 페스틴을 죽이고자 들이닥치는 싸늘한 칼날이었다.

페스틴은 자기 자신을 지키려는 듯이 제 가느다란 몸을 팔로 꽉 껴안았다.

엘프 수녀— 시스터 아이닛키의 말이 머릿속에서 빙빙 소용돌이친다.

『태어나는 방식과 죽는 방식은 결정할 수 없더라도 어떻게 살아갈지는 본인의 자유이니까요.』

—자유? 자유라고?

바짝 들이닥친 파멸을 앞에 두고 도망치지도 못하며 단지 가만히

서 있어야 하는 처지의 자신에게 주어진 자유는 대체 무엇이지?

겁먹는 것 이외에 무엇을 할 수 있나? 우스꽝스럽다고 손가락질을 당하며 허세 부리고 서서 버티는 것 이외에 무엇을 할 수 있나?

자신더러 어떻게 살고 어떻게 죽으라는 말인가.

죽음은 곧 끝인데— 이후 무엇이 기다리고 있는지 알지 못한다는 사실만큼 두려운 것은 없는데.

—오는 게 아니었다.

《스케일》은 죽음의 위에 선 도시다.

미궁, 괴물, 모험가, 무한에 가까운 재화, 주검의 위에 선 도시.

머리에 눌어붙어 떨어지지 않는 차갑고 맑은 푸른빛의 눈동자는 마치 죽음이 진짜 현실에서 형상화된 것 같았다.

빤히 이쪽을 주시하며 꿰뚫었던 눈, 거의 잡아먹을 기세였던……푸른색 눈동자.

이후 무엇이 기다리고 있는가? 자신은 대체 어떻게 되는 것인가?

모르겠다— 모르는 터라 못 견디게 두렵다.

가느다란 몸이 침대 위에서 부들부들 떨렸다.

"……에잇, 제기랄. 창문이 열려 있는탓이다. 창문이—."

왕태자는 작게 악담을 하며 살며시 침대에서 바닥 위로 내려섰다.

소년이라 칭하기에는 부드럽고 가녀리며 섬세한 움직임이었다.

§

—……거참, 《스케일》의 밤은 꽤 쌀쌀하군.

릴가민 왕가의 근위병은 임무 중 언제나 직립 부동, 또한 사적인 발언은 일절 금지된다.

왕족의 신변을 보호하는 중요 임무를 맡은 인재인 만큼 상응하는 책임감과 능력을 마땅히 가지고 있기도 하고.

따라서 캔트 사원의 회랑에서 침실로 가는 앞쪽 통로를 지키고 있는 남자도 또한 직무에 충실한 근위병이었다.

엷은 어둠 속, 도끼창(핼버드)을 손에 들고 갑주를 장비한 채 서 있는 모습은 마치 조각상과 같다.

다만 사고만큼은 남자의 자유였다.

남자는 꼼짝도 않고 동료와 함께 나란히 서서 의식을 허공으로 보낸다.

—왕태자 전하도 참 열심이시군…….

남자는 매사에 까다롭게 구는 왕태자를 지키는 임무에 어떤 불만도 없었다.

젊은이가 의욕을 갖고 왕성하게 활동하지 않는다면 오히려 문제 아닌가? 더구나 국가의 미래를 짊어져야 하는 분인데.

이미 전설의 시대와 마찬가지이나 일찍이 릴가민 왕국은 천하의 패권을 장악했던 위대한 국가였다.

물론 전란이 뒤따랐다는 비판도 있었지만, 어쨌거나 지난 영광은 사라진 지 오래다.

천년 왕국의 재건을— 이 같은 분위기가 서서히 왕국 내부에서 감돌기 시작했다.

게다가 이 《미궁》은.

왕태자가 탐색을 격려하고자 방문한 것도 특별히 이상하지는 않았다.

갑작스레 나타난 이 《미궁》은, 이 진기한 보물은 다시 릴가민 왕국에 영화를 가져다줄지도 모른다.

궁정에 출입하고 있는 수상쩍은 —다만 충실한— 송곳니의 사제들이 보이는 열의도 이해하지 못할 정도는 아니었다.

다만 근위병이라는 입장상…… 혹여 《미궁》 내부에서 괴물이 쏟아지는 사태에 대한 우려는 있다만.

듣자 하니까 얼마 전에는 무시무시한 붉은 용이 나타났다지 않은가.

그리고 그 용을 토벌한 모험가도—.

—그나저나, 모험가라는 녀석들이…….

용 토벌의 업적을 이룬 당사자는 행사에 참석하지 않았다지만, 그렇다 해도 상상과는 많이 달랐다.

고분고분 사원에 모여있는 광경을 봤더니 자신들과 무엇이 다른지 알 수 없었으니까.

무뢰한. 그런 인상이 강하다.

애당초 모험가라는 부류는 방랑자의 처지로 항상 떠도는 삶을 살아간다.

잡다한 장비를 몸에 두르고, 산적과 치고받으며 싸우고, 유적을 뒤지고…….

용병과 도굴꾼의 경계선상에 한없이 가까운 곳을 배회하는 패거리.

《미궁》에 도전하는 인물로 말의 의미가 달라지고 있는 중이기는 한데…….

근위병이 본 바로 모험가들은 도무지 전설 속에 등장하는 괴물들과 대적하는 강자라고 생각할 수 없었다.

그러나 과거에 분명 《미궁》으로 파견을 보낸 기사단이 괴멸한 사건도 있었다는 것을 상기하면…….

―《미궁》에 가라는 명령은 받지 않았으니 운이 좋았지…….

무엇보다 뜻밖의 횡재가 따로 있었다.

왕태자 직속의 시녀들이다.

이번 행차에 데리고 온 여인들은 하나같이 릴가민의 여러 좋은 집안 출신인 흠잡을 곳 없는 미녀들이다.

아마도 왕태자의 「승은」을 기대하며 딸려보냈을 여인들은 근위병의 신분으로도 웬만해선 접점을 가질 수 없다.

다만 지금은 명색이 같은 천장 아래에서 지내는 중이고, 가끔 마주치면서 인사 정도는 주고받을 수 있다.

이렇듯 경계를 위해 조각상처럼 우뚝 서 있을 때 들려오는 희미한 소리에 귀를 기울인다.

그것이 여인들끼리 서로 속삭이는 말소리라고 상상만 해봐도 제법 기분이 유쾌해진다—.

"—?"

그런 때였다.

근위병의 귀가 굉장히 작은, 나지막한 소리를 포착했다.

사뿐사뿐하는 소리, 무척 가볍다, 뭔가 발소리 같기도 하고—.

—사원의 수도자인가……?

아니, 이곳의 관계자라기에도 좀 이상하다. 발소리가 절대 어른이 걷는 음량이 아니다.

누군가 어린 수도자가 있는 것일까. 가능성이 없지는 않다. 하지만— 늦은 시간에 이곳에 올 이유가 있는가?

자연스레 근위병은 도끼창을 쥔 손에 힘을 넣었다. 수하를 위해 목소리를 높이고자 복부에 힘을 불어넣는다.

하지만—.

"아—?"

나타난 것은 자그만 곰이었다.

헛웃음이 나올 만큼 자그마한 곰 모양의 봉제 인형.

인형이 아장아장 통로의 모퉁이를 돌아 이곳을 향해 걸어온다.

—나는 꿈이라도 꾸고 있는 것인가?

설마 선 채로 깜빡 졸아버렸나. 현실감이 희미해지고 주위의 어둠이 이쪽을 향해 몰려든다.

그렇게 아연실색하는 근위병에게 곰은 분명하게 아래와 같이 말했다.

"「나는 몇백만이나 되는 녀석들을 해치웠다.」"

―도대체, 뭐냐.

옆에 서 있는 동료에게 묻는 말이었을까, 아니면 너무나 놀라 무심코 새어 나온 의문이었을까.

어떤 의도였든 간에 곧바로 남자의 의식은 홱 뒤집혀 사라졌다.

§

"……주변이 이상하게 쌀쌀해졌네요."

시스터 아이닛키는 가만히 혼잣말한 뒤 빛을 삼키는 어둠이 펴져 나가는 창밖을 예리하게 주시했다.

북방의 혹독한 극한지에서 태어나 자랐던 만큼 『추위』가 느껴지는 이 상황이 어찌 기이하지 않겠는가.

설마 깨닫지 못할 리 없었던지라 엘프 수녀는 오직 촛불만이 비추는 사원의 복도를 달려간다.

미궁의 암흑을 생각하면 작은 불빛이나마 하나 있는 것만으로도 캄캄한 밤은 모험가의 적이 못 된다.

아이네의 걸음은 마치 색깔을 입힌 바람 같았다. 한 걸음마다 한 구획을 뛰어넘다시피 달린다.

그 발소리만이 쥐 죽은 듯이 고요한 사원에 메아리쳤다. 여인의 작은 숨소리가 살짝 섞여든다.

기다란 귀에 들려오는 다른 소리는 없다.

밤을 지새우며 기도 올리는 사제들의 기척도, 소생을 요청하고자 늦은 밤에 찾아오는 모험가들의 기척도 없다.

—마치 누군가가 《몬티노(침묵)》라도 쓴 것 같아…….

무엇인가 차갑고 무겁고 괴이한 기운이 이곳 캔트 사원으로 밀려들고 있었다.

지상에서 실제로 이루어지는 소생의 기적, 본래는 얼토당토않아야 했을 권능을 행사할 수 있는 미궁 탐색의 핵심이 바로 이곳이다.

적의 입장에서 —만약에 정말 있다면— 이보다 더 방해되는 집단은 없을 것이다.

지난날 옛 시련장에서 모험 후 지하 깊숙한 곳으로부터 다시 살아났다는 어느 대마도사도 사원을 습격했다고 한다.

하지만 그런 까닭에 캔트 사원 또한 이제껏 쭉 단지 안온하게 삶을 탐닉하지는 않았다.

무위의 삶을 멀리하라는 것이 카도르토 신의 가르침이라고 아이넛키는 진심으로 믿는다.

어떤 상황이 벌어지든 간에 죽음은 충실했던 삶의 결과에 지나지 않는다.

따라서 설령 이 순간에 죽음이 내리쏟아지더라도 아이네에게 조바심은 없었다.

공포도 없다. 오히려 기쁨마저 느꼈다.

하지만—.

—얼마나 더 시간이 걸리려나…….

복도를 한 걸음 나아갈 때마다 머릿속으로 숫자를 새기며 아이네는 입술을 살짝 깨물었다.

시간 감각이 애매해지는 지하 미궁과 달리 지상에서는 시시각각 흘러가서 떨어져버린다.

이 같은 감각에는 역시 익숙해지지 않았다.

목적하는 층, 목적하는 방까지 얼마나 더 시간을 써야 할까?

이 기운의 주인이 사원에 몰래 숨어든 이후 얼마나 시간이 지나갔지?

아예 늦지만 않았다면 괜찮다. 단지 믿으며 나아갈 수밖에 없는 처지는 비록 평소와 마찬가지라지만…….

먼 조상이 숲에 틀어박혀서 살던 무렵의 수명과 감각이 이 몸에 남아 있었다면 좋았을 텐데.

지금 아이네에게 있는 것은 혈통보다 오히려 더 빼어난 미모, 수련의 끝에 습득한 법술과 대대로 계승하며 익혀왔던 두술.

그리고 새것과 다를 바 없는 두 팔에 장비한 가시 달린 철구와 방패, 반지 정도였다.

—뭐, 충분하다고도 말할 수 있겠죠.

계단을 아이네는 톡, 톡, 마치 무대에서 춤추듯 뛰어 올라갔다.

"……으음."

수녀복의 밑자락을 펄럭거리며 멈춰 선다. 꾹. 유연한 다리를 감싼 구두가 돌바닥 위에서 소리를 냈다.

분명 복도에 밝혀 놓았던 축복받은 불꽃은 모두 다 사라져서 보이지 않고 통로는 어둠에 삼켜졌다.

그 어둠의 안쪽, 천천히 배어 나오는 듯한 모양새로 드러난 윤곽— 왕태자 직속의 근위병들.

직립 부동의 자세로 어떤 움직임도 없다. 호흡조차도, 없다.

"세상에—."

죽어버렸다.

직립 부동의 자세는 당연하다. 파랗게 질린 신체에는 이미 서리가 내려앉았다. 아마 골수까지 완전히 얼어붙었으리라.

혹은 돌로 바뀌어버린 인물도 있었다. 지독하게도 몸에 두른 갑주까지.

무사한 듯 보이는 인물이 있어서 살짝 손을 가져갔더니 스르륵 기울어지는 몸에서 머리가 공처럼 튕겨 떨어졌다.

—목을 절단당했다.

기이하게도 목숨을 잃은 근위병들 모두가…… 여전히 태연한 표정을 짓고 있다.

무슨 일이 있었을까. 분명 마지막 순간까지 아무것도 알아차리지 못했고 또한 공포를 느끼지도 못했을 것이다.

"……부디 신의 곁에서 안락하게 지내시기를 바랍니다."

아이닛키는 귀중한 시간을 망설이지 않고 몇 초를 소비하며 죽음을 맞이한 사람들을 위하여 기도 올렸다.

멋져, 정말이지 근사하구나. 이 사람들의 혼은 사라지지 않고 무사히 카도르토 신의 곁까지 이르렀노라.

—나 역시 뒤를 따르고 싶다.

철구를 쥔 손가락으로 허공에 성호를 그은 뒤, 아이닛키는 결연하게 통로 안쪽을 향해 나아간다.

기이한 광경은 계속되고—.

먼저 뒤바뀐(체인질링) 아이로서 얻은 아이닛키의 기다란 귀가 맨 처음 포착한 것은 정적이었다.

옷이 스치는 소리 하나, 잠든 사람의 숨소리 하나, 아무것도 들리지 않는다. 공간 전체가 죽음에 뒤덮여서 단절되어버린 것처럼.

본래 왕태자의 곁에서 시중들고 있어야 할 시녀들의 모습도 모조리 사라져버렸다.

의복을 아무렇게나 벗어 던지고 어딘가로 떠나가버린 듯한 모양새로— 사라져버린 것이다.

아이닛키는 바닥에 흩어진 아름답고 값비싼 의복의 간극을 뛰어넘었다.

그것은 마치 요정이 강물 위 징검다리를 건너는 듯한 우아한 움직임이었고, 아울러 손에 든 무구의 무게가 느껴지지 않은 움직임이었다.

목표 지점은 가장 깊숙한 곳.

그곳에는 캔트 사원에 방문하는 귀인들을 위해 특별히 마련해 둔 침실이 있다.

한 발짝 나아갈 때마다 내뱉은 숨이 하얘진다. 살갗을 찢어 가르는 듯 매서운 냉기. 아니, 어쩌면 요기가 느껴진다.

앞을 가로막는 두껍고 호사로운 문 건너편에 사태의 근원이 있는 것은 이미 명백했다.

저 문의 틈에서 새어 나오는 기운의 한복판으로 아이네는 망설임 없이 문짝을 걷어차고 뛰어들었다.

"이이야아앗!!"

날카로운 기합과 함께 아이네는 느껴지는 대로 사기의 근원을 향해 똑바로 돌진하면서 손에 든 무구를 힘껏 휘둘렀다.

왕태자의 안부를 무시했기에 가한 공격은 아니다. 다만 애당초 이곳은 **캔트 사원**이잖은가.

누구든 죽어야 하는 운명에 놓여 있다면 죽을 터이다. 그래, 자신도, 또한 적일지라도 마찬가지—.

"하하하, 누구인지 확인도 안 하고 죽이자고 달려들 줄이야."

그것은 그야말로 **기묘한 동물**이었다.

까랑까랑 귀에 거슬리는 어린아이 같은 웃음소리.

폭쇄음을 동반하여 돌바닥을 원형으로 푹 꺼뜨린 아이네의 일격을, 그것은 쓰르륵 미끄러지듯이 피해냈다.

—슬라임?

아니, 설마하니 진짜 슬라임은 아닐 것이다.

물론 미궁에서 숨어다니는 괴물인 이상 인간의 상식을 초월하는 강대함을 보유한 것은 틀림없겠다.

그러나, 그럼에도 지성 없이 바닥을 기는 오물이 혹시라도 캔트 사원에 숨어들 수 있는가?

아이네는 놀란 마음을 내리누르며 눈을 부릅뜨고 어둠 속에 잠복한 적의 모습을 새삼 주시했다.

지면을 기다시피 움직인 저것은 이미 제 몸을 벌떡 일으켜서 아이네의 앞에 서 있었다.

해골 가면을 쓴 그림자…… 처럼, 보였다.

점액과 비슷하게 움직인 것은 적의 몸 전체를 뒤덮은 외투— 이려나.

—자객……? 암살자……?

끈적끈적 부정형으로 꿈틀거리고 흔들리는 모양을 보자니 결코 평범한 첩자, 밀정은 아닐 터이나.

"괜찮은 건가? 나를 죽여버리면 나중에 뒷수습이 많이 귀찮아질 텐데."

"심문이든 고문이든 처벌하든 정치는 제가 관여할 바가 아니니까요."

"흐음. 뭐, 하긴 그런가."

시답잖은 대화. 쓰륵, 쓰륵, 스쳐 걷기로 간격을 재며 아이네는 자신의 기다란 귀를 분주하게 움직인다.

방 안의 창문이 활짝 열린 채 싸늘한 밤공기가 흘러들고 있다. 저곳이 침입로인가?

왕태자의 모습은— 안 보인다. 흐트러진 침대가 남아있을 뿐이다.

—납치당했다?

한데 목적을 달성했으니 곧장 철수하면 그만이다.

어째서 저 녀석은 남아있지? 복도의 병사를 굳이 여봐란듯이 죽이며 돌아다닐 필요도—.

"후후후후, 고민하고 있구나. 그나저나 샘나네. 나를 앞에 두고 딴생각을 하다니…… 말이야!"

"후. ……크읏?!"

즉각 치켜든 방패가 아이네의 목숨을 구했다.

분명히 방어했음에도 팔이 잘려 나가는 듯한 아찔한 참격에 저절로 신음 소리가 새어 나온다.

추가 공격은— 없었다.

스륵스륵 소리도 없이 바닥의 위를 미끄러진 적의 손에는 어느 틈인가 기이하리만큼 거대한 낫이 쥐여 있었다.

근위병의 머리를 날려버림으로써 죽게 만들었던 흉기는 틀림없이 저 낫이다.

그럼 동결은 주문인가? 가능성은 있겠다.

하지만 석화는 어떻게? 인간을 돌로 바꾸는 주문이라니……. 함정 중에는 있다. 그럼 주문도 있단 말인가?

—이알마스 님이라면 알고 계실지도 모르겠네요.

이런 상황에서 떠올릴 만한 남자의 얼굴은 아니다. 아이네는 살짝 웃었다.

"너희는 죽음도 기쁨이라고 말하잖아. 어때, 이러면 수녀님도 좋아서 털썩 주저앉으려나?"

해골 가면을 뚫고 히죽이는 표정이 보이는 듯한 태도와 몸짓.

이래서는 도저히 자객이라고 불러줄 수 없다. 이래서는―.

―어릿광대다.

진지하게 상대를 해줄 필요는, 없다……!

돌의 마음을 가진 그대여, 빛 앞에 마땅히 제 몸을 드러내어라
"《밈아리프 눈이 포잔메》!"

"쳇……?! 케케묵은 주문을……!"

아이닛키가 낭랑하게 읊은 주문을 듣고서 적은 그제야 조소가 아닌 표정을 노출했다.

조각상
《마니포》의 빛줄기! 경건한 신도의 기도가 닿았고, 카도르토 신 또한 위엄을 떨쳐 응답해준 것이다.

이전에 붉은 죽음의 용마저 속박했던 법술은 제2위계, 미궁에서는 초보 주문이다.

다만 이 같은 말을 듣는다면 많은 사제가 틀림없이 눈을 부릅뜰 것이다.

《조각상》은 **제5위계**, 미궁에서도 숙련자나 쓰는 주문이 아니었냐고―.

그렇다, 정말이지 케케묵은 주문이었다.

아이닛키의 일족은 이렇듯 망각된 지 오래인 고대의 술법을 몇 가지 지금까지 전해 이어오고 있었다.

―통했다……!

아이닛키는 신의 개입을 통해 확실한 성공의 예감을 손에 쥐었다.

확실히 이 수녀의 법술은 적의 심신에 빛을 비추고 경직시켰다—.

“—깜짝이야!”

“으앗……?!”

경직시켰어야 했다.

휘파람이라도 부는 것처럼 소용돌이치는 숨결이 곧장 눈보라로 뒤바뀌더니 아이네를 덮쳤다.

혼마저 얼려버릴 듯 거센 냉기에 섞여서 빙설의 돌팔매가 몸을 가격하고 찢어 가른다.

수녀복이 노출된 피부와 피로 얼룩지는 모습을 보고 적은 낄낄거리며 소리 높여서 비웃었다.

“안타깝게 됐어. 난 너처럼 살집 있는 여자의 고기를 좋아하거든. 다리, 허리도 튼튼하고. 좋아, 기운이 펄펄 나는구나.”

“윽, 헛소리를……!”

하지만 극한의 동토의 피를 잇는 아이닛키가 추위 때문에 무릎을 꿇을 리 없겠다.

다시 한번 기합을 내지르며 눈보라의 한복판을 뚫고 나아가서 망설임 없이 손에 든 무기를 괴물에게 내리찍었다.

“아차차……!”

“윽—?!”

그러므로 적을 해치우는 데 실패한 까닭은 단순히 방심했던 탓이 아니라 경악했기 때문이었다.

적이 곧바로 뛰어 물러난 순간, 외투가 살짝 펄럭여서 뒤집혔다.

그러자 노출된 것은— 꽉 눌러서 숨겨 놓았던 부드러운 살. 미성숙한 소녀의 신체.

"앗……."

전혀 예상하지 못한 뜻밖의 광경을 목격한 찰나, 아주 잠시나마 아이네의 움직임이 지체되었다.

적은 그 순간을 놓치지 않고 공중제비를 넘어서 활짝 열려있던 창 너머로 몸을 날렸다.

"실수했어……!"

아이닛키는 돌바닥에 박힌 철구를 잡아 뽑자마자 창가로 가까이 달려가서 몸을 내민다.

이제는 조금 전 기묘한 동물의 발소리마저 귀에 들리지 않았고— 적은 밤을 향하여 날아간 뒤였다.

"……아아. 못살아, 정말. 도대체 이게 무슨 일이죠."

시스터 아이네는 약간의 분한 마음을 담아서 짧게 혼잣말을 중얼거렸다.

적은 어디에서 왔는가. 무슨 목적으로. 왕태자를 굳이 납치했다면……. 당장은 무사할 테지.

아마도 적은 자객이나 암살자는 아닐 것이다. 광대의 모습으로 꾸민— 마인이 틀림없겠다.

아이닛키는 얼굴을 찌푸린 채 숨을 내뱉는다. 그 소리는 바람에 섞여 사라졌다.

곡하는(밴시) 여인의 쉿소리 같은 날카로운 밤바람이 저편으로부터 세차게 밀려들었다.

마을 변두리에서— 미궁(던전)으로부터.

제 3 장

아웃
오브 바운즈

릴가민 왕가에서 포고문이 내려온 것은 사건의 다음 날이었다.

—머지않아 대재앙(카타스트로프)이 도래할 조짐 있노라.

대지의 여신께서 내려준 신탁은 진실이었도다.

얼마 전 왕태자 전하의 행차는 이 신탁을 몸소 확인하기 위함이었으니.

그리고 지금 마침내 진실을 깨달으신 전하는 솔선하여 《미궁》의 심연으로 걸음하셨노라.

전하를 도와 대재앙의 회피에 진력한 자에게는 원하는 대로 영화와 부귀를 약속하겠다.

능력있는 모험가 제군들이여, 한층 더 탐험에 힘쓰기를 바란다—.

공시인이 기뻐 신바람이 나서 대로를 달린다.

남자의 하루 업무는 기껏해야 왕후 귀족이 결정한 빵의 가격을 알리는 정도.

즉, 《스케일》에서는 거의 무시당하는 입장에 있었던 만큼 오늘은 정말이지 의욕이 가득 흘러넘쳤다.

왜냐하면 이 도시에서 모험가 관련의 이야깃거리에 귀를 기울이지 않는 사람은 없으니까.

흡사 영웅의 개선처럼 활보하는 남자가 큰 목소리로 외쳐 퍼뜨렸던 내용에 대한 반응은 각양각색이었다.

"그냥 선전이겠지. 왕태자 전하의 연극 아니겠냐."

"아니, 그래도 자기 발로 《미궁》에 진입했다는 건 제법……."

"어차피 지하 1층에 한 발짝 들어갔다가 도망쳐 나오지 않겠냐?"

"그래도 왕태자의 모습이 안 보이는 건 진짜라더군."

"확실히 같이 온 호위 녀석들도 돌아갈 낌새가 없고 말이지."

"그럼 꽤 대단하지 않나?"

"어쨌든 간에 보수를 준다는 게 좋지."

"《미궁》의 재보보다 더 좋을 순 없지 않겠나."

"에이, 보물과 돈 이것저것 전부 포함해서 정치라는 게 말이지—."

의문을 갖고 비판하는 자, 솔직하게 칭찬하는 자, 적당히 흘려듣는 자.

또한 이 도시에서 자리를 잡은 부류라면 새삼스럽게 명예, 영달에 흥미를 갖지 않더라도 바깥에서 막 찾아온 부류는 경우가 다르다.

새롭게 모험가를 지망하는 인물이 또 늘어나기 시작했다.

그런 상황을 보면 기존의 모험가들도 생각을 달리한다.

나중에 온 신참들, 벼락치기 모험가가 잘난 척하는 꼴을 보고 싶지는 않다—.

무엇보다 단지 무한히 재화와 괴물이 솟아나기만 하는 구덩이에 처음으로 목표가 생기지 않았는가.

결론부터 말하면 《미궁》은— 《스케일》은 급거 활기를 띠었다.

너나없이 본인이 원해서 《미궁》에 진입한다— 기꺼이 삼켜진다.

《스케일》은— 《미궁》은.

사람을 잡아먹고 토실토실 살찌는 마물과 다를 바 없었다.

§

"그래, 실상은 덜컥 납치를 당했다는 말이군?"

"……그런 셈이죠."

세즈말의 말에 《투신의 주점(두르가)》을 운영하는 여주인은 조용히 고개를 끄덕거렸다.

모험가가 잔뜩 모이는 이 주점의 후미진 곳에 별실이 있다는 것을 아는 사람은 썩 많지 않았다.

하지만 이 여주인이― 길이 사실상 《스케일》의 영주라는 사실을 알게 된 부류는 알고 있다.

때때로 상공회나 길 본인이 모험가를 불러들여서 밀호, 밀담을 하기 위한 방.

《스케일》의 여러 난제를 해결하고자 모험가를 초대하는 특별한 별실이었다.

―이런 표현은 좀 뭐하지만…….

세즈말은 아주 부드럽고 질 좋은 의자를 스스럼없이 삐걱거리면서 내심 흡족해했다.

―여기가 불려서 왔을 때 훨씬 더 기쁜 방이긴 하군…….

어쨌든 딱히 눈치를 볼 필요도 없잖은가. 자주 찾는 단골 주점의 안쪽 방에 불과하니까.

느긋하게 편한 자세를 취해도 지적하는 사람이 없다. ―안 그런가? 동업자에게 말을 건넨다.

"그쪽하고는 별로 대화를 나눈 적이 없었지?"

"……그래. 뭐, 그렇긴…… 하지."

화상이 있는 얼굴을 붕대로 감싼 남자는 살짝 경계하며 대꾸했다.

분명 이름은 슈마허라고 했지. 세즈말은 상대를 구두 장인의 아들이라고 기억한 것이 전부였다만.

다만 슈마허가 누구인지는 알고 있었다.

"그 붉은 용에게 도전했잖나? 가슴을 펴고 당당하게 굴어도 될 텐데."

"그만해."

슈마허는 진심으로 지긋지긋하다는 듯이 답했다.

"들이받았다가 불타서 패한 게 전부야."

"애당초 들이받는 단계까지 가는 녀석이 없잖은가."

심지어 세즈말조차 도전은 하지 않았으니까.

"너무 딱딱하게 굴지 말게나. 모험가는 역량(레벨)이 전부이니. 나이도 실적도 다 허울이지."

"……."

올스타즈가 할 말인가. 그렇게 받아치고 싶은 표정을 지은 채 슈마허는 입을 다물었다.

결국 세즈말에게 뭔가 말하는 것을 포기하고 다시금 길과 마주한다.

"이곳에 불려온 조건은 《몬스터 배치 센터(앨러케이션)》라는 곳을 돌파한 파티인가?"

"그에 더해서 제가 신뢰할 수 있다고 판단을 내린 모험가이죠."

길의 담담한 평가를 듣고 슈마허는 몹시 못마땅한 표정을 지었으며, 세즈말은 웃었다.

뭐, 예전의 자신도 많이 미숙했었다. 지금도 겉발림으르 어떻게 버티는 부분은 있고.

어쨌든 곧 슈마허도 따라잡을 것이다. 훌륭한 파티 리더라는 역할을.

"그런 점에서 자네는 어떤가, 미푄."

"그 호칭은 관두지."

이 방에 초대받은 세 명의 모험가, 그중 마지막 한 사람은 흑산의 지팡이를 안아 들고서 무심히 중얼거렸다.

"다만 나로서는 바라던 바군."

"오호?"

"모험에는 목적이 있어야 더 의욕이 생기지."

매우 당연하다는 듯이 대답한 뒤 이알마스는 야유하듯 제 입가를 끌어 올렸다.

"구출 대상이 납치당한 왕자라는 것은 다소 운치가 없지만 말이지."

요컨대 여주인 길이 세 명의 모험가를 불러 모은 이유가 이것이었다.

포고문의 진실— 모험가들에게 진실된 목표를 밝히고, 더욱 신속한 탐색을 요청한다.

처음부터 《스케일》의 주민들은 모험가들에게 명령할 수 있는 입장이 아니라는 것을 잘 알고 있다.

만족할 만한 보수를 준비할 방법도 없다. 모험가의 호의, 욕망, 자주적인 행동에 의지할 수밖에 없는 처지다.

그런 의미에서— 이렇듯 세 사람을 불러 모은 길은 총명한 여인이라고 말할 수 있겠다.

올스타즈를 이끄는 자유 기사 세즈말.

용살자 가비지를 데리고 다니는 흑색 지팡이 이알마스.

그리고 붉은 용에게 도전했었고, 지금도 계속해서 싸우고 있는 슈마허.

하나같이 최근 《스케일》에서, 《미궁》에서 이름을 날리고 있는…… 모험가다.

"공주가 납치당했다면 진짜 동화 속 이야기가 아닌가?"

"의뢰인이 공주, 여왕, 왕녀였던 사건은 자주 있었지."

"보고 온 것처럼 말하는 녀석이군."

이알마스는 대답하지 않았다. 단지 입을 다물고 어깨를 으쓱거릴 뿐이었다.

어떤 의도가 담긴 대화인지 확인하려는 듯이 슈마허는 신중하게 물었다.

"……너는, 수락할 생각인가?"

"수락을 하고 말 것도 없지."

반면에 이알마스는 꾸밈없이 솔직하게 답했다. 대수롭지 않게 미궁의 안쪽으로 한 발짝을 내디디는 것처럼.

"미궁의 가장 깊숙한 곳까지 가는 것은 대전제다. 그런데 목적과 보수가 추가됐지. 할 일은 달라지지 않는다."

"달라질 텐데. 왕자를 납치했다는 적이 명확하게 있잖아."

뭐가 튀어나올지 장담할 수 없는 상황이었다. 신음하듯 중얼거리는 슈마허.

"그 녀석을 피하기는 어려울 테고 반드시 상대하게 될걸."

"그게 즐거움 중 하나라서 말이지."

"즐거움?"

"아이닛키가 씩씩대며 화를 내더군. 먼저 때려잡고 삐친 얼굴을 구경하는 것도 나쁘지는 않아."

"……여자 때문이냐."

슈마허는 나지막이 침음했다.

그리고 어딘가에서 누군가에게 비웃음을 당하고 있는 것처럼 찌푸린 얼굴은 변함없이 분명하게 말했다.

"수락하면 하는 대로 알아볼 게 많아. 나는 빌어먹을 용한테 머리부터 들이받는 짓은 두 번 다시 하고 싶지 않아."

"좋은 마음가짐이군, 멋지다."

세즈말은 한없이 쾌활하게 소리를 내며 웃었다. 이 남자는 본인의 장점이 무엇인지를 아주 잘 파악하고 있었다.

"애당초 미궁의 어디에 있는지, 미궁이 몇 층인지도 모르잖나. 열심히 힘껏 돌진할 수밖에 없지."

"기원하면서 전진하란 말인가?"

슈마허는 욕설하다시피 내뱉었다.

"웃기지도 않는군."

"결국 임기응변으로 대응하는 게 모험가라는 사실은 달라지지 않지."

이알마스까지 같은 소리를 늘어놓는지라 슈마허는 팔짱을 끼고 짜증스럽게 침음했다.

"그렇다 해도 아무 대책도 없이 돌진하고 싶지는 않단 말이다. 각오도 필요하고."

"흠, 일리가 있군."

흑색 지팡이 이알마스는 순순히 인정함으로써 슈마허를 맥 빠지게 만들었다.

"어쨌든 간에 전원이 똑같이 비슷하게 행동했다간 일망타진이지."

"……방침을 미리 상의할 필요는 없단 소린가?"

"루 케브레스…… 엘 케브레스께서 하신 말씀이니 새겨 둬야지."

마치 아는 친구에 대해 이야기하는 듯한 말투로 신룡의 이름을 중얼거리더니 세즈말은 바라본다.

"자네도 딱히 상관없겠지?"

"애당초 나 또한 남에게 이래라저래라 말할 입장은 못 되잖은가."

자유 기사는 훠훠 손을 흔들었다. 이어서 매우 스스럼없이 동업자 두 사람의 어깨를 퍽퍽 두드린다.

"서로 내키는 대로 해보자고. 방해는 하지 않는다. 여차할 때는 협력하지. 목적은 같아. 힘차게 나아가보세나!"

"……그게 타당한가."

잠시 상념에 빠졌던 슈마허는 이윽고 땅이 꺼져라 숨을 내뱉더니 말했다.

"우리도 댁들에게 의지할 수 있다면 감지덕지지."

"오냐, 의지해라, 의지해줘라. 나도 사양 않고 너희에게 의지할 테니 말이다."

아파하며 어깨를 문지르는 슈마허에게 아무 거리낌도 없이 힘차게 손바닥을 내리치는 세즈말.

이알마스는 그런 두 사람의 모습을 살짝 웃으며 바라보다가 곧 조용히 자리에서 일어났다.

볼일은 다 마쳤다는 듯한 태도다. 이알마스라는 남자에게 주점은 모험 전 들르는 특별할 것 없는 장소에 불과했다.

실제로 이 이상 더 이야기할 것은 없겠다. 모험은 미궁 안에서 이루어지는 법이다. 주점이 아닌.

떠나가는 그 뒷모습을 보고 길은 머릿속으로 명부를 넘기며 가만히 이알마스에게 말을 건넸다.

"죄송합니다, 이알마스 씨. 말을 전해주십사 부탁드리고 싶은 모험가분이 계십니다만……."

이알마스는 부츠로 바닥을 걷어차다시피 걸음을 멈췄다. 뒤돌아본다.

외투 안쪽으로 이쪽을 보는 눈빛— 저 눈빛과 마주하면 길은 언제나 조금 위축된다.

사람을 사람으로 보지 않는 눈이라는 생각이 든다.

이름과 종족과 성별과…… 직업. 능력과 기술……. 오직 모험가의 자질을 평가하는 눈.

자신과 비슷하다고 생각하는 때도 있다. 하지만 자신과 다른 뭔가를 들여다보는 것 같다고 느껴지는 때도 있었다.

지금은— 글쎄, 어떨까?

"다음은 엘사리온과 무갈 차례인가?"

조용한 말에 길은 살며시 숨을 내쉬며 덧붙였다.

"그리고 아리아 씨를."

"부르도록 하지."

이알마스의 대답에 길은 「감사합니다」라고 생글거리며 답했다.

이알마스는 고개를 한 번 끄덕이고 이번에야말로 뒤돌아보지 않고 방을 뒤로했다.

처음부터 자신만 불려올 리가 없다는 것을 이알마스는 잘 이해하고 있었다.

훨씬, 이전부터.

§

떠들썩한 주점 안에서도 찾고자 하는 인물들 두 명은 특별히 시간을 들일 필요도 없이 눈에 들어왔다.

엘프와 드워프가 여섯 명씩, 열두 명이나 모여 있다면 좋든 싫든 눈길을 끄는 법이다.

"아, 드디어 저희 차례가 된 겁니까. 굳이 다른 바쁘신 분들까지 부를 필요는 없었는데 말이죠."

"헛소리. ……네년들이 우리를 우습게 보는 건 뻔하게 티가 난다. 태도로."

말을 걸었을 때 두 사람이 보인 반응은, 뭐, 이알마스의 상상을 딱히 벗어나지는 않았다.

엘사리온은 마치 불쌍한 어린아이를 타이르는 것처럼 제 아름다운 얼굴에 부드러운 미소를 머금고 있다.

"신장이 제법 차이 나니까 어쩔 수 없잖아요? 서로 장점과 단점은 인정해야죠."

무갈이 송곳니를 드러낸 짐승처럼 웃기만 하고 넘어간 것은 오히려 이 사내의 자제심을 칭찬해야 마땅하리라.

"이알마스, 미리 준비해둬라. 이 엘프 계집들을 집어넣을 시체 자루가 금방 필요해질 게다."

"네. 그때는 부디 잘 부탁드릴게요. 필요 경비를 아까워할 만큼 저희가 인색하게 굴지는 않으니까요."

드워프의 도발을 버드나무처럼 흘려 넘기는 엘사리온은 단지 일어서는 동작까지 그림이 되는 아가씨였다.

다만 이러한 엘사리온을 가볍게 꺾어버릴 수 있을 만큼 무갈의 움직임은 굳세고 묵직하다.

작은 나뭇가지 같은 엘프와 바윗덩어리 같은 드워프는 매섭게 시선을 주고받으며 마주했다.

대립하는 두 사람을 바라보면서 이알마스는 멍하니 생각한다.

—엘프와 드워프는 신화시대 이래로 쭉 사이가 나빴다지만, 이 두 사람이 사이가 나쁜 이유는 정확히 무엇일까?

다른 다섯 명의 엘프 여성, 다섯 명의 드워프 사내들도 서로를 노려보고 있으니 단지 상대가 마음에 들지 않기 때문인가?

모험가의 상성을 오직 계율로 구분 짓고 판단하는 이알마스에게는 별로 흥미가 생기지 않는 문제였다만.

한쪽은 선의 계율을 따르는 엘프 전사, 다른 한쪽은 악의 계율을 따르는 드워프 전사. 그뿐이다.

덧붙여 말하자면 길이 언급했던 대로 몬스터 배치 센터를 돌파할 수 있는 실력자이기도 하다.

그것으로 충분했다.

"고집만 세고 융통성이 없는 드워프일지라도 엘사리온 님의 말을 비꼬아 오해하지는 않기를 기대했습니다만……."

"엘프 계집의 도도한 주둥이질에 일일이 화를 냈다간 옛날에 이 세상의 술이 싹 바닥을 쳤을 거다."

"우리에게 진짜 사죄를 하고 싶거들랑 수정으로 된 병이나 하나 가져오면 생각해주마."

"당신이 정녕 보물에 어울리는 고결한 영웅이라면 일단 검토는 해보도록 하죠."

두 리더가 서로 노려보고 있는 동안에 다른 엘프와 드워프들은 적당히 악담을 주고받고 마무리를 지은 듯하다.

기다란 귀를 살짝 흔들거리며 엘사리온은 가만히 숨을 내뱉었다.

아름다운 얼굴이 새카만 외투 차림의 시체 회수꾼을 향하여 움직인다. 드워프를 대할 때처럼 멸시의 빛은 없었다.

혹은 이 여인에게 엘프가 아닌 사람은 모두 평등하게 마땅히 내려다봐야 하는 존재일 수도 있겠다.

"이알마스, 한 가지 부탁을 드려도 괜찮을까요?"

"괜찮긴 한데 수락할지는 내용에 달렸군."

"시스터 아이닛키에게 이것을 전해주시겠어요?"

엘사리온이 꺼내든 **이것**은 투명한 병에 담긴 호박색의 액체였다.

받아든 이알마스가 병을 주점의 불빛에 비춰서 들어 올리자 안쪽의 액체가 찰랑거리는 소리를 내며 흔들린다.

"그렇게 하지."

이알마스는 고개를 끄덕였다.

"마침 얼굴을 비출 생각이었다."

"얼마 전 소생의 보답이라고 전언도 부탁드릴게요."

"뭐냐, 벌써 시체 자루를 쓴 다음이었나."

산사태처럼 껄껄 호쾌하게 소리를 내며 무갈은 웃었다.

"그래, 어느 계집이 내장을 싹 쏟아내고 뒈졌던 게냐? 응?"

고소하다는 듯이 샅샅이 훑어보는 드워프들의 시선 앞에서 다섯 명의 엘프 여인들이 얼굴을 딱딱하게 굳힌다.

그런 시선으로부터 동포를 지키려는 듯이 재빨리 엘사리온이 사이에 끼어든 뒤에 코웃음 쳤다.

"바위처럼 굴려서 옮길 수 있는 당신들과 달리 저희는 섬세하니까요."

"또 헛소리를 지껄이는군. 그냥 네년들이 나약한 탓이 아닌가."

"당신의 혼이 시스터 아이닛키에게 표할 답례를 빠뜨린 탓에 사라지지 않도록 기원해드리지요."

"그 수녀 아가씨라면 밍밍한 엘프의 술보다는 드워프의 술을 더 좋아할 게다. 걱정은 필요 없다."

엘프 여기사와 드워프 호걸은 잠시 칼날을 맞부딪치는 것처럼 얼굴을 마주 바라봤다.

그러다가 불쑥 두 사람이 미리 짠 것처럼 얼굴을 홱 돌리더니 나란히 안쪽 방을 향하여 움직이기 시작했다.

주점에서 북적이는 인파 안쪽을 헤엄치듯이, 혹은 베어 가르듯이 나아가는 걸음걸이마저도 대조적이다.

"어디 보자—."

나머지 한 사람은 어디에 있는가. 이알마스는 모험가들이 잔뜩 들어차 있는 주점의 안쪽을 쓱 둘러봤다.

계율이 다른 모험가는 함께 행동하지 않는다. 이것은 불문율이다.

하지만 어떤 경우에도 예외는 있었다.

예컨대— 이 주점이 해당된다.

선이든 악이든 어떤 계율을 따르든 같은 탁자에 앉는 경우는 있다.

물론 함께 동행하여 미궁에 가지는 않을지라도—.

"그러니까 결국 『주문을 익힌다』라는 게 진언(트루 워드)을 단지 외우기만 하는 건 아니잖니."

"으, 응. 그건…… 알아. 나, 알아……."

"머릿속에 진언을 기억하는 영역을."

"단단하게 만들어 놓아야 해요."

제법 기묘한 조합이기는 했다.

레아, 인간, 노움 두 명이 모이면 그야 당연히 신장의 차이는 발생할 테다.

다만 그렇다 해도 이 높고 낮음의 차이는, **올록볼록**의 차이는 꽤 근사하다.

그런 네 사람이 얼굴을 바짝 맞대고 같은 원탁에서 사이좋게 한 권의 책, 주문서를 들여다보고 있다.

뭐, 이 또한 《투신의 주점》에서 볼 수 있는 특유의 광경이었다.

"애당초 라라자가 카티노라고 말만 해봤자 《카티노(수면)》가 발동되는 건 아니거든. 그게 중요한 부분이야."

"야, 지금 날 바보 취급한 거냐?"

바쁜 네 사람에게 쫓겨난 듯한 라라자가 옆쪽 원탁에서 핀잔을 놓는다.

"바보 취급하진 않았어. 바보라고 생각은 하고 있지만."

"똑같은 소리잖냐."

토라졌는지 턱받침을 하고 투덜거린다만, 라라자도 딱히 더 이상 참견을 하진 않는다.

심심했기에 슬쩍 참견했을 뿐이고, 또한 주문의 설명도 잘 이해는 못할지언정 귀를 기울이고 있다.

도적과 주문은 연이 없으나 다만 미궁 안에서 모험을 하는 입장이라면 지식은 아무리 많아도 나쁠 게 없다.

따라서 지금 대화를 아예 듣지도 않는 인물은 이 자리에서 딱 한 명뿐.

같은 탁자에서는 처음부터 아무 흥미도 보이지 않았던 가비지가 우걱우걱 접시 위 요리를 먹어 치우고 있었다.

먹거나 자거나 날뛰거나, 혹은 아이닛키와 사라에게 꽉 붙잡히거나.

그렇게 놔두면 이 들개 같은 여자아이는 제법 얌전해지는지라 라라자도 괜히 고생하는 처지는 면할 수 있다.

다른 인원들— 슈마허의 파티원들이야 말할 나위도 없겠다만.

악의 계율을 따르는 모험가는 언제나 각자 내키는 대로 행동한다. 라므사므가 지금 이곳에 있는 것처럼.

"alf!"

그때 가비지가 갑자기 얼굴을 들어 올리더니 한 차례 우짖었다. 가까이 다가오는 이알마스의 기척을 감지했기 때문일 테지.

그래봤자 성격이 성격이다. 「뭐야, 왔냐」라는 몹시 무뚝뚝한 한마디 반응이었다만.

조금 늦게 라라자, 더 늦게 벨카난과 마지막으로 오를레아가 알아차린다.

오를레아의 한쪽만 남아 부예진 시야로는 어느 모험가든 애매모호한 그림자와 마찬가지였다.

그리고 노움 쌍둥이는 평소와 같이 멍하니 고개 숙였다. 과연 알아차리기는 했을까.

"공부 중인가."

"누구누구 씨가 주문을 안 가르쳐주니까."

흥, 코웃음을 치고 오를레아는 대꾸했다.

슬며시 들여다봤더니 소녀가 손에 들고서 펼쳐 놓은 것은 두껍고 무거운 주문서.

고대의 대마도사가 남겼다는 몇십 권이나 되는 분책 중 하나…….

《딜토(암흑)》의 권이다.

이렇게나 많은 지면(페이지)의 수를 사용하여 간신히 진언 하나의 의미를 설명할 수 있다는 것을 어떻게 생각해야 할까.

저자가 형편없는 탓인가, 진언이 난해한 탓인가, 독자가 미련하기에 온갖 설명을 추가한 탓인가.

이알마스는 딱히 흥미도 없었다만…….

"마, 많이 가르쳐주고 있다고…… 생각하는데."

"활용법은 말이지……."

소곤소곤하는 소심하기 짝이 없는 벨카난의 대꾸에 오를레아는 답답하다는 듯이 날카롭게 쏘아붙였다.

소녀 또한 불평은 있을지언정— 불만은 없다.

어쨌거나 작은 조언조차도 천금의 값어치가, 아니, 돈을 산처럼 쌓아줘도 얻을 수 없는 지식이니까.

주문을 익힌다— 습득한다는 행위에는 몇 가지 단계가 있다고 오를레아는 생각한다.

먼저 주문을 익힌다. 이것은 뭐, 글자 그대로의 의미다. 우선 암기부터 마쳐야 제대로 시작할 수 있다.

다음은 진언, 세계를 개변하는 언령을『올바르고 정확하게 이해한 뒤 머릿속에 새겨 넣는다』라는 의미로 익힌다.

그리고 주문을 모험 와중에 어떤 상황에서 쓰면 되는지 사용법과 유용한 상황 따위를 익힌다.

괴물과 전투를 할 때는 물론이거니와 안 그래도 미궁 안이라는 곳은 기이한 공간인지라 자꾸 긴장되고 수시로 정신력이 소모된다.

머릿속에 진언을 채워놨더라도 미궁에서 제대로 영창을 하지 못한다면 아무 의미도 없다.

이 단계까지 다다랐을 때 드디어 모험 중 주문을 사용할 수 있다고—「주문을 익혔다」라고 말할 수 있는 것이다.

캔트 사원의 사제 녀석들이 향을 피워둔 의례에서만 기적을 다루는 것도 오히려 당연하겠다.

미궁 안에서 정신을 집중하며 경전도 교본도 없이 주문을 영창한 뒤 성공시키는 것은 상당히 만만치 않다.

그런 이유로 고위의 사제임에도 불구하고 《마디[쾌유]》를 구사하지 못하는 참사가 발생할 수 있다—.

—그런 녀석이 정말 있는지는 별개로 치고 말이지.

제6위계의 주문……. 모든 상처를 즉각 치유하는 기적. 구사할 수 있는 인물이, 글쎄, 과연 있기는 할까.

"그나저나 《딜토(암흑)》인가. 수수한 주문에 열심이군."

"뭐, 저번에……."

오를레아는 우물쭈물 입속에서 말을 굴려뜨렸다.

"……유용하게 쓸 수 있었겠다는 생각이 들어서."

"아쉬운 거야. 《카티노(수면)》를 썼다가 실패했으니까."

눈치 없이 라라자가 속내를 지적하자 벨카난도 「그, 그러지 마아……」라면서 마지막 일격을 날렸다.

오를레아는 하나만 남은 눈동자로 두 사람을 뚫어져라 노려보다가 곧장 동료들의 실수를 찾아낸다.

이 소녀가 마음먹는다면 한 개의 결점을 백 가지 문제로 부풀리는 만행도 거뜬히 가능하다.

"너도 함정 식별하다가 틀려먹었잖아!"

"무사히 해제했으니까 문제없잖냐?! 게다가 그땐 《칼포(투시)》도 빗나가지 않았냐!"

"《칼포(투시)》는 그냥 덤이었는걸. 본업이 도적인데 틀린 사람이 더 문제야! 애당초—."

"hmph……."

입씨름을 시작한 두 사람을 가비지가 슬쩍 바라본 뒤 다시 식사에 집중한다.

부하들이 장난치며 노는 와중에 대장이 참견하는 것은 어른스럽지 못한 짓이라는 듯 거만한 태도였다.

오히려 안절부절못하는 벨카난에게 「그냥 놔둬」라고 말하는 것처럼.

그런 점에서는 이알마스도 동감이었다.

스스럼없이 의견을 주고받는 것은 모험가 파티로서 좋은 경향일 테다.

따라서 이알마스는 먼저 소소한 의리나마 지키는 것을 우선했다.

"이 녀석들이 신세를 졌군."

원탁에 앉은 채 멍하니 허공을 바라보고 있는 두 노움 소녀에게 이알마스는 앉아서 시선을 맞췄다.

약간이나마 경의가 있는 행동이었다. 이 남자치고 굉장히 드문 일이다.

과거에 이 쌍둥이가 이알마스가 찾고자 했던 물건을 발견해준 것은 경의를 표시하는 데 부족함이 없는 이유 중 하나였다.

"아니요."

쌍둥이 중 한쪽이 고개를 가로로 흔들었고, 다른 한쪽이 고개를 세로로 흔들었다.

"무척 뜻깊은 시간이었으니까요."

"너희 대장도 곧 올 것이다. 마중을 나가주는 게 좋겠군."

"감사합니다."

"말씀대로 하죠."

"이알마스 님도 일행분들도."

"부디 무사히 모험하시기를."

두 사람은 완전히 동시에 의자에서 내려선 뒤 인사를 하고 종종걸음으로 나아갔다.

빨갛고 푸른 쌍둥이가 떠들썩한 주점 저편으로 사라졌을 무렵에는 오를레아와 라라자의 입씨름도 끝난 참이었다.

이알마스는 원탁의 위에 놓인 주문서를 손에 잡아서 들어 올렸다.

"그래, 이 책의 주인은 어디에 있지?"

넌지시, 이알마스가 책의 주인을 잘 알고 있음을 의미하는 말이었다.

"아, 으음……."

씩씩대며 호흡을 가다듬고 있는 오를레아를 대신해서 벨카난이 말했다.

"뒤쪽…… 저쪽 자리에……. 여, 여자분. 마술사이고—."

부름을 받은 여자가 말없이 일어섰다.

마술사다운 복장을 차려입었으나 세련된 숙녀……라는 표현이 더 어울리는 여인이다.

가녀리고 위태로우며 완벽한 미모— 다만 두 눈이 안대에 가려져 있지 않고, 입을 꽉 다물려 있지 않았다면.

"아리아인가."

"……."

성상의 아리아가 두 눈을 뽑히고 혀와 치아까지 제거당했다는 것은 제법 잘 알려진 사실이었다.

다만 이 여인의 얼굴에 퀭하니 뚫린 세 개의 공허한 구멍을 몸소 목격한 자는 적었다.

이알마스는, 직접 본 경험이 있었다만.

"폐를 끼쳤군."

"……."

"길이 부르더군. 안쪽 방이다."

"……."

다만 아리아는 진언을 능숙하게 다루는 마술사이며, 또한 의사소통도 가능하다.

말의 의미가 무엇인지 고민하게 만드는 여인이었다.

혹은 가비지와 마찬가지로 말 따위 사소한 것이라는 생각을 들게 만든다거나.

"……."

아리아는 이알마스가 내민 주문서를 받아 들고는 우아하게 고개를 숙여 답례했다.

그리고 사뿐사뿐, 모험가와도 주점과도 어울리지 않는 얌전한 걸음걸이로 안쪽 방을 향하여 움직인다.

다만 저 여인을 말도 못하고 눈도 안 보이는 단지 아리따운 여인이라며 우습게 봤던 불한당들이 어떻게 되었는지는 말할 필요도 없겠다.

"아무 말도 안 해서 깜짝 놀랐지만……."

그 뒷모습을 보고 배웅하다가 벨카난이 살짝 숨을 내쉬었다.

"……책, 빌려줬어. 나쁜 사람은 아니야……. 그, 치?"

"뭐, 나쁜 녀석은 아니지."

이알마스는 웃었다.

"좋은 녀석도 아니다만."

좀 다른 표현도 있잖아, 곧장 핀잔을 놓는 오를레아.

물론 오를레아는 오를레아대로 본인을 가리켜서 『선한 사제』라는 말이 나온다면 제법 유쾌한 표정을 지을 테지만.

그렇게 멍하니 딴생각을 하던 라라자는 턱받침을 하고 히죽히죽 놀리듯이 말했다.

"그나저나 이알마스 너도 아는 사람이 있었구나."

세즈말의 파티와 아이네 이외에……. 혹은 캣 로브 이외에.

자신의 교우 관계를 야유하고 있음을 깨달았을 이알마스는 가볍게 어깨를 으쓱거렸다.

"필요가 없기 때문에 어울리지 않을 뿐이다. 있다면 찾아가지."

"필요라니……."

"시체 회수를 하면 말이지, 다른 모험가와 알게 될 기회는 많아지는 법이다."

—뭐, 하긴 당연한가.

라라자의 수상쩍어하는 시선을 알아차린 이알마스는 입가를 비뚤어뜨리고 아무것도 아니라는 듯이 말했다.

"궁금한가? 저 녀석(아리아)의 시체를 주워본 적도 있다만. 알몸이었지."

"아, 알몸……?!"

벨카난이 몹시 놀라서 당황하고, 라라자의 정강이는 오를레아의 발길질에 부조리하게 걷어차였다.

아얏! 소년의 비명을 무표정하게 흘려들으며 이알마스는 말했다.

"어쨌든 간에 우리가 할 일은 달라지지 않는다."

"왕자님의…… 포고문을 말하는 거야?"

힐끔, 걱정스럽게 벨카난이 —이 소녀는 언제나 걱정이 많다— 주위를 살피며 중얼거렸다.

거의 혼잣말에 가까운 질문에도 이알마스는 「맞다」라며 성실하게 대꾸했다.

"목표가 생겼다, 늘어났다. 단지 그뿐이니까. 의욕이 솟아서 좋지 않은가."

"응……. 응."

끄덕끄덕 고개를 움직이는 벨카난은 주먹을 꽉 부르쥐었다. 「열심히 할게」라는 의사 표시.

정강이를 문지르면서 라라자는 테이블에 턱받침을 하고 토라진 모습이다. 평소와 마찬가지.

오를레아는 그 옆에서 불만스럽게 삐죽거리면서 정신 사납게 손을 맞잡기도 하고, 풀기도 하고.

"잠시 볼일을 보러 다녀오마. 그게 끝나면……."

이알마스는 자신의 파티, 그렇게 부를 수 있는 인물들을 주시했다.

"《미궁》에 간다."

요리를 먹어 치우고 있던 가비지가 지저분하게 음식물이 묻은 얼굴을 그릇 위쪽으로 들어 올리고 우짖었다.

"alf!!"

§

카앙, 곤봉이 철구를 가격하는 경쾌한 소리가 울려 퍼지자 다이아몬드를 둘러싼 투기장의 관객들이 들끓었다.

머리를 노린 사구를 멋지게 되받아친 기사는 달려가면서 주루를 방해하는 야수에게 손에 든 무기를 힘껏 휘둘러 올린다.

또다시 울려 퍼지는 경쾌한 타격음. 빙글빙글 돌면서 나가떨어진 야수를 뛰어넘고 기사는 1루를 박찬 뒤 2루로.

그러나 그때 관객석에서 《할리토(작은 불꽃)》가 날아들었다.

팬인지 주정뱅이인지 관객들 틈에 뒤섞인 모험가— 마술사 중 한 명이 저지른 짓이다.

콰아앙, 전장에서 큰 폭발이 발생함에 따라 주자와 야수까지 몇 명 덩달아 끌어들여서 함께 날아가버렸다.

열풍이 관객석까지 불어닥치는지라 따끔따끔 사람들의 살갗을 가열하고 있다.

그러나 그 폭음마저도 지워 없애는 열렬한 환성.

오늘도 마구(위즈 볼) 경기는 성황인 듯싶었다.

시스터 아이닛키가 캔트 사원에서 모습을 보이지 않을 때 찾아

볼 만한 곳은 몇 군데로 한정된다.

무기 상점, 주점, 도박장, 혹은— 마구장.

흥분해서 신나게 발을 구르는 관객들 틈에 부루퉁한 표정으로 앉아있는 수녀가 확실히 눈에 보였다.

이알마스는 군중을 밀어 헤치며 수녀의 보드라운 둔부 옆쪽에 쓱 엉덩이를 붙인다.

아이넛키는 자신의 옆쪽에 앉은 남자의 등장에 샐쭉 입술을 삐죽거렸다.

"……별일이네요."

얼굴은 여전히 투기장을 향한 채 눈만을 힐끔 옆으로 움직여서 아이네는 이알마스를 일별했다.

"이알마스 님께서 이런 곳에 오시다니요."

"올 필요가 딱히 없었으니까."

이알마스는 딱히 흥미도 내비치지 않고 시합을 바라보다가 중얼중얼 답했다.

애당초 이알마스가 아이넛키를 찾아다니는 일 자체가 지금껏 거의 없었다.

이 남자의 세계는 미궁과 미궁 관련의 시설, 나머지 기타 등등이다.

훈련장, 숙소, 주점, 사원, 무기 상점만 있다면 전혀 아쉬워하지 않는 남자였다.

그런 남자가 일부러 아이넛키를 찾아 마구장까지 걸음을 옮기다니.

아이닛키의 심기는 내리막을 지나쳐서 절벽에 도달했다만, 그 성의를 봐서 대화에 응하고자 기력을 끌어모았다.

적어도 엉뚱한 사람에게 화풀이를 하지 않을 만큼은 분별이 있다고 자신하니까.

"……정말 처참하게 추태를 보이고 말았어요."

"시합 말인가. 나는 잘 모르겠군."

"알고 있잖아요."

시스터 아이닛키는 변함없이 입술을 삐죽거리며 빰을 볼록거렸다.

"그 추태에 대해 다시금 이야기를 듣고 싶어서 왔다만."

"……알고 있잖아요."

"더 알아야 한다."

—하지만 이 발언에는 화를 내도 괜찮은 게 아닐까요?

이알마스가 똑바로 이쪽을 바라보고 있다. 그 시선을 느끼며 아이닛키는 눈을 돌렸다.

이 남자가 어떤 인물인지 아이닛키는 예전부터 뼈저리게 잘 알고 있다.

그렇다면 꺼내고 싶은 말이 아니라 꼭 건네야 할 말을 전할 수밖에 없겠지—.

아이닛키는 잠시 갈등한 끝에 가슴속에 소용돌이치는 여러 감정을 전부 날숨과 함께 내뱉었다.

"특별히 뭔가 뒤늦게 떠오른 것은 전혀 없는데 말이죠……."

그리고 지난밤의 사건에 대해 경과를 적당히 짚어 가면서 이야기해줬다.

물론 이알마스는 알고 있다. 왜냐하면 이 여인에게서 가장 먼저 설명을 들은 사람이니까.

더 정확하게 말하면 왕궁과 도시의 높은 분들에게 올렸을 보고 다음이라는 전제를 붙여야겠으나, 뭐, 사소한 일이었다.

아마 사라도 추가로 말을 들었겠지만……. 그 또한 이알마스는 별 관심이 없다.

이 남자가 의식을 집중하는 대상은 언제나 당장 자신의 눈앞에 놓인 목표, 그리고 자신의 미궁 공략과 관계된 일이었다.

즉, 납치당한 왕태자와…… 납치를 실행한 하수인. 다시 말하자면—.

"기묘한 동물(스트레인지 애니멀)…… 인가."

"마신이나 뭔가 비슷한 부류라고 생각은 되는데요……. 달리 표현할 말이 없는 상대였어요."

이알마스는 아이닛키의 행동을 비평도 하지 않고, 질책도 하지 않고, 위로도 하지 않았다.

그런 태도에 안도감인지 낙담인지 분간할 수 없는 감정을 품으며 아이닛키는 시선을 다시 투기장으로 향한다.

그곳에서는 공수가 전환되며 두 개의 전투단이 각각 선수를 교체하고 있던 참이었다.

—잘 버텨주면 좋을 텐데 말이죠.

아이닛키는 눈을 절반쯤 감고 시합을 일별한 뒤 힐끔 이알마스에게 곁눈질을 했다.

"당신은 별로 흥미가 없겠지만 말이죠, 저는 그 왕태자 전하를 딱히 싫어하지 않는답니다."

"아주 흥미가 없지는 건 아니다만."

이알마스는 어깨를 으쓱였다.

"나중에야 어떻게 되든, 지금은 말이지."

"미궁과 관련이 됐기 때문이지요?"

"잘 아는군."

"못살아, 정말……."

아이닛키는 말로는 푸념을 할지언정 말처럼 야유를 하는 기색이 목소리에서 묻어나지는 않았다.

"어차피 네가 보기에는 상대가 누구든 간에 구원해야할 대상이지 않나?"

"어머나."

눈을 감았다 뜬 아이닛키는 작게 웃음소리를 목 안으로 굴리다가 고개를 갸웃거렸다.

"이래 보여도 저는 손을 내밀 상대는 제법 까다롭게 고른답니다?"

설마 모르셨던 거예요? 아이닛키는 놀리는 말투로 덧붙인다.

"자기 혼자서 일어나 걸을 수 있는 분보다는 길을 헤매는 사람, 헤매면서도 앞으로 나아가고자 하는 사람을요."

"그럼 나는 길을 헤매고 있는 부류인가?"

"겨우 일어나서 걸음을 막 내디딘 참이랄까요."

이알마스는 「부정할 수 없군」이라고 말하며 나지막이 웃었다.

그와 동시에 높고 날카롭고 맑은 금속음이 울려 퍼졌다.

아이닛키가 「어머, 본루타」라고 중얼거리고 몸을 휙 굽히자 철구가 그 머리 위를 날아 지나간다.

몇 줄 뒤쪽의 관객에게 철구가 정통으로 격돌한 것 같다.

뼈와 살점이 부러지고 찌부러지는 소리. 비명. 다만 그것도 관객들에게는 즐거움 중 하나였다.

와앗, 환성이 쏟아지고 열광한 군중이 벌떡 일어나더니 바닥을 구르거나 팔을 휘돌린다.

"아무래도 오늘은 운이 없나 보네요……."

엘프 수녀는 우울하게 한숨을 쏟았다.

그러한 날도 있는 법이다.

물론 당연히 아는 사실이었다. 언제나 날이 맑지는 않다. 인생도 마찬가지.

다만 알고 있기는 할지라도— **그러한 날**이 쭉 이어지면 마음이 울적해지기 마련이다.

이알마스가 우울증에 빠진 아이닛키의 마음을 헤아렸기 때문은 아니었을 것이다.

단지 「깜빡했군」이라고 중얼거린 뒤 외투 안쪽에서 병을 꺼내 들더니 수녀의 보드라운 무릎 위쪽에 올려놓았다.

"엘사리온이 소생의 답례라며 갖다주라더군."

"어머, 벌꿀주(미드)!"

시스터 아이닛키의 기분이 기다린 귀와 비슷하게 살짝이나마 들떠 올랐다.

수녀는 술병의 안에 가득 찬 호박색의 액체를 스케일의 흐린 하늘에 비춰 본다.

그리고 드디어 부드러운 미소를 제 얼굴에 띠어 보였다.

"좋은 술이네요. 감사히 받도록 하죠."

"그래, 잘 챙겨라."

이알마스는 고개를 한 번 끄덕여서 답한 뒤 일어섰다.

다행히 후열의 관객은 조금 전 철구에 거하게 얻어맞고 실려간 참이다.

왜 일어나서 시야를 막느냐고 불평을 늘어놓을 사람은 없었다.

아이닛키는 까만 외투를 아래에서 올려다봤다.

"……이제 가시는 건가요?"

"그래."

이알마스는 고개를 끄덕였다.

"볼일은 마쳤다."

정말로 다른 용건은 없었나 보다.

이알마스는 외투를 펄럭이며 몇 발짝 걸음을 내디뎠다가 문득 생각났다는 듯이 멈춰 서더니 또 뒤돌아봤다.

"시간이 있거든 내가 나가떨어지지 말라고 기도해다오."

"그럼 길을 잃어서 다시 돌아오도록 기도를 올려드릴게요."

시스터 아이닛키는 키득키득 웃고 여봐란듯이 두 손을 기도하는 자세로 맞잡았다.

그 아름답고 하얀 손가락에는— 반지의 광채가 희미하게 반짝거리고 있었다.

§

"어라라, 이상하네……."

철심 사바타의 혼잣말은 자신이 태어났던 고향인 사막의 열풍처럼 무척 메마른 음색이었다.

미궁의 엷은 어둠 속으로 떠오른 하얀 복장은 마치 사제나 신관인 듯한 인상을 준다.

다만 민첩한 몸놀림, 허리에 장비한 단검, 등에 멘 쇠뇌를 보면 어렵지 않게 정체도 짐작할 수 있을 것이다.

알마르의 신성한 전사(페다인)는 방심하지 않는 눈빛으로 석조 통로를 주시했다.

그 눈이 살펴보고 있는 대상은 하나의 석벽이다.

손으로 만져봐도 분명한 감촉이 돌아온다. 이곳에 벽이 있다는 것에 의심의 여지는 없다—.

"무슨 일이신가요?"

그런 남자의 손 주변을 엄지손가락보다 살짝 큰 소녀 기사가 쏙 나타나서 들여다본다.

소녀의 커다란 투구 안쪽 눈동자와 시선을 마주하고자 사바타는 살짝 몸을 굽혔다.

"아니, 여기에는 분명 통로가 있었거든. 기억으로도, 지도에도."

"사바타 님의 지도가 설마 틀렸을 리는 없지요. 그럼 미궁의 함정입니까."

"너까지 걸려들었다는 것은 납득이 안 되는데."

자신의 기량에 대해 일말의 의문을 갖지 않는 시선에도 사바타는 전혀 동요하지 않고 답한다.

마찬가지로 요정 기사도 또한 —체구를 먼저 고려한다면— 풍만한 가슴에 손을 가져다 대고 자랑스럽게 말했다.

"그렇다면 제가 척후로서 주위를 살펴보고 오죠. 바닥의 함정에 당할 우려는 없습니다."

소리도 없이 등에 난 날개를 진동시키며 날아오른 소녀는 장난감 같은 갑주에 마치 창처럼 생긴 바늘을 손에 들었다.

이 요정이 바로 역전의 기사, 전장의 소녀(발키리), 은빛 창 브리트마트임을 알았을 때 놀라지 않는 사람은 없다.

페어리는 수명이 인간과 비슷해졌음에도 여전히 깊은 숲속에서 생활하는 약소 종족이다.

무구하고 순진하며 호기심이 왕성할지언정 동시에 겁도 많은지라…… 도시로 나오는 자는 썩 많지 않았다.

모험가— 더구나 술법이나 은밀 행동이 아닌 무기를 손에 들고서 싸우기를 선택하다니!

그러나, 다만.

용사이든 어린아이이든 미궁에서 가진 가치는 비슷하게 동등하며 가장 밑바닥의 약자에 불과하다.

그렇다면 작은 페어리일지라도 용사와 비슷하게 싸울 수 있음을 의미하지 않겠는가.

그렇게 믿고서 굳은 마음으로 미궁에 몸을 던질 수 있다면―. 조건이 하나 필요하다만.

아무튼 간에 적어도 저 아름답고 투명한 곤충 같은 날개가 《리토페이트(부유)》의 효과를 발휘하는 것은 의문의 여지가 없다.

회전 바닥이든 텔레포터든 슈트든 소녀까지 걸려들 우려는 없다.

그러나 사바타는 둥근 통에서 지도를 꺼내 펼치며 「아니」라고 고개를 옆으로 흔들었다.

"뭉쳐서 움직이자. 또 시체 회수꾼에게 신세를 지고 싶지는 않아."

"으……."

곧장 브리트마트의 어여쁜 얼굴이 붉게, 그리고 파랗게 물든다.

"……네, 확실히 맞는 말씀이군요. 저도 조금 마음이 급해졌는지도 모르겠습니다."

한창때의 아가씨라면 당연하게도 자신의 몸을 누군가가 인형처럼 만지작거리는 상황은 생각하고 싶지도 않은가 보다.

아무렇게나 버려진 시체를 짊어지고 지상으로 향하는 누군가를 시체 쪽에서는 까다롭게 선택할 수 없다.

소생의 대가로써 무엇을 요구할지― 요구받았는지는 되살아난

이후에나 알 수 있었다.

이알마스처럼 시체를 단지 시체로써 취급하는 사람만 있다고 단정할 수는 없으니까.

애당초 홀로 미궁에 버려진 채 미궁에서 썩어 문드러지는 처지를 브리트마트는 생각도 하지 않는다.

소녀는 자신의 영혼이 사라지는 사태는 있을 수 없노라고 진심으로 믿고 있었다.

"그럼 우회할까요?"

"응, 다른 길을 찾아보자."

동료들의 대화에 귀를 기울이던 아리아는 소리도 없이 사뿐히 일어섰다.

철심 사바타, 은빛 창 브리트마트, 그리고 성상의 아리아.

고작 셋, 이 자리에 있는 모험가 전부였다.

단독(솔로) 활동을 하는 모험가가 아주 없지는 않다. 결원이 생겨 인원수가 부족한 탓에 임시 파티를 짜는 경우도 있겠다.

다만 고정으로 3인의 파티를 짜서 활동한다면— 이런 경우는 《스케일》에서도 드물다.

목적은 단적으로 말하면 무사 수행이었다.

무예를 연마하고 재화를 모으는 것이 목적이라면 파티의 인원수는 적으면 적을수록 좋다.

적어도 미궁에서는 맞는 사고방식이다.

무슨 일이 있어도 꼭 최하층에 가고 싶다는 생각을 하는 게 아니라면 마음이 맞는 사람과 파티를 짜는 것이 제일이었다.

반쯤 용병처럼 여러 파티를 전전하던 사이에 지기를 얻게 된 세 사람은 이런 점에서도 마음이 잘 맞았다.

지금에 와서는 세 사람이 모두 하나같이 미궁에서 이름을 떨치는 고위 모험가로서 한 자리를 차지하고 있다.

다만—「더 높이」를 바라는 마음이 브리트마트에게는 있는 듯싶다.

"하지만 기사된 자로서 역시 용살의 무훈 정도는 갖고 싶습니다."

자기 키보다 더욱 긴 창을 가볍게 들어 올리고, 노출된 등의 날개를 진동시키며 요정은 공중에서 빙글 뒤돌아본다.

"가비지와 벨카난 말인가."

사바타는 같은 고향에서 온 여자아이의 이름을 중얼거렸다. 목소리에 이렇다 할 감개는 없다. 단지 사실을 잡담 나누듯이 말한다.

"확실히 요즘 들어서 이름을 자주 들었지."

"왕태자 전하의 하명을 완수하고 재앙을 방비한다면 저도 영웅이 될 수 있을 겁니다."

브리트마트는 최하층을 목표로 전진하는 것, 더욱더 깊은 심연에 도전하는 것에 긍정적인 듯했다.

이 작은 요정은 영웅으로서 이름을 떨치는 날을 꿈꾸고 있다.

사바타는 그 꿈에 아무런 말도 하지 않는다만, 아리아는 멋진 마음가짐이라고 생각했다.

어차피 꿈꿔야 한다면 멋진 꿈을 꾸고 싶지 않겠는가.

"무슨 일 있나?"

차분하게 묻는 사바타에게 고개를 옆으로 흔들어 답한 뒤 아리아는 사뿐사뿐 뒤를 따랐다.

양쪽 손가락이 부서지고, 귀가 찌부러지고, 눈구멍을 도려낸 데다가 혀와 치아를 뽑힌 채 처형을 당할 뻔했던 여인이다.

그런데 지금은 이방의 전사와 아름다운 요정을 동료로 맞이하여 마술사로서 신화, 전설의 영역을 거닐고 있다.

아리아에게는 이미 영웅담의 등장인물이 된 것처럼 꿈속에 있는 나날이라는 뜻이다.

그렇다면 굳이 회랑의 종단을 넘어 나락으로 발을 들일 필요도 없었다.

—지금은, 아직.

이알마스는 생각이 다를 테지만.

제 4 장
Oops!

—이렇게나 수가 많았나……?

라라자는 경계를 거듭하며 주의 깊게 상황을 관찰했다.

도시 변두리에서 《미궁》 입구로 내려서니 보이는 것은 지하 1층의 계단 바로 아래쪽에 모여 있는 모험가들.

그러한 광경 자체는 《스케일》에서는 일상다반사이다.

하지만—.

"무기와 방어구는 잘 챙겼나? 조, 좋아, 간다……!"

"임시로 파티를 짤 녀석은 없나? 신조는 아무래도 좋아. 마술사면 된다!"

"감정! 감정 가능한 사람 없나요~?!"

"살려줘, 치료해줘……. 죽고 싶지 않아, 죽고 싶지—."

—숫자가, 굉장하군.

이제껏 라라자가 한 번에 목격했던 사람의 수를 눈앞의 광경은 크게 상회하고 있었다.

새것 같은 잡다한 장비를 몸에 장비한 부류가 있고, 창고에서 꺼내 온 것으로 짐작되는 낡은 무구를 손에 든 부류도 있다.

젊은 사람만 있는 게 아니라 숙련가로 보이는 사람도 —외지의 기준에서는— 드문드문 섞여 있었고.

의기양양하게 긴장한 표정으로 미궁에 도전하는 사람도 있고, 여기까지 와서 뒤늦게 동료를 찾는 사람도 있다.

그런가 하면 잡동사니를 안아 들고서 돌아온 사람, 상처 입고 쓰러져서 빈사의 상태로 버림당하는 사람도.

어쨌든 간에 미궁의 지하 1층에 내려선 이상 모험가라는 사실은 의심할 여지도 없다.

"딱 봐도 벼락치기 모험가잖아."

오를레아가 코웃음 쳤다. 소녀는 잔뜩 들어찬 사람들에게 시달리면서도 대놓고 들으란 듯이 무뚝뚝한 목소리로 삐죽거리며 말한다.

"괴물 따위 여유롭게 해치워버리고 눈 깜짝할 사이에 출세하겠다, 못하는 게 이상하다고 믿는 녀석들."

"그, 그렇게 말을 하자면, 나, 나도, 비슷하게…… 신참이고…… 벼락치기, 모험가인데?"

주뼛주뼛하며 중얼거리는 벨카난에게 「드래곤을 잡아 놓고서 뭔 벼락치기야」라며 하나만 남은 눈에서 시선이 콱 박힌다.

어찌된 영문인지 소녀는 몹시 기분이 언짢은가 보다. 벨카난은 더욱더 움츠러들고 말았다.

"yap!"

"우리가 굳이 신경을 쓸 문제도 아니지."

말처럼 정말 신경을 안 쓰는 사람은 이알마스와— 의기양양하게 쇳덩이를 짊어진 들개, 가비지 정도였다.

이 녀석, 잔반, 대강 보아하니 자신보다 약하다고 가늠이 끝났는지 어중이떠중이에게 특별히 흥미는 없는 듯싶다.

걸리적거린다, 비켜라, 비켜, 흥흥거리며 기세 좋게 달려가는 방향으로 인파가 쭉 갈라진다.

그 뒤를 태평하게 따라가면서 이알마스는 또 담담히 말을 꺼냈다.

"살아남아서 역량(레벨)을 올린 녀석이 있다면 저절로 눈에 들어올 테지."

"……그렇게 넘기라는 거냐."

"그렇다. 너도 그랬으니까."

이알마스는 짤막하게 말한 뒤 라라자를 칭찬했다— 어째서 칭찬받았다는 생각이 들지?

라라자는 겸연쩍어져서 입을 다물었다. 오를레아가 히죽이며 팔꿈치로 쿡쿡 찌르는지라 뚱하게 쳐낸다.

뒤쪽에서 두 사람이 여느 때처럼 뭔가 입씨름을 시작하고, 벨카난이 어쩔 줄을 몰라서 당황하기 시작하고—.

—제법 떠들썩하군.

아직 미궁에 진입해서 한 구획도 나아가지 않았는데 이런 꼴이다.

등 뒤의 떠들썩한 소리, 앞에서 시끄럽게 외치며 이쪽을 부르고자 가비지가 우짖는 소리.

그 사이에 끼어있는 자신— 이런 것은 오래도록 생각도 해본 적 없었던 입장이기는 했다만.

생각해보면 과거의 자신도 이런 위치에 서서 미궁을 걸어 나아갔을지도 몰랐다.

"yap!"

"그래, 알고 있다."

이알마스는 대꾸한 뒤 다리를 움직였다.

"부딪치겠군."

"yelp!"

—아이고.

뭐, 상관없다. 전위가 기운 없이 풀 죽어 있으면 곤란한 것은 다른 동료다.

게다가 다이아몬드의 기사잖은가. 용맹하게 활약해주길 바란다. 이쪽도 더 힘이 날 테니까.

쫑쫑거리며 선두에 서서 미궁으로 뛰어드는 빨간 머리카락 소녀의 뒤를 쫓으며 이알마스도 돌바닥을 박찬다.

"woof!"

가비지는 붐비는 구역을 빠져나간 뒤 망설임 없이 평소에 익숙하게 다닌 통로를 따라 달음박질친다.

지난번 탐색 이후로 이알마스 파티는 다크 존의 승강기를 활용하기 시작했다.

지하 3층의 몬스터 배치 센터로 내려선 뒤 그곳에서 또 승강기를 갈아타고 움직인다.

이알마스에게는 무척 익숙한 —그립다고도 말할 수 있겠다— 경로였다.

"……뭔가 더 편한 길은 없는 거야?"

매번 똑같이 오를레아는 투덜투덜 불평을 늘어놓지만.

소녀는 종족 특유의 맨발로 돌바닥을 살짝 문질렀다가 곧이어 마음을 다졌는지 승강기에 올라탔다.

공포심이 있냐는 것과 그럼에도 나아갈 수 있느냐는 역시 또 다른 문제다.

이 레아 사교는 자신이 겁먹었다는 사실 자체를 몹시 짜증스럽게 느끼는 듯했다.

—패기가 있다. 기특하군.

따라서 이알마스는 굳이 뭐라고 더 말을 할 생각도 없었다.

멈춰 서서 나아가지 못하게 되었다면 그때 어떻게 대응할지 생각하면 되는 것이다.

"whah! waf!"

팅, 경쾌한 종소리와 함께 승강기가 멈췄다.

열린 문에서 가장 먼저 뛰쳐나간 것은 말할 필요도 없이 가비지다.

라라자가 뒤를 따르고, 느릿느릿하게 벨카난이, 이어서 이알마스, 마지막으로 오를레아가 살며시.

신나서 달려 나가는 가비지의 외투를 라라자가 냅다 붙잡는 모습을 보고 이알마스는 피식 웃었다.

"지도는 가져왔겠지."

"당연하잖냐!"

컹컹, 항의의 소리를 무시한 채 라라자가 허리에 찬 지도 가방을 퍽 두드렸다.

상당히 **질 좋은 가죽**을 써서 제작한 만큼 괜찮은 소리가 난다.

무척 애용한지라 약간 골동품의 느낌도 나기 시작했으나 해질 낌새도 없다.

—내가 봐도 괜찮은 물건을 조달해줬군.

이렇듯 이알마스도 내심 뿌듯한 마음이었다.

"그래, 오늘은 어쩔 셈이냐? 앞으로 나아가는 건가?"

"솔직히 말하자면 구획을 전부 채우고 나서 움직이고 싶기는 하군."

바스락바스락 지도를 펼치고 있는 라라자에게 이알마스는 혼잣말처럼 대꾸했다.

"빈 공간이 남았는데 다음 계층으로 넘어간다는 게 몹시 기분이 찝찝해서 말이지."

레그너의, 아니면 더 정확하게 슈마허의 파티라고 말해야 할까.

그쪽은 이미 지도를 채우는 작업은 생략하고 앞으로 쭉 나아가는 것을 우선하고 있다고 생각된다.

추월당하는 상황에 저항감과 비슷한 생각이 드는 것은, 뭐, 부정할 수 없다만.

그렇다고 무작정 지기 싫다며 대항심을 불태워서 폭주할 만한 성격도 이알마스는 아니었다.

모험을 하는 방식은 바꾸고자 생각해서 쉽게 바뀌는 것도 아니다.

"대열은 평소와 같이. 아직 열지 않은 묘실에 들어가서 괴물을 해치우고 보물상자를 딴다."

"아, 알았어."

벨카난이 비록 겁먹었으나 끝내 허세를 부리며 소리 높인다.

"여, 열심히, 할게!"

"열심히 하든 안 열심히 하든 실수만 안 하면 어느 쪽이든 상관 없잖니."

오를레아가 옆에서 쿡쿡 찌르자 잠시나마 솟아 나오던 가짜 기백이 차츰 사그라진다.

그 모습을 보고 자그마한 레아 소녀는 코웃음을 치더니 지긋지긋하다는 듯이 얼굴을 찌푸렸다.

"아무튼 평소대로 하면 된다는 말이네. 자, 라라자도 빨리 앞으로 가."

"또 나냐."

하는 말처럼 불만스러운 기색도 없이 라라자는 금화를 돌바닥 위로 던졌다.

"wouaff!"

짤랑, 튕기는 소리와 가비지가 우짖는 목소리 중 무엇이 더 빨랐을까. 뒷일은 평소와 마찬가지다.

홱 달려 나가는 소녀와 금화의 소리, 모험가들의 발소리.

그렇게 정신없는 잡다한 집단 안에서 이알마스는 하얀색 선과 새카만 어둠 안쪽을 멍하니 바라봤다.

—그나저나, 아이닛키가 끝내 놓쳐버린 상대인가.

미궁 안에 무엇이 숨어있든 간에 이곳에서 모종의 즐거움을 찾아내는 데는 충분한 정보라고 말할 수 있겠다.

"좋아."

이알마스는 말했다.

"오늘은 5층이다."

§

"Eek?!"

"흐아, 아앙……?!"

수북수북, 묘실 안쪽에 잔뜩 우거진 기묘한 식물이 제 덩굴을 꿈틀거리며 기어 나왔다.

앞장서서 뛰어들었던 가비지와 뒤를 쫓았던 벨카난이 눈 깜짝할 사이에 몸을 포박당한다.

"흐, 아, 아앗?!"

이런 때만큼은 벨카난도 큼지막한 몸, 거구의 덕을 본다.

우물쭈물, 느릿느릿한 움직임 때문에 첫 행동이 지체되었으니 훽훽 몸을 비틀어서 **공격**으로부터 벗어날 수 있다.

반면에— 이렇듯 초전부터 체력(히트 포인트)이 크게 소모된 인원은 가비지였다.

덩굴에 온몸을 붙들린 소녀. 이 같은 상황이 혹여 선정적으로 느껴지면 단지 문장을 읽었기 때문일 테지.

저 식물의 목적은 분명하게 교살에 있음이 티가 났으니까.

가녀린 몸은 팔도 다리도 덩굴에 조여지면서 꽉꽉, 빽빽 소리와 함께 공중으로 매달려 올라간다.

"crouahh……!!"

가비지가 더는 견디지 못하고 아우성쳤다.

가느다란 목에 뒤얽힌 덩굴은 소녀의 기도를 조였고 잠긴 목소리가 새어 나온다.

"이, 이게 뭐냐……?! 포도, 뭔가, 식물의 덩굴……. 덩굴손인가?!"

"스트랭글러 바인……!"

단검을 겨눈 채 라라자가 침음하자 곧장 오를레아가 외친다.

이알마스는 가만히 듣고 있다가 「오호」 하고 감탄의 숨을 토했다.

―《라츠마픽(식별)》도 없이 용케도 간파를 했군.

잘 배우고 있다. 이알마스는 소녀에게 일단 합격점을 주었다.

스트랭글러 바인(조여 죽이는 덩굴)은 이름이 나타내듯 사냥감을 목 졸라 해치운 뒤 양분으로 삼는다.

그 행위에는 선도 악도 없다. 모험가라는 먹이를 놓치지 않고자 하는 의지가 있을 뿐이다.

"주문은 거의 안 통하는 데다 숫자도 많군. 심지어 별 대단한 경험도 되지 않는다. 귀찮은 녀석들이지."

"알아……! 어떡할 거야?!"

"도망치거나……."

이알마스는 덩굴에 얽힌 채 몸부림치는 가지비를 바라봤다.

"모조리 죽이거나. 선택해야겠지."

"진짜 귀찮네……!"

"귀찮다고 말했잖나."

라라자는 이알마스의 대꾸에 악담을 퍼부으며 가비지를 뒤얽은 덩굴 한 가닥으로 몸을 날렸다.

단검을 마구 휘두르며 덩굴을 잘라봐도 잘리자마자 자꾸자꾸 또 다른 덩굴이 뻗어 나온다. 끝이 없었다.

"아, 아앗……! 나, 나도…… 도울게……!"

벨카난이 꾸물꾸물 뛰어나와서 라라자의 등 뒤에 자리 잡았다.

지팡이 대신 휘두르고 있는 용살의 검으로 가비지를 풀어주는 것은 어렵겠다고 판단한 까닭일까.

소녀는 칼질에 열중하고 있는 라라자를 자신의 큰 체구로 검을 휘둘러서 지키는 데 집중하고자 선택한 듯하다.

"crorf……! argggghh……."

게거품을 물고, 경련과 산소 결핍으로 몸부림치면서도 죽자 살자 저항하는 가비지.

그 모습을 보고— 오를레아는 입술을 꽉 깨문다.

—이런 상황에……!

주문술사는 어떻게 행동하면 되는가. 아니……. 아니, 아니야. 그래, 맞아!

"《다루이라 타잔메(어둠이여, 오너라)》!!"

초자연적인 《딜토(암흑)》가 묘실을— 스트랭글러 바인 무리를 뒤덮었다.

곧바로 척 봐도 덩굴의 움직임이 둔해졌으며— 라라자의 칼날이 우스울 만큼 가뿐하게 덩굴을 잘라낸다.

라라자는 일순간 눈이 휘둥그레졌다가 곧 쾌재를 불렀다.

"잘했다, 오를레아!"

“이쪽은 됐으니까 빨리 잔반 숨통부터 붙여놔……!”

“이, 야아앗……!”

벨카난이 맥 빠지는 코맹맹이 소리와 함께 휘두른 용살의 검도 마찬가지.

이렇게 되면 큼지막한 손도끼로 덤불을 썩둑썩둑 잘라 쳐내는 작업이나 마찬가지다. 전투의 천칭은 언뜻 보아도 기울었다.

“용케 알아차렸군.”

“뭐, 그냥.”

이알마스의 말에 오를레아는 무뚝뚝하게 애써 목소리를 삐죽이며 답했다.

명확하게 주문을『익혔다』라는 실감과 고양감을 다른 사람에게 드러내고 싶지는 않았으니까.

더구나 이 남자는 명색이 오를레아에게 마술의 스승 비슷한 인물이기도 하다.

바보처럼 헤벌레하며 들뜬 모습을 보여주는 것은 소녀의 긍지가 용납하지 않았다.

“미궁에도 흐릿하게나마 빛이 있으니……. 저 녀석들 식물이면 빛이 없어졌을 때 약해질 것 같았거든.”

“나도 도무지 학자 녀석들의 이론은 이해가 안 되지만 말이다.”

이알마스가 묘하게 에두르는 표현으로 서두를 뗀다.

그 목소리가 살짝이나마 신이 났음을 알아차린 오를레아는 상대를 빤히 올려다봤다.

"저 녀석들, 분류상은 풀이 아니라 마수라고 하더군."

"뭐어……?!"

당황하는 반응에 이알마스는 목구멍 안쪽으로 웃음소리를 흘리며 어깨를 으쓱거렸다.

"뭐, 따지고 보면 슬라임이라는 것들은 점균, 곰팡이와 비슷한 부류에 동물 취급이잖나."

"뭔가 납득이 안 되네……."

그게 뭐야. 오를레아는 불합리한 분류법에 입술을 삐죽거리며 항의의 뜻을 표시했다.

다만, 하지만—.

—귀중한 지식이야, 이것도.

이렇게 툭툭 막 떠올랐다는 듯이 이 남자는 지식을 베풀어준다.

상대가 잘 소화했는지는 아예 신경도 안 쓰고.

성장의 거름으로 써먹는 것은 본인의 문제라는 태도. 상당히 냉담한 지도 방침이기는 한데—.

—지도를 해준다는 게 일단 감지덕지지.

충분히 좋은 환경에서 성장의 기회를 얻은 셈이다.

물론 오를레아는 —이알마스도— 단지 아무것도 안 하는 것은 아니었다.

더 정확하게 말하면『아무것도 안 한다』라는 행동을 하고 있다.

전위가 분투하고 있는 동안에 주문(리소스)을 온존하고 제 몸을 지키는 데 전념한다.

가끔은 이 같은 행동이야말로 주문술사의 역할이 되고는 한다.

왜냐하면 모험은 당장 한 번의 전투로 끝나는 것이 아닐뿐더러 파티에는 자신 한 명만 있는 것이 아니니까.

"에, 라아앗! 슬슬 자기 힘으로…… 빠져나와라, 가비지……!"

"ahem……! cough……!"

가슴이 서늘해지도록 살점을 잡아 찢는 듯한 소리를 내면서 뚝뚝 덩굴이 끊어진다.

몇 차례 심하게 기침한 뒤 가비지의 탁하게 가라앉는 눈동자가 곧바로 빛을 되찾았다.

"wheee—!"

이제부터는 온전히 소녀의 독무대다.

분노로 불타오르는 다이아몬드의 기사가 손을 움직이자 악마 멸살의 성검 하스니르가 드높이 부르짖었다.

"Arrrrrggggghhhhhhhhhhh!!!!"

건방지게 나를 애먹였구나, 형형히 타오르는 눈동자와 우짖음 소리가 무엇보다도 사납게 노여움을 대변해주고 있다.

허공에서 몸을 비틀며 접촉하는 것 전부를 절단하는 듯한 검풍이 휭휭 몰아친다, 몰아친다, 몰아친다.

이런 상황이 되었다면 고작 움직이는 식물 따위는 전혀 적수가 못 된다.

모조리 절단당하고, 베여 나가고, 산산이 조각조각이 날 때까지— 불과 몇 초.

"wooooof!!"

"화났는데…… 그치만, 이제 기분이 나아졌구나……. 맞지?"

글자 그대로 토막을 내서 짓밟은 뒤 높이 우짖는 가비지를 보고 벨카난이 숨을 내쉰다.

반면에 라라자는 지긋지긋하다는 듯이 얼굴을 찌푸리고 있었다.

"기분이 좋아지면 좋아지는 대로 골치가 아프다고, 저 녀석."

"아하하……."

어쨌든 간에— 이렇게 전투는 종료됐다.

라라자는 어두운 묘실 안쪽에서 어느 틈인가 나타난 보물상자를 향해 다가간다.

보물상자는 전투 중에는 전혀 의식할 수 없는데도 처음부터 그곳에 있었던 것처럼 묵직하게 모습을 드러내고는 한다.

정말 신기하다— 감탄 한마디로 넘어가도 되는 것인지 알 수 없었다. 아무튼 간에 미궁은 항상 이렇다.

이곳은 그런 영역이라고 적당히 납득할 수밖에 달리 도리가 없겠다.

"whineeeee……."

라라자가 개봉 작업에 착수한 상자를 가비지는 거듭 주의하며 여기저기 살펴보기도 하고 냄새를 맡으며 돌아다녔다.

또 폭탄이 작렬하는 게 아닌지 경계하는 듯하니 오를레아가 보기에는 유쾌한 광경.

—다 끝나고 보면.

눈 깜짝할 사이. 정말 맥 빠지도록 간단한 전투였다.

단지 숫자가 많았을 뿐. 물량에 밀려나지만 않는다면 조금 귀찮긴 해도 특별히 대수롭지는 않은 적…….

경험이 안 된다고 했던 이알마스의 발언은 변함없이 의미 불명이나 조금은 이해가 된다.

이런 식으로 괴물과 싸워서 기량이나 집중력을 연마할 수 있느냐 묻는다면 딱히 긍정은 하지 못할 테니까.

"일단 말을 해두겠다만."

그런 오를레아의 마음속을 들여다본 것처럼 변함없이 이알마스가 불쑥 말했다.

"저항하든 말든 상관없이 주문을 연속으로 때려박는 수법도 아주 못 써먹는 것은 아니다."

"너무 사치스럽잖아, 그런 수법은……."

"진짜 사치는 수법을 취향까지 따지며 선택하는 행위 아닌가."

이알마스의 입가가 웃음을 띠며 비뚤어지는 모습을 목격한 뒤 오를레아는 살짝 코웃음 쳤다.

요컨대 주문을 닥치는 대로 때려 박아야 하는 상황에 맞닥뜨릴 수도 있다는 뜻이었다.

모든 갖가지 선택지를 머릿속에 미리 집어넣어 두어야 한다.

그야말로 『아무것도 하지 않는다』도 포함해서.

자신 혼자서 모든 문제와 난관을 다 해결하고 싶다, 활약하고 싶다, 아니면 직성이 풀리지 않는다―. 욕심을 부리고 싶나?

—진짜 꼬맹이나 할 짓이잖아.

가슴속 깊은 곳 바닥에 조금이나마 남은 소망이 좀처럼 빠지지 않는 가시처럼 따끔거리는 아픔을 불러일으킨다.

그러니까 사실 신경은 쓰였던 것이다.

왕자가 행차했다. 포고문이 붙었다.

—아마도 절대 단순한 사건은 아니다.

뭔가 사정이 있다. 국가가 직접 움직여야 할 만한…… 중요한 이유가.

자신이 덜컥 들뜨지는 않았을까. 다른 녀석들에게 영웅병 비슷한 증상이 도지지는 않았을까.

다만 오를레아의 하나만 남은 눈동자, 그 눈에 흐릿하게나마 비치는 광경은…… 어떠한가.

“yap!”

“아, 진짜! 걷어차지 말랬지?!”

“위, 위험하거든? 혹시, 함정 있으면…….”

“……내가 함정 해제에 실수한다는 전제로 하는 말이냐.”

“어, 앗, 미, 미안……?!”

“yelp?!”

변함없이 가비지는 본인의 길을 힘차게 나아가고 있다. 차라리 후련해질 만큼.

벨카난은 변함없이 주뼛주뼛, 움찔움찔, 꾸벅꾸벅, 느릿느릿.

평소와 행동거지가 전혀 달라지지 않았으니 오히려 배짱은 두

둑하다고 볼 수도 있겠다.

당사자는 분명 자각이 없을 테고, 없는 편이 더 낫겠지.

그리고 라라자는, 뭐, 속내가 어떨지는…… 알 수 없다만.

—뭐야.

걱정해서 손해봤잖아, 오를레아는 남몰래 숨을 내뱉었다.

아니, 딱히 걱정을 하지는 않았다. 그래, 안 했다. 왜 걱정할 필요가 있나.

포고문의 내용.

저 소년이 혹시 또다시 이상하게 의욕을 불태우며 독주하면 어쩌나 싶은 생각이 들었던 것이다.

그때, 자신을 살점 덩어리에서 끄집어냈던 것처럼 자기 몸을 돌보지 않고 누군가를 구하려 한다거나.

그 탓에 덩달아 위험에 처하면 곤란하니까—. 자신은 분명 이렇게 생각했다.

그러니까 조금 신경을 쓰고 있었는데 뭔가 이상한 낌새는 아무리 봐도 없었다.

그래서 안도했다는 것이 오를레아의 입장에서는 어쩐지 몹시 부글부글 분통이 났던지라.

"빨리 좀 열어줄래. 아니면, 《칼포(투시)》라도 써주길 바라니?"

"시끄럽다. 구경이나 해……. 게다가 너 방금 주문 썼으니까 지금은 아껴야지."

"안됐지만 《칼포(투시)》는 사제의 주문, 《딜토(암흑)》는 마술사의 주문이야.

횟수를 따로 세거든?"

오를레아는 쌀쌀맞은 목소리로 핀잔을 놓고 라라자의 악담을 들은 뒤 헤죽 웃었다.

그러니까— 이알마스는 어떻게 생각하고 있는지는 특별히 관심도 갖지 않았던 셈이다.

§

—제정신으로 할 짓이 아니다.

과연 이것이 누구에게 하는 발언인지는 남자 본인도 분명하게는 알지 못했다.

미궁 안에서 희희낙락하며 괴물 떼와 어우러져 죽이고 죽는 모험가에게 하는 말인가.

아니면 괴물들의 틈에 숨어서 저 녀석들을 죽이라고 명령한 작자들에게 하는 말인가.

혹은 이따위 바보 같은 명령에 머리 숙이고 복종하는 자기 자신에게 하는 말인가.

잔뜩 우거진 덤불 안에서 몸을 낮추고 숨을 죽인 채 남자는 탄식했다.

애당초— 전부가 바보 같은 짓이다.

상위 마신 무리를 물리쳤고, 붉은 용을 토벌했고, 악마 멸살의 보검을 쥔 소녀를 대체 어떻게 죽일 수 있는가?

—「죽여라」라고 말만 하기는 참 쉽다.

아니…… 어쩌면 정말 죽일 수 있을지도 모른다.

《미궁》이라면. 《미궁》이라는 존재를 온전하게 동원할 수 있다면.

인간의 상식을 초월하는 존재를 죽일 수 있는 것은 마찬가지로 인간의 상식을 초월하는 존재뿐이리라.

지금 막 손쉽게 사람을 조여 죽이는 기이한 식물 무리를 거뜬하게 조각조각 냈던 것처럼.

그 시체를 —남자의 눈에는 정녕 시체로 보였다— 걷어차고 보물상자를 뒤지고 있는 모습을 바라본다.

—어떻게든 해내야 한다.

남자는 손바닥 위에 올려놓은 낡디낡은 《호부》의 《단편》을 꽉 잡아 쥐었다.

자신들, 송곳니의 교단이 보유하고 있는 이 유물의 수도 이제는 썩 많지 않았다.

귀중한 유물 중 다수가 이미 저 새카만 옷차림의 남자, 흑색 지팡이 이알마스의 손에 넘어갔다.

어중이떠중이 모험가, 널리고 널린 무뢰한의 손에 들리는 상황도 물론 끔찍하다만…….

무엇보다 저자의 옆에는 하필이면 빨간 머리카락의 들개, 첩의 배에서 나온 짐승 공주가 있지 않은가.

그 무시무시한 상제(오버로드)의 재래—. 마땅히 기피해야 할 존재의 부활…….

이 《미궁》을 중심으로 하는 《재앙(카타스트로프)》만큼은 기필코 저지해야 한다.

송곳니의 사제는 사명감과 비장감과 결의가 두루 뒤섞여서 짓는 표정으로 《호부》를 꽉 붙잡았다.

불러내야 할 대상은— 무시무시한 마물이다.

정작 그것이 무엇인지도, 어떠한 존재인지도 알지 못했으나 마음속에 그려 내고자 했다.

자신의 눈앞에 우뚝 서 있는 벽을 돌파하여 위협을 물리치고 목적을 달성한 뒤 생환하기 위해 필요한 괴물.

그런 어린애 생떼 같은 무엇인가를 요구하며 《호부》를 꽉 부르쥐고 기원을 한다.

남자 본인은 알 도리도 없었겠지만……. 그것은 고대의 대마도사가 취한 동작을 똑 닮은 모습이었다.

무시무시한 차원의 감옥으로 변화한 《미궁》에서 빠져나오고자 옛 대마도사는 온갖 다양한 힘을 추구했더랬다.

따라서 이 결과도 필연적이었을지도 모르겠다.

"원하면 이루어지는 법이니까."

"아—?"

휘잉, 희미하게 바람 가르는 소리와 함께 남자의 시야가 기우뚱 기울어지다가 사라졌다.

송곳니의 사제는 마지막 순간까지 자신이 죽었다는 사실을 깨닫지 못했다.

다른 누구도 남자가 죽었다는 사실은 깨닫지 못했다.

언제까지나.

§

“후우……! 어떠냐, 봤냐?”

덜커덩 소리를 내며 보물상자의 뚜껑이 떨어지자 라라자는 이마에 묻은 땀을 닦았다.

《미궁》의 희미한 어둠 속에서도 분명하게 알아볼 수 있는 금화의 광채.

그 빛에 섞여서 보이는 것은 애매모호한 상세 불명의 무구이며 약병이다.

개중 한 개를 손으로 잡아서 들어 올린다. 라라자는 아무리 봐도 어떤 물건인지 전혀 알 수 없었다만.

조금 떨어진 곳에 쪼그리고 앉아서 턱받침을 하고 작업이 끝나기를 기다리던 오를레아가 입술을 삐죽거렸다.

“그렇게 봐봤자 감정을 안 하면 뭔지 알 수도 없거든? 웬 자랑이야?”

“alf.”

그 옆에서는 벌써 보물상자의 내용물에 흥미를 잃은 가비지가 지루하다는 듯이 앉아있다.

라라자는 「뭐, 하긴 그런가」라고 중얼거린 뒤 손에 든 물품을 잡동사니용 자루에 집어넣기 시작했다.

당연하지만 운반할 수 있는 분량에는 한계가 있다.

많은 짐을 끌어안고서 탐색에 임할 순 없는 노릇이다. 취사선택은 언제나 중요하다.

혹여 가능하다면 라라자도 가능한 한 잔뜩 약이나 두루마리 따위를 챙겨서 다니고 싶은 마음이다.

—그러자면 돈도 필요하지만…….

라라자는 보물상자 안에서 눈을 떼지 않고 뒤쪽으로 물었다.

“식량이나 잡화는 어쨌든 간에 **장비**는 한 사람당 여덟 개까지……. 맞나? 어째서야?”

“커다랗든 자그맣든 말이지.”

나지막이 이알마스가 말했다. 그 차분한 목소리에서는 변함없이 은근한 즐거움이 묻어나는 듯했다.

“미궁 안에서 언제나 한 사람이 관리할 수 있는 도구의 수는 기껏해야 그 정도가 한계다.”

“여, 여덟 개보다 많이 가지고 다니면 죽는다거나…… 그런, 규칙은……없지?”

벨카난이 주뼛주뼛 겁먹은 목소리로 불안해하며 중얼거렸다.

미궁에 진입할 수 있는 파티의 인원 제한을 떠올렸을 테지.

여섯 명보다 많으면 죽는다. 어째서인지는 알지 못한다. 다만 관측할 수 있는 범위에서는 사실이었다.

“가능성은 있지 않겠나.”

“흐앙…….”

그러니까 이알마스가 태연하게 이렇듯 말을 꺼내자 벨카난의 입에서는 가느다란 목소리로 비명이 새어 나왔다.

"왜 사교가 장비를 껴입으면 싫어하는 걸까……. 감정을 하는데 방해된다던데."

오를레아가 못 미덥다는 듯이 자신의 빈약한 몸을 감싸는 법복을 더듬더듬 만졌다.

예전에 게르츠에게 착취당하던 시절, 누더기 천 하나밖에 받지 못했던 것은 이러한 이유 때문이다.

이유 중 하나라고 말해야 할까. 삐쩍 마른 몸뚱이에도 수요가 있다는 것은 구태여 알고 싶지도 않았다만.

이어서 소녀는 하나만 남은 눈동자를 찡그리더니 화가 치민다는 듯이 벨카난을 노려봤다.

느릿느릿, 주뼛주뼛, 안절부절. 지팡이 대신에 쓰는 용살의 검과 커다란 신체 이외에는 모든 요소가 마술사 같다.

"용케 넌 그런 차림으로 전위를 맡을 수 있구나."

"따, 딱히 나도 맡고 싶어서 맡는 건……."

아닌데…… 라는 목소리는 점점 작아지다가 끊긴다. 결국 벨카난은 발에 신은 샌들로 시선을 푹 떨어뜨리고 말았다.

그 소심한 태도는 오를레아를 몹시 짜증스럽게 만들었으나 이것이 괜한 화풀이임은 잘 이해하고 있다.

따라서 살짝 코웃음만 치고 넘어갔다. 짜증의 대상은 아마도 자기 자신이다.

"아무튼, 감정을 해? 안 해?"

"위로 올라간 다음에 해도 괜찮지 않냐?"

라라자는 약병의 내용물을 흐릿해서 별로 미덥지 않은 미궁의 인광에 비쳐 보며 말했다.

"약은 어떨지 모르겠는데, 무기랑 방어구 때문에 저주라도 받으면 좋을 게 없으니까."

"요령이 제법 붙었군."

이알마스의 말에 라라자는 겸연쩍어하며 뺨을 긁적였다. 칭찬받았다— 라는 생각이 들어서였다.

"……그럼 벨카난. 맡긴다."

"으, 응! 내가 잘 챙겨서 갖고 다닐게……!"

라라자에게 약병을 건네받은 뒤 마침 할 일이 생겼다는 듯이 벨카난이 제 풍만한 가슴을 쭉 젖혔다.

이어서 또 부리나케 굉장히 커서 마음에 쏙 드는 가방에다가 약병을 잘 집어넣는다.

—생각해보면.

오를레아는 멍하니 시야에 일행을 쭉 담아내며 생각에 잠긴다.

이 파티에서 장비를 좀 껴입은 사람은 기껏해야 이알마스 한 명뿐이지 않을까.

잔반은, 어떻게 하고 다니더라—?

"spiiiitttt……!"

"—?"

가비지가, 느닷없이…… 마치 들개가 하는 행동처럼 얼굴을 들어 올리고 나지막이 으르렁거렸다.

그 찰나—.

"서프라이즈드 유!!"

"끄으윽……?!"

오를레아의 자그만 몸이 가볍게 날아가버렸다.

소녀 본인이 공격을 인식한 때는 미궁의 벽에 세차게 부닥쳐서 작은 나뭇가지를 부러뜨리는 듯한 소리가 들려온 다음이었다.

"아, 끄, 아앗…?! 흡, 으으, 흐읏……?!"

"오를레아?!"

"저, 적이야……?!"

너무나 심한 격통에 호흡도 못하고 소녀가 몸부림치자 라라자와 벨카난이 소리 높였다.

다만 두 사람 또한 경험을 쌓은 모험가다. 행동이 지체된 것은 놀랐던 탓이 아니다.

대열이다.

방금 전까지 분명 널찍했던 묘실이 갑자기 엇갈려 지나가기도 버거울 만큼 비좁게 느껴진다.

앞뒤로 이동하고자 해도 움직일 수 있는 인원은 고작— 한 사람.

"Hoooooowwwwl!!"

따라서 **후열**에서 **전열**로 가장 먼저 움직인 인원은 필연적으로 가비지였다.

우렁차게 외치며 몸을 날리는 빨간 머리카락의 소녀, 손에 꽉 움켜쥔 보검이 어둠 속에서 휘황찬란하게 반짝인다.

빛줄기, 일섬—.

"아차차!"

"ruff?!"

—빗나간다.

저 누더기를 걸친 기묘한 동물은 공처럼 허공에서 튕기더니 하스니르의 칼날로부터 몸을 빼냈다.

가비지가 눈을 부릅뜨고 불쾌하다는 듯이 으르렁거린다. 퇴마의 검은 제 날카로움을 단지 돌바닥에 발휘할 뿐이었다.

자그만 몸이 검을 휘두른 반동으로 떠오른다. 공중에서 몸을 비튼다. 물리 법칙으로부터 미처 일탈하지 못하는 움직임.

용, 마신, 게르츠. 이제껏 겪은 상대처럼 체격이나 무기 따위의 문제가 아니었다. 순수한 역량의 차이.

따라서 상식을 벗어난 기동으로 들이닥치는 대낫을 앞에 두고는 회피할 방법이 없다.

보이지 않는 벽이여, 십의 구승의 방패가 되어라
"《밈아리프 신잔메 페이체》!"

그렇다면 막아낼 뿐. 한쪽 손으로 주인(呪印)을 맺은 이알마스의 영창이 낭랑하게 울려 퍼졌다.

투철
《마조픽》의 수호가 높고 날카롭고 맑은 소리를 내며 칼날을 튕겨냄으로써 가비지의 목숨을 지킨다.

"Aah……!"

이해하기 어려운 광경에 눈이 휘둥그레져서 한 차례 우짖은 소녀는 공중제비를 돌아 지면에 내려섰다.

뭐가 어떻게 된 일인지는 알지 못하더라도 적이 시건방진 수작을 부렸다는 것은 알겠다.

이알마스는 가비지, 그리고 벽면에서 맥없이 쓰러져 있는 오를레아에게 힐끔 시선을 보냈다.

"철수해라."

그것은 평소와 전혀 다르지 않은 담담한 발언, 그러나 은근히 유쾌해해는 기색이 느껴지는 이알마스의 목소리였다.

"가비지를 잘 끌고 가도록."

"너, 너는 어쩔 셈인데……!"

라라자는 뽑아든 단검을 겨누고 몸을 낮추며 소리질렀다.

"지금은 내가 **최전위**이지 않나. 마지막까지 남아야지."

"남는다니……!"

라라자는 머릿속으로 사고가 피와 함께 핑핑 휘도는 느낌을 받고 있었다.

방금 전까지 아무렇지도 않았는데 고작 한순간 만에 이 꼴이다. 뭐가 어떻게 된 건가?

소리치고, 발작을 일으키며 모조리 다 내던져버리고 싶다.

그러나 나약해져서 생각을 멈춰버리면 어떻게 되는지는 뻔하게 알고 있다.

따라서 라라자는 죽기 살기로 상황을 파악하고자 한순간 긴장을 풀면 바락바락 소리 지르고 싶어지는 자신을 억눌렀다.

―상황을, 살펴라……!

이알마스는 건재. 가비지도 무사. 자신도 문제없음. 당한 인원은 오를레아.

그리고 오를레아의 곁은 벨카난이 지키고 있다.

"오를레아……. 얘!"

벨카난은 얼굴을 구긴 채 몹시 당황하며 꼴사나울 만큼 흐트러진 모습이었다.

그럼에도 상황이 움직이고 있는 와중에 상처 입은 동료를 지키고자 적절하게 행동을 취한 것이다.

"아…… 흐, 으읍. 흣……! 콜, 록……! 제, 길……. 젠, 장……!"

오를레아가 입을 열자 검붉은 핏덩어리가 왈칵 쏟아졌다.

소녀는 자신이 어떤 상태에 처했는지 알지 못했으나 모르는 것이 차라리 다행이었다.

만약 인식했더라면 정신을 애써 부여잡을 기력조차 잃었을 테지.

혹독한 몰골이었다.

바닥에 고꾸라진 레아의 몸은 단지 바라만 봐도 애처로울 만큼 자그마하다.

이렇듯 안 그래도 자그맣고 빈약한 몸이 종잇장처럼 양단되어 거의 두 동강으로 찢기기 직전이었다.

의식(히트 포인트)이 있기 때문에 아직 목숨이나마 부지하고 있는 상태다.

휘이, 허억, 위태위태한 숨소리. 다만 숨은 붙어있다. 아직 죽지는 않았다.

벨카난이 고개를 끄덕거리는 모습을 보고 라라자는 입술을 꽉 깨물었다.

—어떻게 하지……?!

이알마스와 적은 뚫어져라 서로를 노려보기만 하고 한 발짝도 움직이지 않은 채 대치하고 있었다.

움직이지 않는다— 아니, 움직일 수 없는 것이다.

흑색 지팡이, 아니, 기병도(사벨)를 손에 들고서 다른 한쪽 손을 축 늘어뜨린 이알마스.

검을 휘두르며 달려들 것인가, 아니면 또 주문을 읊을 것인가. 어떻게 움직일지 전혀 예측할 수 없다.

라라자는 저 광경을 어딘가에서 본 기억이 있었다.

이제는 아주 옛일처럼 느껴지기도 한다만, 붉은 죽음의 용과 맞붙었던 싸움에서.

이알마스가 움직이지 않으면— 적 또한 움직일 수 없다. 라라자는 힘껏 소리를 높여 외쳤다.

"……큭! 벨카난, 오를레아를 업어라!"

"으, 응……!"

벨카난이 허둥지둥 몹시 급하게 소중한 것을 다루듯이 오를레아의 몸을 들어 올린다.

자그만 레아 소녀의 반응은— 없다.

"……야! 가비지!"

"……."

"가비지!!"

소리치는 듯한, 기원하는 듯한 외침이었다.

이제부터 어떻게 무슨 처지를 맞이할지는 알 수 없었다만, 순수 전위가 없다면 절대 살아남지 못한다.

살아남는다— 그래, 살아남아야 한다. 이알마스가 패할 것 같다는 생각도 안 들지만 죽을 생각은 없다.

"—가비지잇!!"

"……wooof!"

적을 노려보고 있었던 가비지가 거듭 세 번을 불렀을 때야 반응하며 발길을 돌렸다.

달려 나가는 소녀는 라라자를 추월해서 우물쭈물 오를레아를 옮기는 벨카난조차 앞지른다.

그리고 힐끔 세 사람을 일별한 뒤 으르렁거리다시피 우짖었다.

"Bark!"

"그래, 알고 있다……!"

소녀가 어떤 생각을 하고 있는지 정확하게 파악까지 하지는 못한다. 다만 내키는 기색이 아니라는 것 하나만큼은 분명했다.

너희끼리 보냈다가는 틀림없이 못 버틸 테니까 어쩔 수 없이 따라가주마—.

—분하지만 맞는 말이다.

라라자는 다른 일행과 함께 도망쳤다.

§

그렇게 한 사람과 한 마리. 혹은 두 사람.

"냅다 털토나 날릴 줄 알았는데.

"패는 아껴서 쓰는 편이라."

"못 쓰고 죽는다?"

"그럴 수도."

묘실에 남은 둘은 마치 오래 알아온 친구인 양 허물없이 말을 주고받았다.

어쩌다 보니 미궁에서 우연히 마주쳤다. 요즘 어떻게 지내냐? 편한 분위기.

그러나 이알마스는 저 괴물을 알지 못했다.

처음으로 본 부류— 다만 괴물의 외견이야 시간이 지나며 달라지는 경우도 왕왕 있었다. 능력조차도.

어렴풋한 과거의 기억이 있든 없든 미궁에서는 썩 믿을 만한 게 못 된다.

—까다롭게 됐군.

다만 사고와는 반대로 이알마스의 얼굴은 웃음을 짓는 형태로 비뚤어졌다.

아무 문제도 발생하지 않고 순조롭게 나아가는 것을 바라며, 뜻밖의 사태와 맞닥뜨리면 짜증을 내고 혀를 찬다?

그러나 뜻밖의 사태가 무엇 하나도 발생하지 않으며 전부 다 계획대로 이루어진다면 얼마나 따분한 곳이 되겠는가.

편안한 길을 원하고, 상상도 하기 어려운 궁지를 바라고, 또한 기어이 극복하는 자기 자신을 상상한다.

—그래, 잘 해냈어. 모험은 역시 이래야지.

정말 못 견디게 즐거울 따름이다.

"대답은 안 해도 상관없는데 캔트 사원을 습격한 건 네가 맞나?"

"그 엄청 밝히는 수녀가 신경 쓰여?"

외투의 어둠 안쪽으로 떠오르는 웃음.

"엉엉 울려줬는데."

"상당히 아쉬워하더군."

"많이 애틋한가 봐? 하하하, 질투하면 곤란한데."

대화는 이어진다. 다만 그것은 서로의 움직임을 서로 예측하고 있기 때문이었다.

아니—.

"글쎄, 질투의 대상은 오히려 나일지도 모르지……."

괴물은 이알마스의 움직임을 전혀 예상조차 하지 못한다—.

모험가가 과연 어떠한 패를 가지고 있는가. 녀석은 웃는 얼굴의 뒤편으로 사고를 거듭하고 있음이 분명하다.

괴물 녀석들은 보유 가능한 힘의 종류가 대강 정해져 있다.

《미궁》 안에서 삶과 죽음을 반복할 수 있도록 혼이 속박당한 상태로 계약을 맺은— 그러한 부류도 있다.

진위는 분명하지 않다만.

어쨌거나 실제 괴물들은 성장하지 않는다. 사람의 길을 벗어난 짐승 같은 약탈자 녀석들도 포함해서.

모험가는, 다르다.

어제와 오늘, 오늘과 내일. 어떠한 능력이든 장비든 주문의 사용 횟수든 아예 아무것도 바뀌지 않는 인물은 없다.

따라서 이알마스가 움직이지 않는 한…… 적은 움직이지 못한다.

무엇을 할 심산인지 알지 못하기 때문이다.

—맞서서 싸울 것인가, 방어에 주력할 것인가. 주문을 영창하거나 도망치거나 처음 위치로 되돌아가거나—.

상황을 단박에 바꿀 수 있는 수단은 역시 주문이겠다.

다만 정체불명의 적을 상대로 무작정 주문부터 쓰는 것이 얼마나 어리석은 짓인지 이알마스는 아주 잘 알고 있었다.

어떤 주문이든 간에 통하지 않는다면 의미가 없다. 게다가 미궁에는 주문이 안 통하는 적도 많다.

만약 주문을 무효화당한다면 귀중한 한 수를 헛되이 소모하는 격이다.

더구나 제7위계의 주문을 하나 낭비한다는 것은 생각만 해도 소름이 끼친다.

그럴 바에는 《마조픽(투철)》으로 다른 파티원을 피난시키는 편이 훨씬 더 유용한 사용법이었다.

—어디 보자…….

머릿속의 수첩을 펼친다. 닳고 해져서 제본을 한 줄도 풀리려고 하는 낡은 수첩이다.

이처럼 **기묘한 동물**을 이알마스는 몇몇 알고 있었다.

메두사 리자드, 고르곤, 게이즈 하운드, 트롤, 워 라이언, 워 팬서…….

—그러나 녀석이 말을 구사함으로써 자연스레 후보는 좁혀졌다.

언어를 이해할 수 있고 높은 지성을 가진 부류. 또한 아이닛키와도 맞붙을 수 있는 고위의 괴물.

그렇다면 만티코어인가? 그 녀석은 주문 무효 능력을 가지고 있다.

혹은 키메라……. 이 녀석은 분명 불 내성이 있었던가.

모두 짐승을 꿰매서 아무렇게나 붙여놓은 괴물이다. 꼭 짐승을 닮은 형태로 만들어지지는 않는다.

디스플레이서 비스트 같은 부류도 있다만…….

어쩌면— 아니, 무엇이든 간에…….

"씨야아앗!!"

사색을 깨뜨린 것은 적— 기묘한 동물이었다.

선수를 취한 **저것**은 그림자처럼 묘실의 돌바닥을 미끄러지며 단숨에 간격을 좁혀 달려든다.

"놓치지는— 않아, 이야앗!"

"들켰나."

이알마스는 피식 웃었다. 도주하고자 중심을 뒤로 기울였던 자세를 활용하여 후방으로 뛰어서 물러난다.

막 날아들었던 적의 대낫, 그 일격을 막아 내고자 가까스로 몸을 움직일 만한 시간은 있었다.

경질의 금속이 격돌하는 소리를 동반하며 이알마스의 기병도는 주인을 무사히 지켜냈다.

그 곡선형의 칼몸을 활용하여 날을 미끄러뜨리자 우아하고도 치사적인 호를 그렸던 대낫이 허공을 가른다.

휘이, 입으로 날카롭게 숨을 뱉었다. 이래서는 위험하다. 적의 공격을 간파할 집중력(히트 포인트)이 바닥나면 죽는다.

이알마스는 착지하는 동시에 스쳐 걷기로 막 땅을 내리밟은 기세까지 고스란히 실어서 공격했다.

씨앗, 외치는 기합 소리와 함께 회수한 카타나는 곧장 똑바로 뻗는 찌름이 되어 날아간다.

"흐흥, 칼싸움도 싫어하진 않지만 말이야."

그때 이알마스는 바람이 휘도는 숨결의 소리를 귀로 들었다.

직감적으로 거리를 벌리고자 했으나 적의 행동이 더욱 빠르다.

적의 누더기 천 안쪽, 살짝이나마 들여다보이는 입술이 마치 입맞춤을 하는 것처럼 어여쁘게 오므라졌다.

"—숨결(브레스)인가!"

깨달았을 때는 이미 늦었다.

그것은 몸을 찢어발기는 듯한— **싸늘한 불꽃**이었다.

희푸르게 불타는 숨결은 이알마스의 온몸에 휘감겨서 급속도로 몸의 열기를 빼앗아 간다.

이래서는— 위험하다.

"《추잔메 레 타우크(마력의 장막이여, 주술의 벽이 되어라)》!"

"하하하, 이제 와서 《코르츠(장벽)》를 써봤자 늦었거든!"

한쪽 손으로 맺은 주인을 내밀어서 불가시의 역장으로 푸른색 불꽃, 싸늘한 냉기를 차단하고자 한다.

그러자 즉각 날아드는 적의 공격. 목숨을 베어 수확하는 낫의 공격선으로부터 이알마스는 몸을 물린다.

직접적인 육체의 피해(대미지)는 방금 전 얼어붙는 숨결뿐. 다만 집중력은 깎여 나갔다.

잃어버린 체력, 기력을 회복하는 데 한 수를 쓸까? 돌바닥을 밟아 자세를 다시 가다듬으며 사고한다.

—어림없군.

때때로 모험가와 괴물— 특히 숙련자끼리 맞붙는 대결에서는 썩 많은 공방이 오가지는 않는다.

시간이 아니다. 사고의 밀도가 다르다. 한 수, 한 수, 착실하게 쌓아 나가는 불과 몇 수로 결판이 난다.

이알마스는 흔들흔들하는 한쪽 손에 흑색 지팡이를 들어서 내세운 채 간격을 가늠하며 걷기를 거듭했다.

빈손으로 맺은 주인은 적의 입장에서 대포의 포구와 마찬가지—.

그렇다, 누더기 천 안쪽에서 적의 눈길이 쓱 이알마스의 왼손을 좇았다. 분명히 봤다.

—**통한다**!

"—!"

휙, 이알마스가 왼손을 내미는 행동과 적이 바람을 갈라 공중으로 날아오른 행동이 동시에.

겨냥이, 어긋난다.

미궁의 어둠 속에 떠오른 새하얀— 마치 대낮의 잔월과 같은 은빛의 칼날.

이알마스는 떠올렸다.

"—**플랙**!"

§

"제길, 제기랄……!"

거칠게 숨을 내뱉으며 라라자는 미궁의 엷은 어둠 속에서 쉴 새 없이 달렸다.

분한 이유는— 도망쳤기 때문은 아니다. 모험가에게 도주는 아무런 수치도 아니니까.

아예 하나도 저항할 방법을 찾지 못했다는 것이 소년에게는 굴욕이었다.

용을 찌르고, 마신의 발밑을 지나 달리고, 게르츠와 맞붙고, 이곳까지 왔는데.

—아직도, 전혀……. 모조리 다, 부족하구나……!

기억과 지도를 의지해서 달려오기는 했다. 그런데 과연 자신이 선택한 길은 올바른가?

전진과 후퇴, 방향이 바뀌었을 뿐인데 보이는 풍경은 판이하게 달라진다.

언제였던가, 이알마스가 말을 했었다.

눈에 보이는 광경과 지도와 좌표, 전부가 일치되지 않으면 의미가 없다고.

정말이지 맞는 말이다.

"라, 라…… 라라자, 군……!"

허억, 허억. 커다란 체구에 잘 어울리는 부위를 크게 흔들며 거의 울다시피 벨카난이 외친다.

그간 모험가로서 체력이 제법 붙었을 텐데도 숨이 막 끊어질 듯이 허덕거리니 소모가 상당히 심한 것 같았다.

그 이유가 물론— 등에 업은 자그마한 레아 여자아이의 탓은 아니었다만.

"어, 어떻…… 어떻게…… 어떻게 하지……?!"

"지금 생각하고 있다……!!"

숨을 죽이며 겁먹은 듯한 반응에 라라자는 날카롭게 혀를 찼다.

딱히 벨카난에게 고함을 지르고자 한 의도는 없었다.

머릿속에 이것저것 생각이 꽉 들어차서 뭐라 답해야 할지 차분하게 말 고를 여유가 없었을 따름이다.

—아무튼, 일단 안전한 장소에서…… 치료……!

거듭 또 무엇인가 기습이나 주문에 당하기라도 하면 틀림없이 오를레아는 죽을 것이다.

물론 급하게 치료해봤자 애당초 체력이 거의 안 남았다. 과연 얼마나 버텨줄지…….

오히려 치료를 하지 않는다는 선택지도 있다…… 있기는, 한데.

"……어딘가 적당한 곳에서 치료부터 하자. 물약이라든가 이것저것 갖고 있잖냐……!"

"아, 으, 응……!"

라라자가 신음하다시피 지시를 하자 벨카난이 허둥거리며 끄덕끄덕 머리를 움직였다.

이어서—.

"yap!"

하스니르를 짊어진 채 선두에 서서 달리고 있던 가비지가 가볍게 한 차례 우짖었다.

적인가? 아니, 적이 나타났다면 저 소녀는 솔선해서 먼저 달려들었을 것이다.

전투 상황은 아닐 테고, 요컨대…….

"안전한, 곳인가……."

"오를레아……. 내, 내려줄게……?!"

응답 대신에 잠긴 숨소리만 났다.

살아있다— 지금은 살아있는 것만으로 충분하다.

하스니르의 자루에 손을 얹은 채 주위로 눈을 부라리는 가비지에게 경계를 맡긴 뒤 라라자도 움직였다.

소년은 짐 안에서 아이닛키가 손수 만들어준 성수를 꺼낸 뒤 바닥에 뿌리기 시작한다.

캠프를 꾸릴 때 마물을 쫓는 결계를 설치하는 방법은 역시 이알마스에게 배웠다.

그 녀석처럼 능숙하지도 정확하지도 않다. 얼마나 효과가 있을지도 장담은 못하겠다.

어쨌거나 설치를 안 하는 선택지는 없었다.

모든 것이 부족한 상황이니까. 어떤 수단이든 최대한 동원한다. 까다롭게 가릴 여유가 라라자에게는 없었다.

"오를레아, 얘, 괘, 괜찮아……? 괘, 괜찮을, 리가, 없구나. 으으…… 으으……!"

너무나 가벼운 소리와 함께 돌바닥에 눕힌 오를레아의 몸에서 질척질척 피가 번져 나온다.

벨카난의 의복도 검붉게 지저분해졌으나 자기 상태는 전혀 신경도 안 쓰고 울음을 터뜨렸다.

"자꾸 피가 나……! 대답도 없어어!"

"회복 주문을 쓰라고 해. 어려우면 상처약…… 치료 물약……. 《디오스》(약석)를 써라!"

"아, 알았어……!"

"humm……."

허둥지둥 짐을 뒤지는 벨카난과 바닥에 누운 오를레아를 보고 가비지가 코웃음을 쳤다.

평소와 같은 시큰둥한 반응에 라라자는 일순간 울컥하는 심정이 들었다만, 곧 떨쳐내고 차분하게 생각했다.

저 녀석은 평소와 같은 모습이다. 즉 ,아직 이성을 잃고 흐트러질 만한 상황은 아니라는 말이군—.

"오, 오를레아, 얘, 괜찮…… 지는, 않겠지? 주, 주문 쓸 수 있어? 아니면 약을……."

벨카난의 부름에 빈사 상태의 오를레아가 멍하니 눈을 떴다.

흐릿한 눈동자는 평소보다 한층 더 부예졌기에 앞이 제대로 보이는지도 알 수 없었다.

다만 의식이 있다. 작은 반응일지언정 벨카난에게 용기를 준다.

바짝 말라붙은 입술에서 휘휘, 푹 잠긴 날숨과 함께 새어 나오는 말을 놓치지 않겠노라고 귀를 기울였다.

"……약……약을."

"야, 약……. 약 말이구나. 나, 갖고 있어……. 갖고 있으니까……!"

벨카난이 커다란 몸을 허둥지둥 굽혀서 품에 안고 있었던 가방 안으로 손을 집어넣는다.

그 커다란 손을 피에 더러워진 작은 손이 애처로울 만큼 힘을 넣어서 잡아 쥐었다.

"가…… 감정을 안 했던 물약, 나한테…… 줘……."

"오를레아……?!"

"내가 죽으면 뭔지 모르는 약만 한 개 남잖아……!"

피를 토하는 듯한 외침이었다.

허억, 허억, 거칠게 숨을 몰아쉬며 이쪽을 노려보면서 초점조차 안 맞는 눈동자를 벨카난은 마주 바라본다.

—확실히, 맞는 말이다.

오를레아가 익힌 주문은 벨카난보다 훨씬 많았다.

이 소녀의 재능이기도 할 테고, 무엇보다 사교는 마술사와 사제 양쪽의 주문을 다룰 수 있기 때문이다.

그럼 주문의 횟수를 약으로 절약하는 것은 당연하다. 더구나 내용물이 혹시 디오스(약석)의 물약이라면 큰 도움이 될 것이다.

"도, 도박은……."

"……안 하면, 끝장이야……!"

그것은 벨카난의 애타는 마음보다 오히려 훨씬 더, 훨씬 더 필사적이고 물어뜯는 듯한 목소리.

벨카난은 몇 초를 망설인 뒤 얼마 전 오를레아에게 건네받았던 정체불명의 물약을 살며시 손에 쥐여줬다.

오를레아는 가쁘게 숨을 내쉬며 붕대에 감싸인 손으로 막 건네받은 작은 병을 꽉 움켜쥔다.

그리고 하나만 남은 눈으로 병 안에서 찰랑거리며 흔들리는 약물을 잠시 노려보다가—.

"……읔!"

천천히 제 입으로 마개를 물어 뽑아서 버린 뒤 단숨에 내용물을 들이켰다.

"오를레아?!"

"허억, 아……! 쳇, 진짜……. 체력이 원래 없다는 게 이런 경우에는 이득이구나……!"

대답 대신에 오를레아는 지긋지긋하다는 듯이, 하지만 힘차게 화풀이 비슷한 악담을 쏟아냈다.

방금 전과는 명백하게— 모든 상태가 다르다.

바람 앞의 등불과 같았던 소녀의 생명의 불꽃이 지금 이 순간에 완전히 활력을 되찾은 것이다.

특효약(포션 오브 힐링)— 《디알마(치유)》의 물약이다.

《디오스(약석)》보다도 고위, 제5위계의 위대한 치유의 기적…….

—그나저나 이렇게까지 확 나아버리는 걸까……?

오를레아는 자신의 손과 찢어진 법복 사이로 드러난 창백하고 수척한 몸을 뚫어져라 바라봤다.

흉터투성이의 가느다란 몸에 또 새롭게 깊숙이 박힌 상처에서는 이미 새살이 들어차고 있다.

다만 그 이상으로 피도 잔뜩 흘렸을 텐데. 아무리 자신이 레아인지라 생명의 그릇이 작다지만…….

—설마 《마디(쾌유)》의 약이었다거나?

전설로 전해 내려오는 효과는 모든 상처를 치유하는 것.

그런 약이 있다는 생각은 안 들지만……. 아무튼, 어쨌거나 큰 도움이 됐다.

"다, 다행이다아……."

흐느적흐느적 주저앉는 벨카난의 목소리.

"다행이야아, 오를레아……!"

"어휴, 울긴 왜 우니."

죽을 뻔했던 사람은 이쪽인데.

오를레아는 핀잔을 놓고 싶어지는 마음을 억지로 내리눌렀다.

이 짜증이 날 만큼 커다란 친구는 정말 진심으로 자신을 걱정해 주었나 보다.

그냥 죽어버리라는 생각은 티끌만큼도 하지 않은 것이다. 아아, 정말이지―.

―너무 얄밉다니까.

드물게도 눈앞에, 그럼에도 조금 높직한 위치까지 내려온 챙 넓은 모자를 오를레아는 쭉 잡아당겼다.

"흐엥?!"

"자, 일어서, 일어서! 라라자가 결계를 쳐도 여기는 미궁 안이니까……. 잔반!"

"waf."

뭐야, 불렀냐? 혹은, 살아 있었냐? 라는 더없이 심드렁한 대답이었다.

쫑쫑거리며 이쪽으로 달려오는 소녀를 「요 녀석이 진짜」라며 노려봐주고 오를레아는 머리부터 발부리까지 쭉 확인.

―부상은 없고…….

"라라자, 넌 어디 다쳤어?!"

"멀쩡하다……! 죽을 뻔했던 건 너야!"

"이쪽 보지 마, 바보야!"

찢어진 법복을 억지로 잡아당기고 팔로 가리며 오를레아는 또 혼자만의 이유로 버럭 화낸다.

아무튼 간에 저 모습을 보니 문제는 없겠다— 아마 없겠지.

오를레아가 어떻게든 찢어진 옷감의 끝을 묶어서 차림새를 고치는 모습을 곁눈질한 뒤 라라자는 숨을 내쉬었다.

"요컨대— 결과적으로 손실은 없음, 인가?"

"결, 과…… 적으로?"

벨카난은 뭐가 말을 꺼내려고 했다만, 우물쭈물 입속으로 중얼거리기만 하고 고개를 끄덕였다.

"……응, 맞아, 괜찮아. 나도, 주문은 쓰질…… 않았고."

"겨우 재정비한 걸 돌려말하고 싶다면, 뭐, 아주 틀린 건 아니네."

자신감 없는 벨카난의 대답과 무뚝뚝한 오를레아의 대꾸.

라라자는 팔짱을 끼고 침음했다. 어떻게 해야 할까— 기다릴까, 복귀할까, 돌아갈까.

딱히 망설일 필요도 없을 듯했다.

"그러면…… 이알마스가 있는 곳으로 돌아갈까."

"yelp!"

가장 먼저 대답을 한 녀석은 가비지였다.

하스니르를 짊어진 채 지루하다는 티를 내고 있었던 소녀는 복수의 때가 왔다며 눈을 반짝인다.

그딴 녀석이 날뛰는 꼴을 용납한 채 끝내는 것은 도저히 참을 수 없었을 테지.

그런 점에서는 라라자도 가비지와 같은 의견이었다. 강하게 고개를 끄덕이고 자기 장비를 점검한다.

오를레아가 작게 혀 차는 소리는 들리지 않았다. 대놓고 말은 안 하더라도 갑자기 리더 행세냐며 면박은 줄 것 같았는데.

"……제정신이야? 아직 그 녀석이 있을지도 모르거든?"

"그럼 더더욱 다 같이 덤비는 게 좋지 않겠냐."

단검, 지도, 장갑과 부츠. 그리고 실로 묶어둔 금화. 딱히 대단한 물건은 없다. 충분하다.

수중에 있는 패는 이 정도. 표적을 분산시키는 데나 쓸모가 있기는 할까. 바짝 긴장한 채 실룩이는 웃음.

"……뭐가 가능할지는 알 수 없지만 말이다."

"흐응……."

오를레아의 혼잣말은 찬성인지 부정인지 분간이 되지 않았다.

라라자는 일부러 더 캐묻지는 않고 말없이 벨카난에게로 시선을 돌렸다.

"반대해도 딱히 상관은 없다?"

"으엥, 앗."

벨카난이 허둥지둥하며 기묘하게 상기된 목소리로 반응했다.

"나, 나는…… 나도…… 가, 갈래……!"

소녀의 커다란 손이 꾹 굳세게, 손가락이 하얘질 만큼 용살의 마검을 꽉 움켜쥐고 있었다.

아예 견제의 대상조차 되지 못했다는 것. 일방적으로 부조리한 폭력에 노출되었던 것.

양쪽 다— 결코 용납할 수 있는 행위가 아니었다.

벨카난은 항상 이러한 부조리와 맞닥뜨렸을 때 부당한 처사 앞에서 굴복당해왔다.

계속 똑같이 당하기는 싫다. 단 한 번이라도 상대의 만행을 허락해줄 필요는 없다.

“yap! yelp!”

“흐앙?!”

너도 조금은 쓸 만해졌구나. 가비지가 벨카난의 커다란 엉덩이를 찰싹 때렸다.

별로 대단한 피해(대미지)도 아니었을 것이다. 벨카난은 곧장 쑥스러워하며 표정이 풀어졌다.

그런 모습을 오를레아는 공막히다는 듯이 바라보다가 한숨을 내뱉었다.

“이러면 나만 반대인데 이럴 땐 어떻게 하라는 거야?”

“그야.”

라라자는 천장을 봤다. 천장. 미궁에 그런 게 정말로 있다면.

“혼자 복귀하거나 이대로 캠프에서 혼자 기다리거나, 둘 중 하나지?”

“둘 다 사절이야.”

오를레아는 딱 잘라 쏘아붙이며 받아친 뒤 비틀비틀 일어났다.

급하게 등을 받쳐주려고 하는 벨카난의 손을 쳐내고 곧장 라라자에게 제 손을 내민다.

"물론 지도는 잘 만들어 놨겠지?"

§

"Hoooowl!!"

쾅, 위세 좋게 —어느 틈인가 누군가가 닫아 놨으리라— 문을 걷어차고 가비지가 뛰어든다.

묘실은 쥐 죽은 듯이 조용했고 문이 쓰러지는 소리 이외에는 작은 소리 하나도 들려오지 않았다.

"woof……."

"……전투는, 이미…… 끝난, 걸까?"

코를 실룩거리며 상황을 살피고 있는 가비지의 그림자에 숨는 모양새로 벨카난이 중얼거린다.

소녀는 자신보다 자그만 빨간 머리카락 여자아이의 등 뒤에서 움찔움찔, 주뼛주뼛하며 시선을 주변 곳곳으로 보냈다.

라라자는 「글쎄다」라고 중얼거리면서 역시 경계를 게을리하지 않는다—.

—젠장.

이알마스가 왜 후위에 있었는지 이유를 깨달았다. 아니, 실제로 녀석도 같은 생각을 했는지는 알 수 없다만.

지금 후방을 지키고 있는 인원은 오를레아 단 한 명이다. 제대로 된 방어구도 전혀 착용하지 않은 자그마한 소녀뿐.

또다시 기습을 당한다면 어떻게 될 것인가—.

"……뭔데."

"딱히…… 아무것도 아니다."

힐끔 등 뒤를 돌아봤던 시선이 무슨 이유인지 오를레아의 부연 외눈과 마주쳤다.

노려보는 눈빛에 퉁명스럽게 대꾸하고 라라자는 입술을 깨물었다.

쓸데없는 생각을 할 때가 아니다. 모든 가능성을 떠올려서 대비해야 한단 말이다.

—조금 쌀쌀하군.

라라자는 부르르, 뼈와 살에 박히는 듯한 냉기를 느끼며 몸을 떨었다.

미궁의 쌀쌀함과는 달리 얼어붙는 듯한 냉기라고…… 표현을 하면 적당할까.

이전에 그레이터 데몬 무리와 싸우며 뒤집어썼던 《마달토(동결)》를 떠올리게 한다…….

"쫄았니?"

"아니라니까……."

벨카난이 떠는 모습을 시야에 담아내며 라라자는 오를레아의 말을 받아쳤다.

지금은 고마운 핀잔과 독설이다. 혼자 묵묵히 입을 다물면 제자리에서 멈춰 서버릴 것 같았으니까.

"벨카난, 저쪽 찾아봐줘라. 있으면 다행인데 없으면 없는 대로, 뭐, 이겼다는 뜻이겠지."

"아, 알았어……!"

"가비지는—."

"alf!"

"……말을 듣지도 않는구나."

분담해서 묘실 내부를 수색했다.

묘실은 좁은 듯하며 넓고, 넓은 듯하며 좁다. 인식은 애매해지고, 분명한 것도 확실한 것도 없다.

한순간 전까지는 분명히 옆에 있었는데도 퍼뜩 정신을 차리고 보면 꽉 눈에 힘줘도 보이지 않을 만큼 떨어져 있는 상태다.

이런 곳으로 군대를 투입하면 어떻게 될까—.

—여섯 명보다 많은 인원으로 진입하면 죽는다는 말은 진짜 사실일 테지.

라라자는 머릿속으로 가만히 생각했다. 이알마스의 모습은, 안 보인다.

"제길, 이 자식이 대체……."

자기가 실종되어버리면 어쩌자는 거냐. 짧게 푸념하던 때 문득 희미한 목소리가 들려왔다.

"yap!"

가비지다. 한 차례 짧고 날카롭게 우짖는 목소리.

—찾아낸 건가?

괴물이 없는 묘실에는 괴물이 없다. 말로 하니까 조금 웃기는 표현이지만, 미궁의 법칙 중 하나.

그것을 떠올리며 라라자는 혼자서 빠른 걸음으로 가비지가 있는 방향을 향해 달린다.

머지않아 다른 인원들도 모여들 것이다. 너무 걱정할 필요는 없다—.

“뭔데, 진짜로 뭔데……!”

그곳에서, 예상한 대로 이알마스를 볼 수 있었다.

벽면에 기대서 앉은 채 애용하는 흑색 지팡이를 안고 있는 평소부터 자주 본 자세.

가비지는 그 앞쪽에 서서 보검을 짊어진 채 시시하다는 듯한 표정으로 코웃음을 친다.

머지않아 다른 동료들도 이곳에 모일 것이다.

라라자는 마치 추락(슈트) 함정에 빠진 듯한 기분이었다.

“……도대체 무슨 일인데……!”

본래 머리가 있어야 할 위치에는 아무것도 없고, 단지 미궁의 돌벽이 보일 뿐.

그리고 그곳에는 검붉은 피로 써 놓은 한 마디.

—아차차(Oops)!

이알마스는 참수당했다(The larumas is decapitated).

제 5 장
캠프

"이알마스? 시체 운반자 말인가? 못 봤다만."

"그런가요……."

도시 변두리, 저녁노을을 받아 빛나는 황야에서 심란한 표정을 짓는 시스터 아이넛키는 정말이지 그림 같았다.

그런 여성에게 불려서 멈춰 선 모험가는 틀림없이 본인을 행운아라고 확신하고 있었다.

사망자도 아닌데, 더구나 캔트 사원의 바깥에서 이 수녀의 목소리를 들을 수 있는 기회는 좀처럼 없다.

이 같은 행운을 생각하면 미궁 탐색을 큰 소득 없이 끝냈던 것은 조금도 신경 쓰이지 않았다.

다만, 이 여성과 닮은 수녀가 도박장에서 『틸토웨이트』를 즐기고 있었다는 이야기도 들어봤다만…….

—뭐, 소문은 소문이지.

그보다 수녀의 환심을 사기 위해서 모험가는 없는 지혜를 쥐어짜기로 했다.

카도르트 신의 은혜가 있을지도 모르는 데다가 무엇보다 미모의 엘프와 나누는 대화는 인생의 기쁨이다.

"뭐, 녀석이야 뻔하지. 시체 네다섯 끌고 다니려면 늦어질 만도 하잖아."

"최근에는 그 사람이 시체를 끌고 나오는 경우도 많이 줄었는데 말이죠……."

아이네는 쓴웃음과 함께 조용히 답했다. 기쁜 일이기는 하지만

요, 라고 중얼거리며.

"그럼 미궁에 뭔가 특별한 일은 없었나요?"

"글쎄. 미궁에서는 특별하지 않은 일이 오히려 적으니까—."

그러나 상대 모험가 또한 미궁의 **법칙**에 대해서는 이해하고 있다.

비록 경험에 불과하다는 것은 충분히 잘 알고 있지만…… 미궁에는 일정한 규칙이 존재한다.

묘실의 괴물은 보물상자를 갖고 있지만, 배회하는 괴물은 그렇지 않다거나. (잘 생각해보면 당연하다!)

대체로 심상치 않은 영역이기는 해도 그곳을 지배하는 절대적인 무엇인가는 있는 것이다.

그러니까 특별한 일을 꼽아보자면, 그렇군—.

"굳이 말하자면 우리 파티의 도적이 지도를 봤는데도 길을 헤맸던 정도인가."

"아, 진짜 아니라니까."

납득할 수 없다는 듯한 얼굴로 소리 높여서 항의한 자는 가녀란 체구의 여자아이이다.

머리 위쪽에 동물 모양의 귀가 쫑긋 흔들리고 있고, 엉덩이 위에서는 기다란 꼬리가 살랑살랑 호를 그리고 있다.

묘인(펠루파) 도적은 본인의 선조가 그랬듯이 귀를 비틀며 불쾌함을 담아서 낮게 침음했다.

"미궁의 구조가 갑자기 확 바뀌었다니까? 지도랑 전혀 달랐단 말이야."

"네가 지도를 잘못 그렸을 테지? 덕분에 계단도 못 찾았지 않나."

"아니라고. 잘못된 건 미궁이야!"

"자꾸 이렇게 딴소리를 한다니까. 뭐, 위쪽 계층에서 좀 벌었으니까 오늘은 이만 철수했던 참이야, 시스터."

"그랬군요……."

아이네는 제 기다란 귀를 흔들며 미소 지었다.

"일부러 알려주셔서 감사합니다. 부디 당신이 가는 길에 더욱 바람직한 죽음이 있기를 기원합니다."

"내 길이 터무니없이 길게 이어지기를 기원해줘라."

헤실헤실 웃으며 떠나가는 모험가의 뒤를 묘족 여자아이, 그리고 다른 동료들이 따라간다.

아이네는 그들의 뒷모습이 다른 모험가들의 틈에 섞여서 스키일로 사라져 갈 때까지 줄곧 지켜봤다.

어느 모험가도 무척 개성적인데 인파에 파묻히면 마치 흐릿한 어중이떠중이처럼 바뀌어버린다.

—미궁 안쪽이, 역시 더 찬란하게 삶과 죽음을 빛내주는 까닭이겠지요.

아이네는 숨을 내쉬고 괴물의 턱을 연상케 하는 미궁의 입구로 눈을 돌렸다.

수많은 사람들이 오늘도 이곳을 지나 지하로 진입했다가 끝내 집어삼켜져서 두 번 다시 돌아오지 못한다.

예의 포고문이 붙은 뒤 지금껏 이렇듯 떠나가서 영영 돌아오지 못한 모험가도 무척 늘어났다—.

그대, 죽음을 잊지말라.

단, 그대여, 죽음을 두려워말라.

이미 사람들의 기억에서 사라진 옛 경전의 격언이 문득 아이네의 뇌리를 스쳤다.

이알마스도 마침내 죽음을 맞이한 것일까.

가비지도. 라라자도. 벨카나도, 오를레아도.

그렇다면 무척이나 슬플 터이나, 동시에 기쁜 마무리이기도 하다—.

—하지만…….

얼마 전 자신이 저질렀던 추태를 상기하면 천진하게 그들이 신의 곁으로 떠나간 것을 기뻐할 순 없는 처지다.

그들의 삶은, 죽음은, 아직 더 많이 가치를 드높일 수 있을 테니까. 이루어야 할 목표가 아직 더 남아있을 테니까.

아이네는 진심으로 그렇게 믿고 있었다. 그것은 본인의 신앙 자체이기도 하니까.

그렇다면 지금 다시 한번 그들의 주검을 신의 앞에 세워다 놓고 의중을 여쭤보는 것도 나쁘지 않다.

막 태어난 아기와 거의 마찬가지로 반들반들한 두 손을 수녀는 세게 부르쥐었다.

—신경 쓰이는 것은…….

미궁의 구조가 바뀌었다는 말.

아이닛키는 특별히 박식하지는 않을지언정 저런 변화를 가능케 하는 무엇인가의 존재는 알고 있었다.

이알마스가 탐색하고 있는 목표물. 낡아 손상된 무엇인가의 《파편(샤드)》.

그 남자는 그것을 마물막이의 《호부(애뮬릿)》라고 불렀었다만—.

—그것이 상대라면 과연 자신이 혼자 목적지까지 다다를 수 있을까요.

물론 고명한 처형검(베이킹 블레이드)을 비롯하여 장비 보관함에 넣어둔 무구의 봉인을 풀고 소지한 채 도전했을 때의…… 이야기이다.

시스터 아이닛키는 죽음의 포옹을 기쁘게 받아들일 것이다.

다만 사랑에 빠진 아가씨처럼 뒤도 돌아보지 않은 채 상대의 품속으로 덜컥 뛰어들 생각은 없었다.

카도르토 신은 사지로 걸음을 들일 때 손익 계산부터 하는 행위를 탐탁하게 여기지는 않는다.

다만 동시에 아무 대책도 없이 막무가내로 죽음의 문을 향하여 돌진하는 행위를 귀하게 여기지도 않는다.

이 같은 두 선택의 사이에야말로 모두가 찾아 헤매는 진정한 영광의 길이 있는 것이다.

"……올스타즈의 분들이 어서 복귀해주시면 좋을 텐데요."

"아차차, 소승 하나로는 사람이 부족하겠소이까?"

혼자서 중얼거린 말에 들려온 답은 큰 바위가 데구루루 구르는 듯한 목소리였다.

미궁의 턱을 억지로 열어젖히는 것처럼 느릿하게 커다란 몸이 어둠 속에서 모습을 드러낸다.

"어머."

아이닛키는 눈을 반짝였다.

"어머나……!"

그자는 위로도 옆으로도 커다랗고, 또한 두툼한 근육질의 다부진 거한 승려였다.

스케일에서 몇 차례 미궁에 드나들며 경험을 쌓은 모험가라면 이름은 알지 못하더라도 이 같은 모습을 알고는 있을 것이다.

혹은 이 모습을 알지 못하더라도 남자의 이름을 들어본 적은 분명히 있을 것이다.

『무인의 들판을 나아가는』 현자 로달. 신관(프리스트)이라기보다는 수행승(몽크)이라고 불러야 할 남자.

"오늘도 치료를 하고 계셨나 봐요?"

"아니, 뭘, 단지 탁발만 받기도 민망했던지라 말이오. 이 또한 수행일세."

쾌활하게 웃는 남자에게 아이닛키도 생글생글 미소를 지어주며 「고생이 많으십니다」라고 인사를 했다.

미궁의 지하 1층, 계단을 내려간 뒤 바로 옆쪽 구획에서 무상으로 모험가들을 치료해주는 신관들 중 한 사람이다.

목에 걸어서 내려뜨린 교단의 증표는 아이네조차 자세히는 알지 못하는 오래된 종파의 상징이었던 것으로 기억하고 있다.

분명히 모르로그— 라고 했던 것 같은데…….

아이네는 딱히 모시는 신의 차이로 다른 사람을 어떻게든 치우쳐 평가하는 잣대를 가지고 있지는 않다.

단지 대지의 여신을 믿는 사람들이 자기 마음대로 편견을 갖고 경원할 뿐이니까.

"그나저나 이알마스를 기다리는 중인가. 녀석도 참 행운아로군."

로달은 바위에 끌로 새긴 듯한 붙임성 있는 표정으로 호기심을 내비치며 말했다.

"옳거니, 혹시 이것은 연정과 관련된 이야기인 겐가?"

"……아니요."

아이네는 미간을 찌푸리며 대답을 찾아 허공으로 이리저리 시선을 보냈다.

"얼마 전 밴시의 목소리를 들었거든요."

"아, 불길함의 상징이기는 하지. 소승은 과문한지라 아직껏 들어본 경험이 없소만……."

어디까지가 진심이고 어디까지가 농담일까. 종잡을 수 없는 그름과 같은 행동거지와 발언.

아이닛키는 이 인물에게 전부 이야기하는 것을 피했다.

로달은 고위 모험가임에도 불구하고 투신(두르가)의 주점에서 여주인에게 호출을 받지 않았다.

이 남자를 굳이 불러들이지 않은 이유는 단 하나.

단독(솔로) 활동을 하기 때문이다.

아무리 기량이 뛰어나고 실력이 확실하더라도 단독 활동을 하는 모험가에게 진상을 알려주는 것은 꺼려졌다.

그런 의미에서는— 이알마스가 가비지 및 라라자와 만났던 것은 뜻밖의 행운이었다만.

“로달 님께서는 뭔가 알고 계시는 것이 있으실까요?”

“이알마스라면 마주치기는 했네. 지하 1층에서 말이지. 아래로 내려가는 것 같더군.”

“그 말씀은…….”

아이네는 눈을 반짝거렸다.

“……혹시 시간이 얼마나 지났을까요?”

“글쎄, 미궁 안에서는 시간 따위 믿을 게 못 되니까 말일세.”

아이네의 물음에 로달은 하늘을 우러러본다.

스케일의 하늘은 흐릴 때가 많았다. 다만 피처럼 붉은 땅거미의 색만큼은 분명하게 나타나 있다.

“5일 전 같기도 하고, 5년 전 같기도 하군. 설마 5분 전이야 아닐 터이나.”

하지만, 이어지는 말은. 로달은 본인의 이명처럼 사려 깊은 태도를 드러내며 신중하게 다시 말했다.

“짐의 양이 썩 많지는 않았네. 식량이 다 바닥나기 전에 복귀하지 않는다면…….”

“문제가 발생했다는 증거가 되는 건가요.”

"뭐, 단지 탐색에 열중하느라 늦어지는지도 모르지."

아무 근거도 없는 위안의 말을 꺼내며 로달은 껄껄 바위가 무너지는 듯한 음색으로 웃었다.

"아울러 미궁의 구조 운운하는 소식에 대해서는 소승도 알지 못하네. 지하 1층의 입구 부근에만 있었으니."

"그렇겠지요."

아이네는 미소 지었다.

"친절하게 알려주셔서 정말 감사드립니다."

아이닛키가 세련된 동작으로 머리 숙이자 로달은 별것 아니라며 쾌활하게 손을 흔든다.

그대로 저벅저벅 걸어서 떠나가는 뒷모습을 바라보다가 아이닛키는 또 숨을 내뱉었다.

—마음이 흔들려 보인다는 것은 별로 달갑지 않네요.

요전의 패배가 —그렇다, 그것은 명확한 패배였다— 생각보다 더 오래 영향을 남긴 듯싶다.

정말이지 자신답지 않았다. 본래 자신은 더욱 과감함이 있었을 텐데.

나중의 뒷수습은 나중에 가서 생각하면 된다. 지금 가능한 만전의 상태에서 가능한 한 여력을 전부 쏟을 뿐이다.

일단 결정을 내린 시스터 아이닛키의 발걸음은 힘차게, 또한 결단적으로.

수녀는 빙글 발길을 돌려서 도시를 향해 똑바로 걸음을 내디뎠고—.

"뭐야, 시스터. 마치 남자친구한테 냅다 《말리크토(격노)》부터 날릴 것 같은 얼굴이잖아."

그때, 뒤에서 문득 깔깔거리는 웃음소리가 쏟아졌다.

§

"wouaah!!"

"와, 아아아앗?! 와아앗……?!"

가비지의 포효가 울려 퍼지고, 벨카난의 코맹맹이 소리와 같은 기합이 뒤를 따른다.

보검 하스니르는 제 무위를 발휘하고, 멸룡검 드래곤 슬레이어는 변함없이 의욕이 없다.

그 또한 당연할 테다, 상대하는 적은 가공할 마계의 주민, 그곳의 군세이니까.

"BAAAAAAAAAAAA!!"

벨카난을 가볍게 웃도는 거구, 으르렁거리며 네 팔을 휘두르는 염소 머리의 붉은 악마 무리.

미궁의 엷은 어둠을 온통 검붉게 물들일 만큼 다수가 떼 지어 모험가들을 유린하고자 밀려들고 있다.

단 한 번의 직격만 허용해도 치명적이건마는 상대가 악마인 이상 적의 공격은 단순한 피해로 끝나지 않는다.

"《MO(밈잔메)》《LI(라이)》《TO(타잔메)》……!"

"《다루이라 타잔메(어둠이여. 오너라)》!"

숨 쉬는 것처럼 쏟아지는 마도의 언어와 오를레아가 부들거리며 소리를 높인 진언이 교차한다.

초자연적인 《딜토(암흑)》가 레서 데몬을 뒤덮고 있는 와중에 《몰리토(벼락)》가 모험가들을 덮쳤다.

"Ewwk?!"

"아으읏—?!"

"크읏, 읍……?!"

"뜨, 뜨겁잖냐아……! 젠장……!!"

컹컹거리는 가비지의 울음소리에 이어서 소녀들의 비명, 라라자의 악담.

오를레아의 주문 선택에 불평을 할 생각은 없다.

어떤 이름이었더라, 아무튼 주문 봉인술이 마신들에게 잘 통하지 않는다는 것은 알고 있다. 《딜토(암흑)》는 별개라는 사실도.

무엇보다 막 들이닥친 마신과 맞닥뜨리고 얼굴이 핼쑥하게 질린 데다가 이를 딱딱 부딪치면서도 영창했던 주문이 성공한 것을 기뻐해야 마땅하다.

"에, 라아앗……!!"

과감하게도 앞으로 뛰쳐나간 라라자는 평소의 수비(패리)를 버리고 단검을 손안에서 역수로 돌린다.

칼자루에 손을 꽉 가져다 대면서 있는 힘껏 몸받음을 하다시피—

예리한 찌름!

"BAAAAAAAAA?!!"

"못 피하면 맞아야지……!!"

코볼트와 비슷하다는 말은 못 해도 슬라임과 거의 비슷하게 움직임도 둔해졌다.

레서 데몬이 으르렁거리며 휘두르는 팔 아래에서 라라자는 칼날을 더 깊숙이 상대의 몸속으로 밀어 넣는다.

"EEEEEEEEEEKKK?!"

단말마의 비명. 영액(이코르)을 분출하며 염소 머리의 악마가 허물어지더니 안개처럼 흩어져 간다.

그 덕에 칼날을 뽑는 수고는 하지 않아도 괜찮았다만, 아직 전투가 다 끝난 것은 아니다.

"grooooowl!!"

가비지가 휘두르는 하스니르가 윙윙 소리를 내며 진공의 칼날을 허공으로 해방시켰다.

눈에 보여서 인식이 가능할 만큼 거센 압력을 내뿜는 희푸른 검풍이 마구 불어닥치며 어둠 깊숙한 곳으로 숨은 데몬을 조각낸다.

"BAAAAA?!"

"wouah!!"

"자꾸 혼자서 치고 나가지 마라, 잔반……!"

—역시 이 녀석이 핵심이군……!

희희낙락하며 적진으로 치고 나가는 가비지가 아니었다면 틀림없이 한참 전에 몰살당했다.

라라자도 당연히 인정할 수밖에 없다. 아니, 더 정확히 말하자면—.

"와아앗! 야앗……. 야압! 에, 에잇……! 흐앙……?!"

휭휭 세차게 흔들기만 할 뿐, 제대로 공격을 적중시키지 못하는 벨카난을 포함하여 누구든 한 명이 빠졌더라도 전멸이다.

벨카난은 어떤 행동을 하든 눈길을 끈다. 적의 주목을 끌어모아 주는 한편으로 웬만해서는 쓰러지지 않는다.

엉거주춤한 자세로 검을 휘두르는 모습만 봐선 도저히 미덥다는 생각이 들지는 않을 터이나—.

"라라자, 끝이 없잖아!"

"알고 있다고……!"

등 뒤에서 날아드는 오를레아의 곤두선 목소리에 라라자는 같이 고함쳐서 답했다.

지금 막 가비지가 하스니르를 휘둘러 조각냈는데도 깊숙한 곳으로부터 또 몰려나오는 검붉은 그림자.

그것이 마신 무리가 보유하고 있는 동포를 소환하는 힘 때문인가, 단지 우연인가, 라라자는 알 수 없었다.

아는 것은, 그렇다, 끝이 없다는 현실뿐. 즉, 이대로 가면 언젠가 힘이 바닥난다는 것.

"whah!"

"도망친다!"

희희낙락하며 뛰어들고자 하는 가비지의 목덜미를 낚아채고 항의의 목소리를 무시한 채 외친다.

버둥버둥 날뛰는 가비지 또한 사기는 높을지언정 아예 소모가 없는 상태는 아니었다.

수척한 몸 곳곳에 칼을 맞아서 베인 상처가 있고, 피가 번져 나온다. 그것은 마신 무리의 영액(이코르)을 뒤집어쓰고도 떨어지지 않을 정도다.

모두 치명상과는 거리가 멀다. 하지만 명백하게 집중력(히트 포인트)이 깎여 나가고 있다—.

"도, 도망치라니, 어디로……?!"

거의 울상을 짓는 벨카난에게 라라자는 뭔가 말을 꺼내려다가 가비지를 놔줬다.

"yap?!"

"이 녀석을 따라가라!"

이 들개 같은 소녀의 머릿속에서 서열이 어떻게 정해졌는지는 알지 못하나 벨카난에게 제법 관대하다는 것은 분명하다.

벨카난이 울먹이면 어쩔 수 없다며 코웃음을 치고 조금은 자제해줄 테지.

그렇게 기대할 수밖에 없다. 라라자는 또 들이닥치는 악마의 그림자를 노려보며 침음했다.

"또 다른 녀석들한테 붙들리면 귀찮아진다, 빨리 움직여!"

"으, 응……!"

"alf!"

어쩔 수 없다고 말하는 듯이 우짖는 소리와 함께 가비지가 달리기 시작하자 벨카난도 뒤를 따른다.

그 움직임을 발소리만으로 확인하며 라라자는 한 발 한 발 후퇴. 등 뒤에는 오를레아 한 명뿐.

소녀는 하나만 있는 눈동자를 불안하게 흔들거리며 모실 깊숙한 곳의 악마 무리를 보고 속삭였다.

"……역시 지도는 도움이 안 되니?"

"그냥 내 제도 솜씨가 엉망인지도 모르지!"

굳이 벨카난에게 들려줄 필요도 없는 말이었다. 하지만—.

—뭐, 벨카난도 알아차렸을 테지.

그게 아니면 「**어디로**」 가야 하냐고 묻지는 않았을 테니.

현명함이라는 개념을 어떻게 인식하느냐에 따라 달라지겠지만, 두뇌 회전이 빠르다는 점에서 벨카난은 확실히 마술사가 맞았다.

"됐으니까 얼른 가라, 괜히 버텨봤자 싸움은 할 생각 없다……!"

"그런 건 처음부터 기대 안 했거든?"

오를레아는 독설 한마디를 등 뒤로 남기고 달려 나갔다.

소녀의 발소리가 충분히 멀어지는 시기를 가늠해서 라라자도 달리기 시작한다— 그 전에.

"자, 가자고! 이알마스……!"

삼노끈으로 묶은 시체 자루에 집어넣은 남자를 거리낌 없이 가차 없이 꽉 움켜잡아서 끌고 갔다.

시체는 시체다. 미궁에서는 시체 이외의 무엇도 아니다.

정중하게 다룰 생각은 없으나 놔두고 갈 생각도 전혀 없었다.

이알마스가 그랬기 때문이다.

—머리가 없는 만큼 부피는 줄었지만 말이지……!

부웅, 내리 휘둘러지는 마신의 팔이 시체 자루의 두께가 없는 끝부분을 때린다.

"아차……!"

이 이상 망가져서 소생 비용이 불어나도 곤란하다. 라라자는 이를 악물고 달려가면서 웃었다.

—난 이런 상황에서 소생 비용을 걱정하는 건가.

그것은 몹시 한심하며 바짝 굳어버렸으나, 다만 틀림없이 모험가의 웃음이었다.

§

"여전히 상황은 최악이네."

"대, 대놓고 말을 하는구나……."

"내가 입 다물어서 조금 나아지는 게 있다면 다물어줄게?"

"그, 그런 뜻은 아니야아……."

"woof……."

그렇게 어디인지도 알 수 없는 묘실의 내부.

가비지가 나약한 적이라고 판단한 뒤 곧장 해치운 괴물들의 주검과 피 웅덩이를 피해서 모험가들은 캠프를 한다.

지도 작성은 한참 전부터 중단했다.

라라자에게 딴짓을 할 여유가 없던 까닭이기도 했으나 작성해봤자 이제는 의미가 없었기 때문이다.

고개를 돌리면 분명하게 있었던 길이 안 보인다.

분명히 문이 있었던 장소에는 벽이 생겨났고, 계단이 있어야 하는 위치에는 문이 생겨났다.

처음에는 텔레포터와 같은 함정이라고도 생각을 했다. 하지만 확실하게 다르다.

누군가가 ―아마도 얼마 전 마주친 「춤추는 인영」― 수작을 부렸음은 명백했다.

지금도 틀림없이 소리도 없이 미궁의 구조를 이리저리 뒤바꾸고 있을 것이다.

"……근데 말이다."

이알마스의 시체를 내팽개치고 바닥에 큰대자로 누워서 호흡을 가다듬다가 라라자가 침음했다.

"느닷없이 우리 전원이 돌 안에 들어가서 끝장난 건 아니니까 진짜 마구잡이로 조작이 가능한 것도 또 아닌가 본데."

"지금 상황이 충분히 마구잡이잖니."

"그, 그냥, 가지고…… 노는지도, 몰라. ……우리를, 장난감처럼……."

"충분히 가능성이 있는 얘기네……."

더듬더듬하며 벨카난이 말한 고찰은 아마 정답일 것이라고 오를레아는 생각했다.

—그나저나, 이 녀석…….

평소와 같은 주뼛주뼛 벨카. 요컨대 멀쩡한 상태라는 뜻이다. 역시 배짱이 제법 두둑하지 않나?

그에 비하여, 오를레아는 자신의 작은 손바닥을 봤다. 살짝이나마 떨리고 있음은 안 봐도 느껴진다.

조금 전 라라자를 상기하면 언제였던가 리더 역할을 맡아야 했던 때 자신은 얼마나 볼썽사나웠던가.

그리고 팔짱을 끼고 시시하다는 듯이 바닥에 굴러다니고 있는 시체 자루를 쳐다보는 가비지.

—가장 겁먹은 사람은 나인가…….

이알마스가 죽었다.

딱히 이 녀석을 썩 많이 의지했다는 생각은— 생각은 하지 않는다만.

힐끔, 시체 자루를 본 오를레아는 무릎을 끌어안으며 자세를 고쳐 앉았다.

표정을 다잡아야 한다— 라고 생각했다. 라라자나 다른 녀석들은 어째서 이렇게나 신경을 안 쓰는 것인가.

물론 오를레아는 알 도리도 없었다만, 가비지는 어쨌든 간에 라라자에게 이 상황은—.

—두 번째. ……아니, 세 번째인가? 익숙해지질 않는군…….

이알마스가 죽은 것은 두 번째. 느닷없이 미궁의 이상한 곳으로 날려 가버린 것도 두 번째.

눈앞에 있던 가비지가 어딘가로 전이당했던 사고도 횟수로 헤아리면 동료의 죽음은 세 번째다.

익숙한 경험이라는 말은 도저히 할 수 없다만, 아무튼 생각만큼 당황하지는 않은 것도 사실이니.

자신 혼자서 《황금 열쇠》를 찾아 미궁을 돌아다니던 때와 비교하면 견딜 만하다는— 생각도 든다.

라라자는 이런 자신의 심경에 당황하면서도 어떻게든 숨을 가다듬고 상체를 일으켰다.

"……어, 어떻게 할까. 야영…… 할래?"

벨카난이 주뼛주뼛하며 묻는다.

물론 지금 막 꾸려놓은 캠프, 휴식을 의미하는 발언은 아니다.

누군가 —누구일까?— 누군가가 구조를 하러 올 때까지 미궁 안에서 쭉 가만히 기다린다는 뜻이다.

시간은 문제가 되지 않는다.

미궁 안에서는 시간의 감각 자체가 애매하니까.

마시지 않고 먹지도 않고 10일을 기다리든 10개월을 기다리든, 어쩌면 10년도 기다릴 수 있을 듯싶다.

실제로 진짜 가능한지 시험한 적은 없을뿐더러 시험하고 싶은 생각도 들지 않는다만—.

—문제는, 구조를 기대할 수 있느냐…… 인데.

라라자는 딱히 떠오르는 사람이 없었다.

혹시 올스타즈라면 움직여줄까? 시스터 아이닛키라면?

아마도 움직여준다. 가능성은 있다. 부정할 수는 없다만…….

미궁 안에서 한 번에 행동할 수 있는 인원수는 여섯 명까지다.

설령 여섯 명의 모험가가 구조를 위해 와주더라도 지금 파티를 데리고 올라가려면…….

—몇 번을 왕복해야 하는지 가늠도 안 되잖아.

혹은 파티를 분할하더라도…… 그 빈틈을 과연 「춤추는 인영」이 눈감아줄까?

애당초 미궁의 구조를 아무렇게나 조작할 수 있는 녀석이 위로 통하는 길을 남겨 놓았을까?

도저히 긍정적인 생각은 들지 않았다.

"……어떻게든 놈을 해치우거나 자력으로 위로 올라가는 게…… 맞을 듯싶다."

"역시나 다른 방법은…… 없구나."

벨카난이 고개를 끄덕거렸다.

"얼마나 기다려야 할지 모르는 상황이고……."

"이알마스의 머리도 없고 말이다."

라라자는 가볍게 웃었다만, 벨카난은 애매하게 미소만 짓고 말았다. 힘겹게 짓는 웃음이다.

실제로 머리가 없는 시체를 캔트 사원에 가져가도 소생 의식은 해줄 것이라고…… 생각은 하고 있다.

캔트 사원에서 중요하게 여기는 것은 기부금의 금액이니 금화를 산처럼 쌓아주면 의식은 분명 진행을 해줄 것이다.

진행은 해줄 터이나, 다만, 소생의 성공률은 과연—.

—어떻게 되는 것일까?

아무리 위대한 카도르토 신의 권능일지언정 목부터 머리가 삐죽삐죽 자라나줄까?

신 또한 고개를 옆으로 흔들지 않으려나. 차라리 재가 되었다가 소생을 시도하는 편이 성공률은 높을 듯싶다.

—하지만 중량이 부족하잖아.

그렇다면 지금 상황은 이미 혼이 소실(로스트)되어 돌이킬 수 없는 진정한 죽음이니 매장할 수밖에 없다.

그것을 실패라고 말을 한다면 시스터 아이닛키는 화를 낼 터이나—.

이렇듯 라라자가 잠시 딴생각을 하던 중 오를레아가 무릎 사이로 흐릿한 눈동자를 날카롭게 좁히더니 눈을 부라렸다.

“그래서, 『어떻게』를 마냥 외면하니까 즐겁니?”

“그럭저럭.”

대답 대신에 노골적으로 혀 차는 소리. 라라자는 빙빙 공회전하는 사고를 붙잡아서 원래 위치로 돌려놓았다.

“『어떻게』도 중요한데 『어디로』도 중요하니까. 먼저 위치를 파악하고 난 다음에…….”

“저기…… 나 말이야…….”

떠듬떠듬, 샌들에서 드러난 발가락을 꾸물꾸물하며 벨카난이 손을 들었다.

"어, 어떻게는 알 것…… 같은데."

"뭐라고?"

"으음, 가비지의 검이라면 어떻게든 되지 않을까……."

모두의 시선이 단박에 벨카난에게로 모여들었다. 소녀는 주목을 받고 움찔하면서 몸을 떨었다.

그리고 지팡이 대신에 손에 든 드래곤 슬레이어를 꽉 쥐며 자신감 없이 계속해서 말했다.

"왜, 왜냐면, 그 녀석…… **피했거든**. 내가, 봤어. 그러니까…… 다시, 말하면……."

"베이면 타격을 받는다고?"

맞부딪치지 않고 피했다.

적의 성격, 아주 잠깐이나마 엿봤던 태도를 떠올리면 단지 이쪽을 놀리기 위함이었을지도 모른다.

혹은 단순하게 굳이 맞부딪치지 않아도 될 만큼 역량에서 큰 차이가 나는 가능성도 있겠다.

다만 부정은 할 수 없었다.

왜냐하면 저 검은—.

"누가 뭐라든 하스니르니까……."

"yap?"

오를레아의 혼잣말에 자기를 불렀냐고 생각한 듯 가비지가 퍼뜩 얼굴을 들어 올려서 이쪽을 봤다.

티 없이 맑아서 바닥을 가늠할 수 없는 호수처럼 푸른 눈동자. 저 아이의 가느다란 팔에 쥐여진 고대의 검.

악마 멸살의 보검, 하스니르이다.

당대 다이아몬드의 기사는 대화를 전혀 듣지도 않고 이알마스의 짐을 뒤적이고 있었다만.

찾고자 한 마른 고기를 발견해서 씹어먹는 모습만 보면 저 녀석도 적잖이 소모된 듯 보인다만—.

—아무튼 간에 죽일 방법은 있는 셈이다.

하스니르를 어떻게 녀석에게 때려 박을지는 차치하더라도 때려 박으면 죽일 수 있다.

끝내 죽이지 못할 경우의 대책은, 뭐, 고민해봤자 시간 낭비다.

"그럼 다음은 녀석이 있는 위치인가……."

"찾으려 해도 미궁을 엉망진창으로 갖고 노니까……."

벨카난이 불안하게 떠듬떠듬 말하고 모자의 챙 아래로 시선을 이리저리 보냈다.

당장에 벽이 들이닥쳐서 자신들을 뭉개버리는 것이 아닌가 염려하고 있는 듯했다.

그 우려는 넘어가고 —이렇듯 넘어갈 수 있는 소녀가 바로 벨카난이리라— 계속해서 말했다.

"하, 하지만……. 쫓아오지 않는, 이유는……. 어딘가에서 매복을…… 하고 있는 게, 아닐까?"

"그렇다 해도 위치를 가늠할 방법이 없으— 아."

퍼뜩 떠올린 라라자는 느릿하게 몸을 움직여서 이알마스의 시체 자루로 가까이 다가갔다.

급히 옆으로 온 라라자에게 가비지가 눈을 부라린다.

"woof……!"

"안 빼앗아 간다."

"alf……."

그럼 괜찮다. 위협의 결과에 만족한 가비지는 또 건육을 질겅인다.

그러거나 말거나 라라자는 머리가 없는 이알마스의 장비를 뒤적거렸다.

이 녀석이 언제나 같은 장비와 도구를 챙겨서 갖고 다닌다면, 분명히—.

"……어차피 시체는 못 쓰잖냐. 좀 빌려서 써도 이알마스가 불평은 안 할걸. 아마도."

그렇게 라라자가 손에 든 물건은 하나의 반지— 《보석의 반지》였다.

"그게 뭔데?"

라라자의 움직임을 좇아 쳐다보던 오를레아가 곧장 쌀쌀맞은 목소리로 묻는다.

"평범한 반지는 아니겠지만……."

"앗, 내가 알아."

의기양양한 벨카난.

"《듀마픽(소재)》을 쓸 수 있는 반지야."

"《듀마픽(소재)》이 봉인되어 있다고?!"

"이 물건으로 우리 위치는 파악할 수 있단 말씀이지. 없는 것보단 낫지?"

주머니에 반지를 휙 집어넣는 라라자의 행동을 보고 이번에야말로 오를레아는 눈을 커다랗게 뜨면서 침음했다.

그렇다면 진짜 마법의 반지가 아닌가. 이 녀석은 물건의 가치를 알고 있는가?

봉인되어 있는 것이 《듀마픽(소재)》— 지극히 초보적인 주문이기는 할지라도…….

—정말 감각이 이상해져버린다니까.

본인의 현재 위치를 일말의 어긋남도 없이 파악하는 술법.

말로 표현하면 단지 이뿐이지만, 외지에서는 과장하지 않고 마술사의 비의 중 하나다.

얼마나 유용한지 이루 말할 수 없다. 저 재주 하나만으로도 충분히 국가에 초빙을 받을 수 있겠다.

그럼에도 불구하고 그런 주문이 미궁에서는 제1위계의 초보 취급을 받으니까—.

—뭐, 위치를 알 수 있는 게 전부냐고 따지면 그렇기는 한데…….

미궁에서도 유용하다는 것은 변함없다. 위치를 알 수 있을 뿐—.

—알 수 있을 뿐?

거기까지 생각을 하다가 오를레아는 퍼뜩 생각이 미쳤다.

"《칸디(수색)》!"

"으앗?!"

"흐엥?!"

"yap?!"

갑자기 오를레아가 큰 목소리로 외치자 다른 세 사람은 움찔거리며 몸을 떨면서 놀랐다.

그런 동료들의 상태를 알아봐주지도 않고 레아 사교는 살짝 흥분하며 말을 쏟아붓는다.

"어휴, 왜 이제껏 잊고 있을까! 아니, 웬만하면 쓰기 싫은 주문이긴 한데……!"

왜냐하면 《칸디(수색)》가 속하는 곳은 사제 주문의 제2위계다.

초보의 한 발짝 위에 불과하다고 얕봐서는 안 된다.

《몬티노(침묵)》, 《마츠(공막)》, 《칼포(투시)》.

이처럼 유용한 주문이 다수 있잖은가.

따라서 사용 횟수까지 소비하면서 《칸디(수색)》를 영창하지는 않는다.

또한 효과는 무엇이냐면—.

"……알고 있냐?"

라라자가 벨카난을 힐끔 돌아보며 묻는다.

"아니, 난, 모르는데?"

흔들흔들 —휘릭휘릭— 휘젓는 머리와 함께 흔들리는 챙 넓은 모자.

라라자는 물론 가비지를 쳐다보지도 않았다.

"……그래서, 그게 도대체 뭔데?"

"위치를 알 수 있어. 시체의 위치!"

"엉? 시체라니—."

—이미 있잖냐.

그렇게 말하려다가 라라자의 입이 멈췄다. 해답에 다다랐을 테지.

그보다 한순간 더 빨리 벨카난은 해답을 알아차렸다.

"으음, 얘, 오를레아. 요컨대, 이알마스의, 시체 말이구나—?"

"맞아!"

오를레아는 하나만 남은 눈동자를 의기양양하게 반짝거리며 실룩실룩 떨리는 뺨에 대담하게 웃음을 지어 보였다.

"—머리를 가지고 있는 괴물 녀석의 위치를 파악할 수 있어!"

§

"《카프아레프 눈 다루이(생명 없는 자의 기적을 쫓아라)》……."

오를레아의 어여쁘면서도 엄숙한 영창과 함께 불가시의 파도가 살을 어루만지며 쭉 지나쳐 간다.

정체를 알 수 없는 감각에 「Ewk?!」 하고 가비지가 우짖었다만, 그런 반응은 결과에 영향을 끼치지 않는다.

라라자와 벨카난이 마른침을 삼키며 지켜보고 있는 앞에서 오를레아는 「응」 하고 고개를 끄덕거린 뒤 말했다.

"위치는 알아냈어. 상대가 이리저리 도망 다니지 않는 한 말이야."

"그럼 이번에는 내 차례인가……. 음. 뭐였더라……?"

"《다우크 밈아리프 페이체(옷아, 널리 퍼져서 나의 위치를 드러내라)》야……."

라라자가 치켜든 반지에 벨카난의 속삭임이 더해지자 또 마력이 확 퍼져 나간다.

"eek?!"

가비지는 무작정 불쾌감부터 느끼는 듯 의미도 없이 뛰어서 물러나더니 이빨을 드러냈다.

"wooof……!"

"그래그래, 잠깐만 참아줄래. 너도 사냥감의 위치를 못 알아내면 아무 방법이…… 있나?"

이 녀석은 닥치는 대로 묘실을 뒤지고 돌아다닐 것 같은데. 오를레아는 한숨 쉬었다.

"아무튼, 어때? 좀 가늠이 되니?"

"뭐, 대강은. ……꽤 가까운데. 직선으로 갈 수 있다면 말이지만."

"결과는, 하늘에 맡겨야겠구나……."

라라자가 《듀마픽(소재)》으로 파악한 좌표와 오를레아가 파악한 좌표를 방안지 위에 표시해서 가늠해본다.

제대로 지도를 작성하지 않은 완전히 새 종이였다.

양자의 위치는 라라자의 말처럼 썩 멀리 떨어지지는 않았다—. 미궁에서는 별 의미가 없다만.

그 「춤추는 인영」이 미궁을 아무렇게나 조작하지 않았어도 목적지까지 직진으로 쉽게 다다를 순 없었다.

그런 게 가능하다면 더 이상은 미궁이 아니니까.

"애당초 절대 못 들어가게 막아놨을 가능성도 있겠지. 계단이나 승강기처럼 말이다."

"그, 그치만, 아마……. 이상하게 길을 꼬아서 바꿔놓았을 순 있어도."

라라자의 표정을 힐끔힐끔 살피며 벨카난이 말했다.

소녀는 애원하는 것처럼 두 손으로 용살의 검의 자루를 꽉 잡아쥐면서 기운 없는 목소리로 말을 잇는다.

"……우리가 아예 못 가게 막지는…… 않았을 거야. 우리를, 직접, 음…… 가지고 놀고 싶을 테니까."

"뭐…… 우리를 피해 슬금슬금 도망 다니는 건 자기도 마음에 안 들겠지."

라라자도 고개를 끄덕여서 동의를 표시했다.

실제로 게르츠가 할 법한 행동이었다. 우습게 보인다면 바로 끝장이다.

교활하다고 평가받는 것은 괜찮다. 겁쟁이라는 인상을 주면 못 버티고 나자빠진다.

괴물 녀석들 사이에서는 어떤지 모르겠으나 적어도 야생의 짐승 같은 부분은 적의 태도에도 적용될 테지.

더구나 상대는 말을 이해할 줄 알고 지능도 있다.

바보 취급하는 것은 괜찮으나 이쪽으로부터 바보 취급을 당한다면 인내하지 못할 것이다—.

"……안 그러냐?"

"arf."

가비지의 대꾸가 한 번. 뭐냐, 맞붙을 작정이냐, 노려보는 눈길을 라라자는 적당히 받아넘겼다.

뭐, 가비지 정도의 감성조차 없지는 않을 터이다.

"음, 제2위계의 주문은 이제 쉽사리 못 쓰게 됐지만 말이야."

—《칼포(투시)》는, 뭐, 괜찮겠지. 빼놔도.

어차피 보물상자를 따거나 잠글 여유가 없는 상황이잖은가. 만약 따더라도 전부 다 라라자의 책임이다.

오를레아는 자기 멋대로 결정짓고, 오히려 다른 주문의 잔탄을 생각하기로 했다.

"그 밖에 가능한 준비는……."

라라자가 장갑을 꽉 다시 끼우면서 말했다.

"뭔가 있겠냐?"

"으, 으음……."

벨카난이 커다란 눈을 끔뻑거렸다.

"자, 작전…… 확인? 이라든가?"

"냅다 들이받아서 죽이는 것 말고 다른 방법이 있으려나……."

오를레아는 웃으며 중얼거렸다. 절반쯤 체념, 절반쯤 자포자기.

여하튼 반대하고 싶어도 《칸디(수색)》를 제안했던 사람도 영창했던 사람도 자기 자신이잖은가.

"《마포픽(큰 방패)》이 있다면 좋을 텐데……. 효과 시간이 기니까."

"없는 주문을 찾아봤자 안 나오잖냐."

"작전이 없는 것도 어쩔 수 없겠네?"

야유와 독설만 늘어놓는 까닭은 불안하기 때문일까. 오를레아는 입술을 꽉 깨물었다.

"……좋아, 출발하자. 하나만 더, 잔반의 고삐만큼은 제발 꽉 붙잡아줘."

"글쎄, 잡혀주겠냐."

"woof……."

바보 취급을 당했다고 생각한 걸까, 아니면 전투의 예감에 바짝 긴장하고 있는 탓일까. 문득 가비지가 으르렁거린다.

쫑쫑 —느릿느릿— 몸을 굽힌 벨카난이 한심한 표정을 지었다.

"여, 열심히 하자……."

"yap!"

전부 나한테 맡기라는 듯 굳센 대답.

가비지는 언제나 자신을 바보 취급한 녀석을 가만 놔두지 않는다.

그 「기묘한 짐승」의 입을 꽉 다물려줘야 직성이 풀린다는 것만큼은 확실하게 전해졌다.

라라자는 다시 일행을 쭉 둘러본 뒤 이어서 이알마스가 들어있는 시체 자루의 밧줄을 움켜쥐었다.

무엇이 어떻게 쓸모를 발휘할지 알 수 없었다. **가지고 가는 것**도 당연했다.

"좋아……."

심호흡을 한 번. 라라자는 기합을 넣고 떨리는 무릎에 활기를 불어넣은 뒤 외쳤다.

“간다!”

“Wou!”

그 외침을 듣기보다 빨리 가비지는 묘실을 박차고 뛰어나갔다만.

돌입 때와 마찬가지로 힘차게 걷어찬 문짝을 밟아 디디는 소녀는 좌우로 눈길을 보냈다.

“waf!”

그리고 다른 동료들이 뒤에서 잘 따라붙는지 신경도 쓰지 않으며 쏜살같이 달려 나간다.

“저쪽, 방향이…… 맞다는, 걸까?”

“미리 지도는 보여줬는데 가비지가 과연 알아먹었을진 장담을 못하지!”

주뼛주뼛하는 벨카난의 목소리를 들으며 라라자는 가비지의 등을 쫓아서 달음박질쳤다.

결과는, 뭐, 하늘에 맡겨야 하지 않겠나. 혹은 가비지의 직감에 의지하거나.

—거참, 이쪽도 신경을 좀 써라!

화살처럼 냅다 달리는 가비지의 빨간 머리카락을 쫓으며, 다만 라라자는 웃고 있었다.

불안도 있다, 공포도 있다. 과연 목표를 달성할 수 있을지 아무 확신도 못한다. 그럼에도, 끝내 전진한다.

라라자는 자신이 리더라는 웃기는 생각은 한 번도 하지 않았다.

그냥 일꾼 노릇이나 할 생각도 없으나 이알마스가 리더라고—막연하게 생각하고 있었다.

그런데 돌이켜보면 이알마스가 주도적으로 어디론가 자신들을 끌고 다녔던 때가 있었던가?

언제나 선두에 서서 돌진하는 녀석은 저 빨간 머리카락의 들개, 잔반이지 않은가.

—그러면 설마 저 녀석이 파티의 리더라고?

"……아니, 말도 안 되지!"

"wouaah!!"

§

"Wou! wouaah!!"

일도양단, 추풍낙엽. 악마 멸살의 성검 하스니르가 포효한다.

다이아몬드의 기사의 손에 들린 옛 보검이 무엇을 느끼고 있는지는 차치하더라도 가비지는 기분이 무척 좋았다.

마치 **살아있는 것처럼** 손바닥에서 쑥 빠져나가려고 하는 칼자루를 꽉 붙잡아 억지로 마구 휘두른다.

진공의 칼날이 허공을 날아 악마를 절단하고, 흩날리는 영액(이코르)과 함께 안개처럼 흩트려서 없애버린다.

그렇게 생겨난 공간으로 망설임 없이 뛰어들었다가 돌바닥을 박차고 공중으로 날아오른다.

대검을 힘으로 제어하지 않고 반동과 기세로 몸을 비틀며 춤추다시피 검을 내리 휘두른 것이다.

"BAAAAAAAAA?!"

이미 시뻘건 염소 머리 따위는 소녀의 적이 못 된다. 팔을 네 개나 달고 다니는 웃기는 자식이다. 벌레인가?

뭔가 수상쩍은 동작을 하며 제 팔을 움직이고자 했었는데 일단 모조리 베어 날려버렸다.

지금이라면 그 검푸른 덩치도 단숨에 절단해줄 수 있노라고 빨간 머리카락의 소녀는 이빨을 드러내며 으르렁거렸다.

아무튼 간에 먼저 잡아야 할 사냥감은 「기묘한 짐승」이다. 그 자식을 어서 때려눕혀줘야 한다.

그나저나 까만 녀석도 참 딱하다는 생각이 든다. 냅다 당해버리다니.

시끄러운 녀석, 꺼벙한 키다리 녀석, 쬐끄만 녀석도 굉장히 당황했었고.

역시 이런 상황에서는 가장 강한 자신이 나서서 길을 열어줘야 할 테다.

"yap! yelp!"

등 뒤를 돌아보지도 않은 채 외치고 가비지는 망설임 없이 모퉁이를 돌아서 또 모퉁이로, 통로를 나아간다.

그렇다— 망설여야 할 이유가 없다.

손에 든 검이, 지하에서 콱 뽑아다가 가져온 이 새로운 **쇳덩이**가 몸을 쭉쭉 잡아당겨주니까.

―제법 편리한 녀석이다.

자기가 주체인 양 설치는 꼴을 용납해줄 생각은 없다만, 쓸모있는 녀석은 싫어하지 않는다.

가비지는 툭하면 휭 날아가버리려고 하는 검을 꽉 끌어당기며 미궁을 달려 나갔다.

앞을 가로막는 적을 모조리 베어 넘기고 쓰러뜨리며 신나게 치고 나가고 있다.

가비지는 기분이 무척 좋았다.

"크앗, 젠장…… 역시 저 녀석한테 맡기는 게 아니었어……!"

"흐윽, 흐윽, 흐윽……! 너, 너무 빨라아……!"

"뭐 하니, 빨리 앞으로 가! 뒤에서도 온단 말이야……!"

―따라가는 다른 세 사람의 입장에서는 이래저래 고통받는 경험에 불과했다만.

아무튼 다행스럽게도, 혹은 놀랍게도, 불현듯 가비지의 움직임이 둔해졌다.

"crouahh……!"

소녀는 나지막이 으르렁거리더니 맨발을 돌바닥에 쩌저적 마찰시키며 멈춰 선다.

그 움직임은― 아니, 굳이 생각할 필요도 없다.

"또 적인가……?!"

라라자는 마지막 몇 걸음을 날다시피 질주해서 단숨에 가비지의 바로 옆쪽에 섰다.

미궁의 통로를 뒤덮은 어둠 깊숙한 곳, 쓱 떠오른 윤곽을 노려본다.

악마— 염소 머리의 마신, 레서 데몬과는 전혀 달랐다.

일단 팔이 두 개다. 체격은 가느다랗고 작다. 가녀리며 걸음걸이도 제법 얌전하고—.

"로브를 입은……."

허억, 허억, 호흡을 가다듬으며 벨카난이 쫓아왔다.

"여, 여자……?"

상대는 정말 잠옷과 같은 복장을 몸에 걸쳤다. 아름다운 여인이 모인…… 집단이다.

맵시 있고 세련된 움직임. 압가에 떠오른 것은 감정을 읽을 수 없는 애매한 미소. 어둠 속에서도 아름다운 하얀 살갗.

일순간 라라자는 얼마전 조우했던 서큐버스를 연상했다.

다만, 아니다. 그것은 악마였다. 서큐버스는 한눈에 알아볼 수 있는 인외의 존재다.

저 여인들에게서는 악마적인 기운이 느껴지지 않는다—.

—그럼 도대체 뭐냐?!

"와, 와아앗……!"

가장 먼저 대응한 인물은 벨카난이었다.

소녀는 구부정한 자세로, 다만 기어이 죽자 살자 소리를 높이며 드래곤 슬레이어를 치켜들었다.

"벨카난?!"

당황하면서 오를레아가 외친다. 다만 공포와 혼란 속에서도 벨카난에게 망설임은 없었다.

—그 사람이랑, 똑같아……!

무엇이 어떻게, 설명을 할 틈은 없었다.

어느 날인가 밤에 처음으로 이 드래곤 슬레이어를 쥐었을 때 대치했던 어느 모험가.

같은 기운을 놓치지 않고 벨카난은 죽기 살기로 복부에 힘을 불어넣으며 검을 휘두른 것이다.

물론 벨카난이 초보자와 다를 바 없는 움직임으로 날린 일격은 여인들에게 닿지도 않았다만—.

"growl—!!"

어쨌거나 효과는 충분했다.

이 녀석보다 늦을 순 없노라며 가비지가 뛰쳐나갔으니까.

간격은 다소 멀었다. 다만 약간의 거리는 하스니르 앞에서 문제가 안 된다.

성검의 검풍은 진공의 칼날이 되어 여인들을 조각내고자 허공을 달린다.

"woof……!"

다만 칼날은 모조리 빗나갔다.

무엇인가 불가시의 역장과 같은 힘이 여인들의 몸에서 쏟아지더니 질풍을 어긋나게 만든 것이다.

힘껏 휘두른 일격이 허공을 가르는 와중에 키득키득 웃으며 몸을 빼낸 여인들.

여인들의 팔이 불가사의하게 움직이는 모습을 보고 오를레아가 하나만 남은 눈동자를 부라렸다.

"―《바마츠(기원)》?!"

아군을 보호하는 기적 ―사제의 제3위계, 몹시 가볍게 사용했다― 요컨대, 저 여자들의 역량(레벨)은?!

"저 녀석들 주문을 썼어! 잘 모르겠는데 높은 위계야! 사제!"

"뭐라고……?!"

―젠장, 위험하다!

라라자는 사제가 다루는 주문이 무엇무엇이 있는지 잘 알지는 못했다.

다만 주문술사라는 사실 하나만으로도 경계의 단계는 확 뛰어오른다. 게다가 높은 위계라니.

―쾅쾅 얻어맞았다간 끝장이다……!

이알마스가 구사했던 언젠가의 강렬한 폭발까지 굳이 떠올리지 않아도 된다. 이미 망설이기는 불가능했다.

"우리도 주문을 쓴다!"

"어, 아, 《몬티노(침묵)》를―."

"그게 아니라, 잠재우는 쪽으로―!"

이때 보탬이 된 것이 한 가지 더.

라라자의 머릿속에 있었던 것은 「마신 녀석들이 아니면 술법은 통할 테지」라는 정도의 생각이었다.

오히려 깊은 지식이 없기 때문에 과감할 수 있었던 판단을, 오를레아는 한 차례 입술을 깨물었다가 조금 늦게나마 따랐다.

"《카프아레프 타이 눈잔메(혼아. 멈춰라. 그대의 이름은 미몽이로다)》……!"

"《밈아리프 베아리프 다루이(일체의 생명이여. 죽음에 이르러라)》―."

오를레아가 외친 《몬티노(침묵)》와 여인들이 속삭임 같은 《마-바디(빈사)》가 교차한다.

정신과 생명에 간섭하는 언뜻 비슷할지언정 서로 다른 마력이 엇갈려서 피아의 전열을 덮쳤다.

"흐…… 끄, 으읍, 아앗……?!"

"Eek?!"

견디지 못한 오를레아와 가비지의 입에서 비명이 새어 나왔다.

불꽃이나 벼락 따위와 달리 무엇인가 극적으로 눈에 보이는 현상이 발생하지는 않았으나.

가슴 깊숙한 곳이 꽉 메고, 숨이 막히고, 시야가 명멸한다. 머릿속이 뜨거워지고, 당장에 의식이 훅 꺼져버릴 듯싶은 피폐감.

―이러다간, 진짜 죽는다……!

그렇게 마음속에 공포를 불러일으키는 치명적인 위력. 생명이 뭉텅이로 깎여 나가는 듯하다.

라라자는 맥없이 쓰러져버리고자 하는 몸뚱이를 어깨부터 벽에 부딪침으로써 다잡았다.

가비지가 무릎을 꿇은 채 헐떡이고, 뒤쪽에서는 오를레아가 무릎을 꿇으며 허물어지는 소리가 들린다.

그러나— 검에 의지해서 선 벨카난의 건너편으로 여인들의 몸이 휘청휘청 기울어지는 모습이 보였다.

—다만, 전원은 아니다……!

"—벨카나안!!"

"으, 으…… 으읏……!!"

자신도 졸도할 것 같은 와중에 라라자의 외침을 듣고 벨카난이 한 수 늦게나마 움직였다.

소녀는 우물쭈물, 비틀비틀, 옆에서 보기에는 느릿느릿하게, 자기 나름은 죽자 살자 애쓴 움직임으로 검을 부르쥔다.

지금 이 상황에, 이 순간에 용살의 마검은 소녀에게 진정한 마법의 지팡이었다.

"카…… 《카프아레프 타이 눈잔메(혼아, 멈춰라, 그대의 이름은 미몽이로다)》……!"

숨도 제대로 못 쉬며 영창한 후속의 《카티노(수면)》. 벨카난은 회심의 주문이라고 생각했다.

언제나 같은 생각을 한다. 좋아, 성공했다. 제법 잘했다. 자신의 솜씨치고는 굉장하다.

그리고 언제나 배반당한다. 네가 솜씨를 부려봤자 별 대단할 것은 없다고.

그러나 이번에는 달랐다.

"아—."

앞으로 쓰러지던 중 흐릿한 시야에 보인 광경은. 턱, 턱, 미궁의 바닥으로 엎어지는— 여인들이었다.

승리라고 말하기에는 너무나 한심하다만— 승리는 승리다.

"해냈, 다……!"

벨카난은 바닥에 푹 엎어진 자세로 훌쩍훌쩍 흐느꼈다.

§

"……인마, 혹시, 죽었냐……?"

"Uggghhhhh—."

꽤 아찔했다. 라라자가 멍하니 입을 움직여서 부르자 가장 먼저 가비지가 반응했다.

소녀는 바닥 위를 기다시피 하는 모양새였지만, 마치 상처를 입은 짐승과 같은 움직임으로 방심하지 않고 몸을 일으킨다.

허억, 허억. 이빨을 드러낸 듯한 입가에서 거친 호흡이 새어 나온다.

맑고 푸르른 눈동자는 빛을 잃지는 않았으나 조금 탁하고 흐릿하며 어딘가 흐려지고 말았다.

이렇게까지 약해진 소녀를 보는 것은 어쩌면 처음인지도 모르겠다.

—나도, 비슷비슷하긴…… 한데 말이지.

"잔반은, 무사하군. ……벨카난, 오를레아, 너희는……?"

"……흐, 으, 으읏……! 나, 나는…… 훌쩍, 괜찮…… 괜찮, 아……!"

끊임없이 흐느끼는 벨카난의 울음소리가 바닥 위에서 들려온다.

라라자는 숨을 내뱉었다.

"마지막에는 네 덕에 살았다. 아니면 적의 주문을 맞고 다 죽었어."

대답 대신에 「으~!」라는 종잡을 수 없는 목소리가 울려 퍼진다. 뭐, 마음은 전해졌을 테지.

이제 다음은— 오를레아다.

힘겹게 주위를 둘러본 라라자는 못 보고 지나칠 만큼 자그마한 인영을 찾아냈다.

소녀는 허리에 힘이 안 들어가는 듯 바닥에 주저앉은 채 자그만 몸을 더 작게 움츠려서 떨고 있었다.

라라자가 벽에 기대서 일어나자 그 희미한 발소리에 움찔 놀라며 오를레아는 어깨를 펄떡거렸다.

"……살아는 있나 보구나."

"……응."

가냘프고 약하디약한 목소리.

오를레아는 잠시 무릎에 이마를 꾹 눌러서 문지르다가 천천히 일어났다.

조금 전 죽을 뻔했고, 지금 또 죽을 뻔했다.

안 그래도 저주의 흔적 때문에 애처로운 인상을 주는 소녀는 평소보다 더욱 소모되어 핼쑥한 표정을 짓고 있었다.

눈자위가 살짝 빨갛고 축축해졌다만— 착각이라고 치고 넘어가

자고 라라자는 마음먹었다.

"미안하다. 다른 주문이 더 좋았겠냐?"

"……아냐. 통했으니까, 딱히…… 괜찮아."

라라자는 잠시 고민한 뒤 오를레아에게 손을 내밀었다.

소녀는 하나뿐인 눈동자로 그 손을 빤히 쳐다보다가 조금 망설이며 고개를 옆으로 흔들었다.

"……괜찮아. 일어설 수 있어. ……혼자서. ……내 힘으로."

"오냐."

오를레아가 무릎을 후들후들 떨면서 일어나는 동안 라라자는 말없이 기다렸다.

—이제부터, 어떻게 한담……?

마음속은, 안도감과는 거리가 멀다.

계획이 어설펐다. 아니, 이렇게 될 가능성은 알고 있었다. 어렴풋이 알고 있기는 했다.

큰 손해…… 큰 손해가, 맞나? 아니, 승리는 했다. 수확은 없다. 앞으로 더 나아갈 수는 있다. 아니, 아니지—.

"……무엇을 하든 일단은 태세부터 정비해야겠군."

침착해라, 자기 자신을 타이르면서 라라자는 짐을 뒤졌다.

자신의 짐, 오를레아의 짐, 벨카난의 짐, 그리고 이알마스의 짐.

가비지에게는 달리 짐을 들려주지 않는지라 생각할 필요도 없다.

이리저리 긁어모은 몇몇 약병들. 이것들로 가능한 한 체력을 회복시켜야 한다.

"가비지, 싫어도 안 내켜도 마셔라, 얼른."

"snuff, snuff……. Ewwww."

한 병을 마시며 라라자가 내미는 다른 자그만 병을 본 가비지는 냄새를 맡자마자 질색하는 표정을 지었다.

그렇다면 언젠가 다른 상황에서 물약— 디오스(약석)의 물약을 마셔 본 경험이 있는가 보다.

예전에 화룡과 싸웠던 무렵이려나? 아마 이알마스가 마시도록 시켰을 테지.

라라자는 발부터 손가락까지 피가 쭉 순환하는 것을 느끼며 가비지에게 병을 떠안긴다.

가비지는 진심으로 질색하는 표정을 짓긴 했을지언정 이윽고 마지못해 병에다가 입을 가져갔다.

"whine……. Gulp…… Gulp……. snarl……."

입맛에 별로 안 맞으신가 본데 알 바 아니다.

"자, 너희도."

"……응."

"알았어……."

눈의 초점이 안 맞는 오를레아와 바닥 위에 엎어진 벨카난도 각자 어떻게든 물약을 마시기 시작했다.

어떤 약효가 있는지는 차치하고— 잃어버렸던 열기가 몸속으로 후끈후끈 돌아오는 것 같다.

라라자는 여기까지 조치를 끝낸 뒤 조금이나마 안심할 수 있겠다는 생각을 했다.

아직 최악의 상황은 아니잖은가. 가장 아래쪽까지 바닥을 밟아서 뚫고 떨어진 것은 아니잖은가.

그렇게 여유(히트 포인트)를 되찾자— 신경 쓰이는 것은 혼절한 여인들이었다.

"growwllll……!"

이미 내용물을 비운 자그만 병을 던져버린 뒤 가비지가 짓밟아서 검을 박아 세우고 있다.

경계하고 있다— 더 정확하게는 자신이 더 강하다고 과시하는 행동일 테지.

다만 어쨌든 간에 방심하지 않고 경계를 맡아준다는 것이 고마웠다.

라라자가 단검에 손을 가져가는 모습을 보고 오를레아와 벨카난도 천천히 뒤를 따른다.

"사제 주문이랬지, 방금 전 술법은. 모험가 출신이라는 느낌은 안 든다만……."

"수상쩍은 사제 따위야, 뭐."

싫은 기억을 떠올리고 오를레아가 침음한다.

"드물지도 않은걸."

"어딘가…… 성에서 일하는 시녀님들 같은데……."

"성의 시녀?"

오를레아가 중얼거린 뒤 무슨 웃기는 소리냐며 입술을 삐죽거린다. 어쩌면 허세일까.

"왜 시녀로 일하는 여자들이 이런 곳에서 나타나는데."

"나, 나도 모르지이……. 이유가 뭔지는, 나도……."

반면에 벨카난은 갑자기 평소와 같이 흐느적흐느적하기 시작한다.

―뭐, 아무래도 상관없나.

라라자는 잠깐만 생각한 뒤 결론이 나오지 않는 문제를 포기하고 고개를 옆으로 흔들었다.

미궁에는 토끼도 있지 않은가. 시녀처럼 보이는 적이 있다고 신경 써봤자 헛수고일 테다.

"……아무튼, 다들 슬슬 움직일 수 있겠냐?"

"조금, 시간을 줄래."

오를레아가 숨을 내뱉었다.

"방금 괜찮다고 말은 했는데, 아직 다리가 좀."

"……나도, 지금은 좀, 으음…… 많이 놀라서……. 잘 통했으니, 다행이었지만……."

소곤소곤 자신감 없이 중얼거리며 벨카난은 빨간 머리카락 여자아이의 눈치를 살폈다.

"가비지가…… 반대 안 하면, 잠깐만, 쉬어도 될까?"

"wouah!"

물론 더 말할 나위도 없이 가비지는 의욕이 가득 넘쳐났으나 라라자는 상대해주지 않았다.

이 녀석을 잠자코 따라갔다가는 과장하지 않고 미궁의 가장 밑바닥까지 논스톱이다.

"그럼 또 휴식이군. 3대1이니까 너도 불평은 하지—."

꿀렁.

문득 들려온 소리가 라라자의 말을 가로막았다.

전원이 —가비지 이외에— 흠칫하며 몸을 굳히고 소리가 난 방향으로 눈을 돌린다.

소리의 출처는 바닥에 엎어져 있는 여인들의 입이었다.

뭍으로 끌려 올라온 물고기처럼 입술에서 꿀렁꿀렁 검붉은 액체가 흘러넘치고 있다.

피인가—?

—아니, 틀렸다.

저 검붉은 점액과, **눈이 맞았다**.

"헉……?!"

누가 비명을 질렀을까. 오를레아인가, 벨카난인가.

가비지가 「yelp!」라며 우짖고 여인들에게서 뛰어 내려온 뒤 하스니르를 두 손으로 잡아 겨눈다.

그동안에도 여인들의 입에서, 코에서, 눈에서, 귀에서…….

얼굴에 있는 모든 구멍에서 무시무시한 양의 검붉은 점액이 쏟아지더니 미궁의 바닥을 더럽히며 퍼져 나간다.

눈알을 가진 점액. 끈적끈적하게 용해된 혈육 덩어리.

각각 하나씩 형태를 이루고, 의사를 갖고, 모험가에게 지성이 없는 —적의가 있는— 시선을 보내온다.

그게 전부가 아니었다.

점액 무리는 여인들의 몸을 에워싸고, 늘리고, 비틀며 이형의 인간 모습으로 바뀌어 간다.

그렇게 기어다니는 물체들을 앞에 두고 가비지는 이빨을 드러냈다. 늑대와 같은 웃음.

"groaar……!"

라라자는 바짝 굳어진 얼굴로 신음하다시피 웃을 수밖에 없었다.

"—좀 아찔한데……!"

최악은 아니다, 즉, 아직 더 아래에 최악이 있다는 말이 아니겠는가.

제 6 장

마롤

“에잇, 《밈아리프 라잔메 레(싹 날아가라)》!!”

따라서 구원은 문득 위에서 내려왔다.

허공으로부터 뛰쳐나온 것은 귀에 거슬리는 웃음소리와 우스꽝스러운 진언의 영창.

그것은 새하얀 섬광이 되어 살점 덩어리를 찢어발겼고, 레아의 형태를 취한 채 라라자와 일행의 앞에 내려섰다.

형형하게 빛나는 붉은 눈동자가 외투 안쪽의 그림자 아래에서 혀를 할짝이는 괴물처럼 주위를 달렸다.

“그나저나, 겨우 블랍아이냐고. 이왕이면 제노를 가져와주지. 난 아주 실망이야.”

“아—?”

라라자는 지금 상황을 도무지 이해할 수 없었다. 아니, 제대로 상황을 파악한 일행이 있기나 할까.

벨카난도 오를레아도, 가비지조차도 저 여자아이의 등장을 인식하지 못했으니까.

맨발에 하얀 외투, 세 가닥으로 땋은 은빛에 가까운 머리카락이 휘날린다. 한쪽 손에는 폭 좁은 검을 꽉 쥐고 있는 소녀.

백색증(알비노) 레아는 히죽거리는 비웃음을 숨기려고도 하지 않았다.

“게다가 이알마스도 참 한심하네. 벌써 카도르토를 써야 할 신세라니! 아이고.”

라라자는 레아 소녀의 눈을 본 기억이 있었다.

저 여자아이는 이쪽을 바라보지 않는다— 시야에 들어오기는 해도 사람으로서 바라보지 않는다는 뜻이다.

저 무기질적이고 무자비하며 평등한 눈빛을 라라자는 알고 있었다.

호크윈드, 또는— 이알마스과 똑같은 눈동자.

“그래서?”

성큼걸이(스트라이더) 레그너는 본인의 어여쁜 얼굴에 비뚤어진 미소를 띠어 보이며 소곤거렸다.

“언제까지 누나를 기다리게 할 셈이야?”

“뭔가 저지를 작정이면 무슨 짓을 저지를지 먼저 설명부터 해줘라……!”

공중에서 뒤이어 두 사람. 악담과 함께 나타난 붕대 얼굴의 전사가 가까운 곳에 있던 괴물에게 일격을 선사한다.

몹시 거칠고 난잡한 솜씨였으나 그 공격은 절단하는 검이라는 이름과 같은 효과를 발휘했다.

살점 덩어리와 반쯤 일체화됐던 시녀가 목 부근부터 비스듬하게 등뼈를 절단당하고 두 동강이 난 것이다.

털썩 허물어지는 시체. 쏟아지는 핏방울. 그 뒤에 숨어서 까맣고 작은 그림자가 뒤를 따른다.

“이야아앗!!”

이번에는 들썩들썩 신이 난 목소리였다. 의기양양하게 흔들리는 흑발의 매듭에는 푸른색 장식 끈.

섀도윈드는 배후 기습으로 등 뒤쪽에 숨겨 놓았던 단검을 재빨리 휘두르고 있었다.

다음 순간에는 칼날이 적의 목덜미의 움푹한 곳에 뿌리까지 박혔고 시녀의 눈이 까무룩 뒤집힌다.

적흑의 점액— 블랍아이도 시체는 움직일 수 없는 탓인지 몸부림치며 입 밖으로 흘러나왔고.

그곳으로 연속해서 참격을 날려 해치운 섀도윈드는 눈을 반짝이며 중얼거렸다.

"변형 발도술…… 안개 베기……!"

"그런 소리는 목 거뜬히 날리는 모습은 보여주고 해야지, 맨손으로."

"맨손으로?!"

감개무량하다는 듯이 중얼거리는 목소리를 듣고 핀잔을 놓은 레그너가 곧바로 야유하며 놀린다.

그러나 한심하게 소리 높이며 반응하는 섀도윈드에게도 빈틈은 전혀 없었다.

지금 막 사람을 해쳤는데도 불구하고 동요의 빛조차 보이지 않은 채 다음 적에게 몸을 날린다.

그리고— 마지막으로 세 사람. 흑색과 적색과 청색.

철제 갑옷과 투구를 몸에 두른 코레타스에게 호위받으며 라므사므, 노움 소녀들이 미궁에 내려섰다.

두 사람은 거울에 비춘 듯 똑같은 동작으로 힐끔 가비지 일행이 있는 방향으로 눈을 향하며 공손하게 머리 숙인다.

"여러분, 무사하셔서."

"다행입니다."

"—구하러 와준 거야……?!"

벨카난의 목소리에는 놀라움보다도 기쁨의 감정이 더 많이 들어 있었다.

끄덕끄덕 고개를 움직여 보인 빨갛고 파란, 파랗고 빨간 쌍둥이는 좌우에서 받쳐 드는 모양새로 한 자루의 지팡이를 잡아 쥔다.

그것은 불꽃을 형상화한 옮은 주홍색의 지팡이였는데 두 사람은 함께 속삭이며 진언을 읊조렸다.

불꽃이여, 나의 의지에 복종하여 춤을 추거라
"《밈아리프 헤아 라이 타잔메》."

큰 불꽃
그 즉시 귤색의 《마할리토》가 지팡이의 끝부분에서 쏟아지더니 전장을 휩쓸었다.

"SCREEEEEECH?!"

두 사람 중 누가 주문을 영창했고, 누가 **불꽃의 지팡이**를 휘둘렀는지는 분명치 않다.

하지만 노움 쌍둥이는 지팡이에서 쏟아지는 불꽃을 가차 없이 무자비하게 여인들— 괴물들을 향해 날린다.

블랍아이 무리와 함께 불꽃에 특별히 더 약하지는 않은 듯했으나 시녀들의 육체는 경우가 다르다.

활활 불타오르는 불꽃이 몸을 불사르자 미쳐 춤추는 것처럼 발버둥을 치다가 털썩 쓰러져 간다.

그 몸의 안쪽 구멍에서 바깥으로 도망쳐 나오는 살점 덩어리를 레그너는 가차 없이 조각냈다.

“이 사람들 말야, 구출해서 데리고 나가야 하는 거 아니었어?”

“본인이 보기에는 이미 손쓸 도리가 없소만…….”

“어느 쪽이든 신경을 써줄 겨를이 없다!”

시답잖은 소리를 늘어놓는 동료들에게 고함지른 뒤 슈마허는 적에게 검을 때려 박았다.

“나중에 캔트 사원에 던져주면 불만은 없겠지!”

전황은 눈 깜짝할 사이에 역전됐다.

슈마허는 바짝 긴장한, 귀기 가득한 표정으로 블랍아이 무리를 해치운다.

그동안― 라라자와 다른 일행은 완전히 전장에서 분리되어 있었다.

심하게 지친 까닭도 있다. 어안이 벙벙했던 까닭도 있다.

다만 전투의 주체가 이미 바뀌어버린 탓이다.

라라자 파티와 슈마허 파티에 특별히 대단하게 역량의 차이가 있지는 않다.

적을 상대할 때 주저하지 않는 과감성. 결원이 없는 6인 파티. 도중의 소모 없음. 주도권(이니셔티브)의 장악.

그러한 요소들이 쌓이고 쌓임으로써 모험가들이 몰아치고 괴물들이 이리저리 도망 다닌다.

“……alf.”

겨우 정신을 차린다. 가비지가 시큰둥하게 코웃음 치는 소리가 들려왔기 때문이었다.

아직도 싸울 의욕으로 가득한 저 녀석은 당연하게도 자신이 도움을 받았다는 생각은 전혀 안 하는 기색이다.

오히려 맥없이 박살이 나는 살점 덩어리 떼를 보고서 뭐냐, 겨우 이 정도냐, 라며 흥미를 잃은 듯하다.

그렇게 얼굴을 들어 올린 라라자는 살육의 중심에 선 백색증 레아와 눈이 맞았다.

이 세상의 존재 같지 않다고 생각될 만큼 하얀 여자는 힐끔 라라자가 있는 방향을 보더니 붉은 눈동자로 눈웃음을 지었다.

"왜 자꾸 누나를 멍하니 쳐다보는 걸까?"

"아, 앗, 아니—."

레그너는 어여쁘다고도 말할 수 있는 얼굴에 얄미우리만큼 비뚤어진 미소를 띠어 보이며 비웃었다.

"공짜는 아니걸랑!"

§

"……그래서, 수락한 건가?"

"맞아."

레그너는 히죽거리는 얼굴로 슈마허에게 고개를 끄덕였다.

"네가 누나한테 말도 안 하고 길의 의뢰를 수락했던 것처럼 말이야."

“싫다면 안 따라와도 된다.”

“나 하나만 미궁 깊숙한 곳에 던져 넣어서 엉망진창으로 만들고 싶어? 취향 참 멋지네.”

지하 1층에 메아리치는 것은 깔깔거리며 웃어 젖히는 귀에 거슬리는 소리.

그 반응에 슈마허가 두통을 느낀 것은 과연 얼마나 이전의 일이었을까.

미궁 안에서는 시간 경과가 아무런 기준도 되지 못한다.

바로 몇 분 전의 일 같기도 하고, 며칠 전의 일 같다는 생각도 든다.

따라서 구조를 부탁받았을 때 늦지 않게 도착할 수 있을지는 가늠해봤자 의미가 없는 짓이다.

생각해야 할 것은— 찾아낼 수 있느냐 없느냐는 사실 하나뿐.

—그나저나, 이알마스의 파티가 복귀를 안 한다?

슈마허는 괜한 화풀이 비슷한 조바심과 위장 깊숙한 곳이 묵직해지는 불쾌감에 얼굴을 찌푸렸다.

민폐라고 생각한 것은 아니다. 다만 골칫거리가 늘었다는 생각을 했을 따름이다.

길의 의뢰로 —왕가의 의뢰로— 왕태자를 구조하러 향하는 것과 경우가 다르다.

그렇게 말을 하자면 슈마허는 막상 자신이 의뢰를 수락했던 이유도 잘 알지 못했다만.

다만, 뭐, 통쾌하다—라는 생각은 했는지도 모른다.

만약 자신이 왕족을 구조하고 미궁을 공략한다면 다른 사람들 전부가 구두 장인의 건달 아들내미보다 못한 녀석으로 추락하는 셈이다.

자조와 야유, 가학이 뒤섞인 표정를 지은 채 슈마허는 어깨 너머로 파티원들을 돌아봤다.

"너희도, 딱히 안 따라와도 상관은 없다?"

"아니……. 본인도 다른 분들도 사정은 들어버렸잖소. 이제 와 빠지면 위험할 듯싶소만."

가장 먼저 대꾸한 녀석은 느긋한 말투치고 뒤숭숭한 소리를 늘어놓는 섀도윈드였다.

"그렇다면 기꺼이 동행하는 것이 가장 안전하겠다고 생각했을 따름이라오!"

"빚도 갚아야 하고 말이지."

"그, 그야 당연하고! 본인의 칼 솜씨와 실력으로…… 뭔가, 공적을 세워서, 확실하게!"

—이렇게 쓸데없이 의욕이 넘쳐 무작정 돌진하니까 자꾸 죽어나가지.

슈마허는 섀도의 낯빛을 살핀 뒤 무자비하게 결론 내렸다.

이 소녀는 동료 —이 같은 호칭에는 저항감이 있었다— 파티를 짠 이후에 이미 몇 번이나 죽음을 맞이했다.

캔트 사원에 소생을 의뢰했던 까닭은 단지 의리를 지키기 위한

과 금전의 여유가 있기 때문에 불과하다.

재가 되면 버려버리자는 생각으로— 오히려 변제를 위하여 부려먹는 편이 좋겠다는 생각도 든다.

슈마허는 과거 자신의 닳고 닳은 사고를 떠올릴 때마다 조소가 담긴 웃음을 지었다.

그 웃음을 알아본 라므사므가 속삭이는 듯한 수다를 관두고 이쪽을 휙 올려다봤다.

“저희는 저희 나름대로.”

“하고 싶은 일이 있습니다.”

“부디…….”

“신경은 쓰지 마시길.”

표정 변화가 적은 쌍둥이 노움은 무슨 생각을 하는지 알 수 없는 애매한 말투로 입을 열었다.

—뭐, 같이 따라와준다면 딱히 상관없다만.

한쪽의 소생 비용쯤이야 진작에 다 벌었다만, 돈은 아무리 많아도 부족한 법이니까.

“그럼 코레타스도 괜찮나? 빠지려면 지금 빠지고.”

“상관없다.”

소곤소곤, 우물우물, 귀에 잘 들리지 않는 목소리로 철 투구 안쪽으로부터 들려오는 코레타스의 대답.

“어차피 미궁 깊숙한 곳으로 더 나아가야 하니까.”

“그럼 결정됐군.”

어중이떠중이, 각각 목적도 생각도 어떤 부분도 전혀 알지 못하는 수상쩍은 패거리.

—나도 포함해서 말이지.

그래서 더더욱 슈마허는 망설임 없이 길에게 전달받은 정보를 파티에 공개했었다.

사원에 잠입했다는 괴물, 행방불명된 시녀들, 납치당한 왕태자, 미궁의 이변…….

머리부터 골칫거리 사건을 들이받는 격이다.

불확실한『인연』보다 각자의 손득과 목적을 따지는 편이 차라리 훨씬 더 안심하고 등을 맡길 수 있었다.

"이야기를 듣자 하니."

"미궁에서 그 계층으로 이어지는."

"계단이 사라져버렸다고도."

"사라지지 않았다고도……."

라므사므의 작은 목소리에 슈머하는「소문 말이지」라고 혀 차는 소리를 섞어서 중얼거렸다.

미궁의 소문 따위 실제로 확인하지 않는 한 아무것도 장담할 수 없는 내용뿐이다.

—무엇 하나도 전혀 도움이 되지 않는다.

"코레타스, 《칸디(수색)》를 부탁한다."

슈마허의 요청에 검은 철 투구가 끄덕거리며 위아래로 흔들렸다.

수수께끼투성이의 사교가 나지막한 목소리로 영창을 읊조리는 동안 슈마허의 파티는 각자 다른 자세를 취하며 대기.

다만 —다른 멤버는 어쨌든 간에— 슈마허의 속마음은 편치 않았다.

슈마허는 팔짱을 끼고 벽에 기대며 붕대 안쪽으로 눈을 감고 있었다.

이렇게 가만있자니 언젠가 겪은 바짝바짝 뺨을 타오르는 듯한 감촉이 되살아난다. 지긋지긋하다—.

—위치를 알아낸다고 해도.

라므사므가 듣고 온 소문이 진실이라면 이동하는 과정부터가 힘들겠다.

그곳에 있는 적에게 대응하는 것도 과연 가능하려나.

혹은 녀석들이 이미 죽었다면—?

—그때는 시체를 회수해서 복귀할 뿐인가…….

그 또한 머리가 아픈 문제이기는 했다만…….

"슈마허 공!"

문득 사고를 차단하는 쓸데없의 의욕 넘치는 새도의 목소리.

"코레타스 공이 위치를 파악하셨다는구려."

슈마허는 눈을 떴다.

"어디라고?"

"몬스터 배치(앨러케이션) 센터보다 더 아래……."

"4층인가?"

코레타스의 낡은 투구(헬름 오브 행오버즈)가 흔들흔들 좌우로 움직였다.

"5층인가……!"

이번에는 까만 투구가 위아래로 움직였다.

"5층인가……."

무의식중에 목구멍 안쪽으로부터 신음 소리가 새어 나왔다. 당연히 그 반응을 레아 소녀가 눈감아줄 리 없었다.

쏙, 자그만 몸을 미끄러뜨려서 접근하더니 바로 아래에서 슈마허의 얼굴을 빤히 들여다본다.

"뭐야, 쫄았어?"

"귀찮아졌다고 생각했을 뿐이다."

속을 들여다보는 듯 히죽이는 얼굴과 붉은 눈동자와 마주하며 슈마허는 짜증스럽게 손을 흔든다.

얕보이면 끝이다. 특히 이 녀석에게는, 더욱더.

이 같은 속내를 눈치채고 조금이나마 기특하게 굴어주면 귀여울 텐데 레그너는 오히려 더 그윽하게 웃었다.

"에이, 뭐야. 그런 이유였구나."

"……뭐가?"

"그런 이유였냐고 말한 거야. 좌표는 알아냈지?"

레그너는 그렇게 말한 뒤 불쾌한 웃음과 함께 레아 중에서도 밋밋한 가슴을 통 두드렸다.

"뭐, 전부 누나한테 맡겨줘."

§

—맡겨도 괜찮은 건가.

그렇게 생각하던 얼마 전 자신을 슈마허는 때려주고 싶어졌다. 고분고분 따르는 것이 옳았다.

온몸을 걸레처럼 쥐어짜서 쭉 잡아당기는 듯한 감각은 몇 번이나 맛보고 싶은 경험은 아니다.

끝없는 공간 안에서 하염없이 낙하한 뒤 반사적으로 검을 휘둘렀던 자신을 칭찬해주고 싶을 정도였다.

전투는, 끝을 맞이했다.

미궁의 통로는 피가래를 잔뜩 토한 것처럼 검붉게 물들어서 농후한 죽음의 냄새가 가득 들어차 있었다.

벽에 기대어 팔짱을 낀 슈마허는 속이 메스꺼워지는 공기를 들이마셨다가 토해낸다.

시야 저편에서는 소녀들이 와글와글 모여서 떠들썩하게 서로의 무사를 함께 기뻐하고 있었다.

키다리 벨카난이 작게 몸을 굽혀서 노움 자매에게 머리 숙이는 구도는 우스꽝스럽기 짝이 없다.

그 옆에서는 오를레아가 얼굴에 뿌듯함이 가득한 섀도윈드를 상대해주고 있었고.

"하하, 무사하셔서 다행이오! 본인들이 칼만 챙겨서 급하게 날아온 보람이 있었구려!"

“너희, 진짜로 용케 찾아왔네……?! 워프 존이나 뭐가 있었던 거야?”

“아니, 본인도 잘 알지는 못하오만, 레그너 공이 이것저것 수를 부리시더군.”

“수를 부리다니…….”

누더기 같은 의복을 걸친 레아 소녀는 한 차례 눈을 부릅떴으나 꺼내려던 말을 되삼킨 것 같았다.

상대 파티가 가진 수단을 너무 캐묻는 것도 안 좋다고 생각했을 테지.

소녀는 잠시 더 입을 다물었다가 「고마워, 너희 덕분에 살았어」라며 답례의 말을 중얼거렸다.

“훗, 별것 아니라오!”

자랑스러워하는 섀도윈드의 옆에서는 코레타스가 치료를 맡아 주고 있다.

《디오스(약석)》인가, 《디알(치료)》인가.

―무엇이든 간에 물약을 쓰는 게 아니라면 마음대로 하게 놔두자…….

그건 그렇고 오를레아가 고분고분 코레타스에게 몸을 맡기는 모습은 더없이 얌전하다.

―우리 파티의 레아도 조금 더 귀엽게 군다면 좋을 텐데 말이지.

“어라라~ 지금 뭔가 나를 바보 취급한 거야?”

백색증 레아가 이쪽을 봤다.

저 녀석은 시녀들의 시체를 걷어차면서 주변을 경계하는 것인가, 그냥 돌아다니고 싶은 것인가.

아무튼 어깨에 폭이 좁은 기병도(사벨)를 짊어진 채 아주 즐겁다는 듯이 피 웅덩이를 맨발로 밟아 디디며 걸어왔다.

자신 이외의 다른 전부를 농락하는 저 태도는, 어딘가— 그 기묘한 동물을 라라자로 하여금 연상케 했다.

"뭐, 아무튼 간에 석화를 당하지 않은 건 운이 좋았구나~. 그 녀석들은 되게 귀찮거든."

"……위험한 녀석이라는 뜻이냐."

라라자가 작은 목소리로 중얼거렸다. 묻고자 한 말이라기보다 확인하려는 듯한 말투였다.

역시 소모가 심했을 텐데, 그럼에도 소년은 단 하나라도 정보를 놓치지 않겠노라고 진지한 표정을 짓고 레그너를 바라본다.

"더 위험한 적이 있냐는 의미에서는 딱히 대단한 녀석들은 아닌데 말이야."

그런 태도를 은근히 놀리려는 듯이 코웃음을 치고 레그너는 시체 위에서 훌쩍 뛰어내렸다.

이동하는 대상은— 빨간 머리의 잔반, 가비지다.

"whah! grrrrrrr……!!"

가비지는 자신에게 접근하는 하얀 인영을 위협하듯 으르렁거리더니 몸을 낮추고 노려봤다.

"괜찮아, 안 뺏어. 어차피 못 쓰는걸. 나는 흥미도 없고. 하지만—."

그런 반응에도 전혀 개의치 않고 휙 돌아든 레그너는 등에 멘 검을 보더니 눈이 휘둥그레졌다.

"이게 하스니르인가. 뭐랄까, **매직 소드**잖아."

갑자기 또 무슨 소리냐. 진심으로 유쾌하다는 듯이 중얼거리고 소녀는 깔깔 신나게 웃었다.

"길들이는 방법도 있기는 할 텐데. 뭐, 재미있는 구경을 했으니까 괜찮나. 응."

"좀 만족이 되나?"

슈마허는 시기를 가늠하다가 말했다. 스스로 생각했던 것보다 더 낮고 잠기는 목소리였다.

"그럼 곧바로 위로 복귀하지. 방금 쓴, 무슨무슨 주문으로—."

"엥~? 싫은데."

—싫은데?!

놀란 사람은 오히려 라라자였다. 아니, 딱히 기대를 한 것은, 결코 아니지만.

더 정확하게 말하자면 거부를 표하는 대답 자체가 아닌 주위의— 소녀의 파티가 보인 반응들이다.

슈마허는 땅에 꺼져라 한숨을 쉬고, 라므사므도 섀도윈드도 딱히 신경을 쓰지 않는다.

코레타스의 안색은 알 수 없으나 동요하는 내색 한 번도 보이지 않는다.

오히려 옆에서 듣고 있었던 벨카난이 더 허둥지둥 당황하며 이리저리 시선을 보내고 있을 정도였다.

동료가 이렇게까지 여지를 주지 않고 뚜렷하게 거절의 말을 했는데 모두가 받아들여 주고 있다.

라라자의— 이쪽 파티에서는 도저히 생각할 수 없는 분위기였다.

"그야 위로 올라가서 숙소에서 자고 계속 왕복하면 가능은 한데 말이지. 고생은 내가 다 하잖아. 싫단 말이야."

"하긴."

슈마허는 매우 덤덤하게 인정한 뒤 고개를 끄덕거리고 붕대 위쪽으로 미간을 주물렀다.

"하지만 계단이 막혀버렸다는 소문이 진짜라면 어떻게 하지?"

"그때 가서 고민해야지. 파티를 나눈다면 저 남자애가 누구를 좋아하는지가 문제겠네. 수라장이구나."

하하하하하. 귀에 거슬리는 까랑까랑한 웃음소리였다.

슈마허는 굳이 한마디라도 더 상대하는 대신에 일동을 쭉 둘러본다. 까슬까슬하게 메마른 시선.

"전위가 나와 잔반, 라라자, 레그너, 섀도윈드. ……혹시 벨카난, 너도 가능한가?"

"어, 앗, 나, 나 말이야?!"

이름을 불릴 줄 생각하지 못했던 벨카난이 비명처럼 대답을 하고 머리를 힘껏 흔들었다.

"으, 응. 가능, 가능해……. 가능할, 거야, 아마도……."

"그럼 셋, 셋으로 나누도록 하지. 너희 쪽 후위는 전원이 소모된 상태이겠지만—.”

“……아니, 말하는 게 조금 늦었는데.”

잠시 사고한 뒤 라라자는 결심하고 말을 꺼냈다.

곧장 단박에 전원의 시선이 라라자에게 박힌다. 무심코 「윽」 하고 몸이 떨리는 듯한 압력.

오를레아가 「바보」라고 중얼거리는 소리가 들려왔다. 바보라고 생각은 하더라도 진짜 바보로 취급하지는 않는다.

—그럼 괜찮은가.

“우린, 남는다. 남아서…… 놈을 해치운다. 이미 결정했어.”

“뭐?”

레그너는 어이없어하며 소리 높였다. 외투의 그림자 안쪽으로 피처럼 끈적끈적하게 젖은 혀와 입이 꿈틀거린다.

“진심으로 하는 말이야? 너희가 **플랙**과 맞서 싸우겠다고? 미쳤어? 제정신이야?”

“진심…… 진심이다, 적어도. 글쎄, 제정신이 맞는지는 자신이 없군…….”

“남자아이구나.”

레그너가 휘파람을 불었다.

“어떻게 할래, 슈마허 군. 확 꽂히지 않아?”

“모른다.”

—이 여자는 아무렇지도 않게 다른 사람의 마음을 푹푹 찌른다.

슈마허는 다른 파티원의 앞에서 혀 차는 행동을 간신히 참고 있었다.

무모한 도전. 죽음. 붉은 용. 눈앞에서 펼쳐졌던 영웅의 싸움.

너는 해당 사항이 없다며— 레그너가 비웃고 있다.

—또인가.

다만 구태여 입 밖에 꺼내지는 않았고, 슈마허는 단지 애써 냉정하게 차분한 목소리로 말했다.

"회복은 도우마. 다만 거기까지다. 같이 싸우는 바보짓은 사절이고, 시체 회수도 하지 않겠어."

"그래, 당연하지. ……우리가 알아서 한다."

그럼 괜찮다. 슈마허는 고개를 끄덕거렸다. 본래 무리가 있는 방안이기도 했으니까.

여섯 명보다 많이 모여서 행동하면 죽는다.

지금 이렇듯 한자리에서 대화 나누는 것도 아슬아슬한 행동일 테다.

그것은 라라자도 잘 알고 있는 듯했다.

다만 슈마허는「아무튼」하고 말을 이었다.

똑바로, 히죽이는 얼굴을 숨기지도 않는 레그너를 쳐다보면서.

"너, 아까 플랙이라고 말을 했었지?"

"말했던가?"

"알고 있었어, 어떤 적인지를."

"알고 있으니까 누나더러 정보를 가르쳐줘라? 너무 자기만 편하게 몰아가는—."

"……저, 저기……."

갑자기 주뼛주뼛하며 이야기에 끼어들더니 벨카난이 손을 들었다.

이번에는 벨카난 쪽으로 단박에 시선이 확 박힌다. 그러자 흠칫거리는 반응을 보이기는 했다.

다만 피투성이의 통로 한복판에 서 있었던 벨카는 입술을 구부렸다가 떨리는 목소리로 말했다.

"뭐든 괜찮은데 일단 장소를…… 바꾸면 안 될까……?"

§

"플랙이란 녀석은 말이야, 뭐, 조금 이상한 마신이야."

귀찮다며 투덜투덜 불평하면서도 레그너는 곧장 대답해줬다.

각 파티가 따로따로 이동한 뒤 들어온 곳은 근처의 가까운 묘실.

혹시 괴물이 있을까 생각은 했었는데 기척은 느껴지지 않는다. 가끔은 이런 경우도 있는 듯했다.

일동은 묘실의 바닥에 성수를 이용해서 마법진을 그린 뒤 그곳에 캠프를 꾸리고 새삼 얼굴을 마주하고 있다.

그리고 레그너가 그 정체를 알 수 없는 무시무시하고…… 기묘한 생물에 대해 이야기를 시작한 것이다.

"마신? 그럼…… 염소 머리가 달린 녀석이라든가 퍼렇고 덩치 큰 녀석과 비슷한 건가?"

"맞아. 그 녀석이 진짜 뭔지는 아무도 몰라. 나도 포함해서. 다만 비슷한 계통의 존재라는 건 분명하지.”

라라자는 이 소녀가 어째서 손바닥을 휙 뒤집었는지 알 수 없었다.

슈마허가 「가르쳐줘라」라고 말한 탓인가? 그렇다 해도, 어째서 고작 말 한마디에?

분명 정확한 이유는 이 백색증 레아 본인만이 알 것이다.

타인의 마음속을 어떻게 읽을 수 있겠는가.

따라서 라라자는 솔직하게 상대의 가르침에 감사하며 이야기를 듣는 데 주력했다.

“오를레아, 얘, 혹시 알아……?”

“……들어본 적이 있어. 뭔가, 전설 속…… 악마라고 했는데.”

“불사신의 악마.”

“이렇게 말이 전해지지요.”

“흐엥……. 소름 끼치는구려…….”

소녀들, 다섯 명 다섯 가지의 반응.

—불사신.

『내가 **불사왕**을 죽이는 방법을 설마 모른다고 생각한 건가.』

과거에 이알마스가 한 말이 뇌리를 스친다. 지금은 가만히 시체 자루에 들어가 있는 흑색 지팡이 녀석이 한 말이다.

“……《질완(퇴마)》이라는 주문을 쓰면 죽일 수 있나?”

“안심해. 불사는 불사여도 안 죽는(언데드) 족속은 아니니까.”

레그너는 히죽 조소를 띠며 덧붙였다.

“—죽어도 되살아거든, 그 녀석은 말이지.”

그게 어떻게 안심할 만한 소리가 되는가—.

—아니…….

"요컨대 죽일 수는 있다는 말인가."

"죽일 수 있다면 말이지."

듣기만 해도 플랙은 무시무시한 괴물이었다.

마신, 마인, 요마— 호칭은 갖가지다. 어느 쪽이든 간에 이 세상의 존재는 아니다.

불사신, 불멸. 숨결은 지옥의 눈보라이고, 움직임은 사신의 낫과 마찬가지로 저주를 흩뿌린다.

그뿐 아니라 사람을 꼭두각시로 만들어서 조종하고 농락하거나 수하로 부리는 것을 즐긴다—.

옛날이야기에 등장하는 악의 가득한 존재. 그것이 바로 플랙이었다.

라라자도 이렇게 듣고 보니까 기억 속에 비슷하게 떠오르는 내용은 있었다.

어릴 적 잠자리에서 들은 이야기에 나왔던 악마가 플랙이었던 것이다.

그런 존재마저도 미궁에는 실제로 있다— 또한 얼마 뒤 자신은 그런 악마와 싸워야 한다.

—화룡도 충분히 벅찼었는데 말이지.

라라자의 얼굴에 실룩거리는 웃음이 떠올랐다.

—드래곤을 죽일 수 있다면 플랙도 못 죽인다는 법은 없잖냐.

“뭐, 옛날이야기를 기억하면 알고 있겠지? 플랙의 약점이 뭔지.”

“응? ……으음, 으음, 분명히…….”

커다란 몸에 어울리지 않는 가느다란 손가락을 입술에 가져다 대고 진지하게 생각에 잠기는 벨카난.

—분명히 할머님에게 들은 이야기에 따르면…….

“……마법……?”

“맞아.”

만족스러운 기색으로 레그너는 상대의 답을 긍정했다.

“그 녀석은 마신 주제에 마법에 약하거든.”

물론 마법을 써봤자 어중간한 주문으로는 숨통을 끊을 수 없다.

그리고 끝내 끊어버리지 못한다면 죽는 것은 아군이다.

하지만—.

—어중간한 수단이 아니라면 어떤가?

“agn, agn, hanggg— alf?”

라라자의 눈은 자연스레 가비지가 있는 곳으로 향했다.

라므사므에게 건네받은 보존식을 씹어 먹고 있었던 소녀는 안 준다는 듯이 이쪽을 쳐다본다.

역시 조금 전 추측은 틀림없었다.

열쇠를 쥔 것은— 하스니르.

“……확실히 통할 것 같은데.”

“나, 남은 건.”

벨카난이 희색을 띠며 고개를 끄덕거렸다.

"어, 어떻게 맞힐지가…… 문제, 구나."

"……잔반한테 전부 걸어야 되나?"

오를레아가 「새삼, 뭘」 하고 메마른 웃음소리를 낸다.

그런 네 사람의 모습을 본 슈마허는 잠시 입을 다물었다.

다만 곧 레그너가 외투 안쪽으로 뚫어져라 자신을 쳐다보고 있음을 깨달았다.

어떤 생각을 하든 간에 자신을 비웃고 있음은 분명할 테다.

슈마허는 소녀의 집요한 시선을 떨쳐내려는 듯이 자기 짐에서 푸른색 초를 한 개 꺼내 들었다.

미궁 안에서 주운 물건이다. 무엇에 쓰는지는 잘 알지 못한다만, 딱히 상관이야 없을 것이다.

"아무튼 우리는 돕지 않는다. 이 초가 다 타서 꺼질 때까지는 기다려주지."

인원을 합류시키든 죽은 동료를 회수하든 손이 필요하다면 너무 늦지는 않게 돌아와라.

슈마허는 넌지시 이러한 뜻을 전달했다.

미궁 안에서 시간 감각은 어떤 기준도 되어주지 못한다.

이 촛불도 어쩌면 눈 깜짝할 사이에 전부 타버릴지도 모른다.

그러나, 그럼에도— 이 정도면 의리는 지킨 셈이다.

레그너가 「에엥~」 하고 불만스럽게 소리를 높였으나 슈마허는 신경 쓰지 않았다.

싫다면 혼자 복귀하면 되잖은가. 자신들은 처음부터 그런 파티였으니까.

라라자에게도 뜻은 전해졌나 보다. 진지한 표정을 짓고 힘주어 고개를 끄덕거렸다.

—그렇다 해도 뭔가 생각을 더 해야 하는데…….

조금 더, 어떻게든, 무작정 맞서 싸우는 게 아니라, 뭔가……. 지금 가능한 준비가 또 있진 않을까.

팔짱을 끼고 라라자는 묘실을 둘러봤다.

"돌…… 돌이 된다. ……돌. ……다시, 말해서……."

벨카난이 플랙의 특징을 떠올리는 듯 중얼중얼 뭔가 혼잣말을 하고 있었다.

플랙의 약점이 주문이라면 마술사로서 벨카난이 뭔가 중요한 역할을 맡아줘야 한다.

오를레아도 마찬가지다. 그런데 두 사람이 나서면 충분할까? 달리 더, 뭔가 수단이—.

—주문이라.

"……그럼 하나만 더……. 잠깐만 묻고 싶은 게 있는데……."

"—?"

그리고 마지막으로 소년이 진지한 표정을 짓고 바라본 방향에는 빨갛고 파란 두 가지 색.

라므사므는 의아해하며 거울에 비춘 동작으로 고개를 갸웃거렸다.

§

“아~ 가버렸네. 슈마허 군은 무책임하구나.”

“알 바 아니니까.”

묘실을 뒤로하고 미궁의 어둠 속으로 사라져 가는 라라자 파티.

질질 끌려가는 시체 자루의 소리만이 꽤 길게 사라지지 않으며 귀에 남는다.

옆쪽에 선 백색증 레아를 곁눈질로 내려다보고 슈마허는 악담을 하다시피 중얼거렸다.

“저 녀석들이 죽든 어떻게 되든 우리와 무슨 관계가 있지?”

“나도 시스터한테 냅다 《말리크토(격노)》를 얻어맞고 싶진 않은데?”

“자업자득이잖나.”

그렇다, 자업자득이다.

저 녀석들이 확실하게 생환하는 길을 (미궁에 정말 확실한 길이 있다면!) 자신은 제안했다.

본인들이 더 깊이 전진해서 괴물과 싸우는 선택을 했다. 그게 전부다.

어리석다고 생각하지는 않는다. 현명하다고 생각하지도 않는다. 분개할 이유도 없을뿐더러 낙담을 할 사정도 없다.

가능한 한 지원은 베풀었다. 회복도 거들었다.

그런데 결국 죽는다면— 자업자득. 이쪽의 책임은 아니다.

다만 저 녀석들을 배웅하는 라므사므와 섀도윈드, 코레타스.

아무래도 다른 파티원들은 제법 라라자 쪽 인원에게 정을 붙인 듯했다.

슈마허가 아무것도 느끼지 않는 까닭은 단지 친분이 두텁지 않아서인가—.

—아니.

벨카난에게는 목숨을 구함받았다. 가비지에게도, 라라자에게도.

화룡에게 도전했을 때 이알마스의 파티가 와주지 않았더라면 자신은 분명 죽었다.

용의 불꽃을 뒤집어쓰고 타올랐잖은가. 혼이 소실(로스트)되었을 가능성도 높다.

설령 소실은 모면했더라도 도대체 누가 사원까지 시체를 옮겨서 소생시켜줄까?

그만한 가치가 있나?

—없다.

슈마허는 단정 지었다.

구두 장인의 멍청한 아들, 신입 전사 따위 이 미궁에서는…… 《스케일》에서는 아무 가치도 없다.

반대의 입장이라면 자신은 절대 자신을 소생시키지 않는다.

위대하신 카도르트 신의 마음을 감히 헤아리기 이전에 자신에게는 돈을 쌓아줄 가치가 아무것도 없다.

슈마허는 이 미궁에서 목숨의 가치가 무엇인지를 자기 나름대로 찾아가는 중이었다.

바로 돈이다.

모든 것을 돈으로 계산하는 행위에는 정취가 없겠으나 아무튼 돈은 생각할 수 있는 한 가장 정확하고 공평한 잣대다.

다시 살아서 돌아올 만한 가치가 있는 인물을 소생시킨다. 타당한 금액을 쌓아놓고 기적을 탄원한다.

그런 의미에서 슈마허는 어떤 의미로 카도르토 신의 경건한 신도라고도 말할 수 있지 않을까.

자신에게는 가치가 없다.

라므사므와도, 섀도윈드와도, 코레타스와도— 레그너와도 입장이 전혀 다르다.

그렇게 체념 비슷한 사고가 슈마허의 마음속에서 뚜렷한 해학과 냉정함이 되어 뿌리내리고 있는 중이다.

그런 스스로를 자각할 때마다 슈마허는 닳고 닳은 조소라는 웃음의 형태로 입가를 비뚤어뜨렸다.

"그나저나 나는 오히려 네가 더 의외였다, 레그너."

"나? 내가 왜?"

"시스터 아이닛키의 부탁을 수락했던 것."

"아, 그거 말이구나."

소녀는 고개를 끄덕이고 태연자약하게 말을 꺼냈다.

"서브 파티는 언제나 필요하잖아?"

자신이야말로 주체라고 아무렇지도 않게 선언하는 오단불손함.

그 태도에 약간의 선망을 느낀 슈마허는 대답하지 않고 어깨만 살짝 으쓱인 뒤 넘어갔다.

그리고 마지막으로 코레타스의 낡은 투구 안쪽에서 뜻밖의 부드러운 목소리가 바깥으로 흘러 떨어졌다.

"……힘내라."

—모험가들이 가는 길에 《칼키(축복)》 있으라.

제 7 장
플랙

분명하게 말해서 못된 장난질에 속하는 행위이기는 했다.

주어진 사명을 너무나 빨리 간단하게 마쳤던지라 조금 놀려주자는 생각을 했을 따름이다.

게다가 뜻밖에도 재미있는 **장난감**까지 손에 들어와버렸잖은가.

먼 옛날부터 **그것**은 아마 비슷한 장난질을 반복해왔다.

안 좋은 버릇이라면 안 좋은 버릇이기는 한데 아무튼 놀이까지 관둬버리면 도대체 어떤 기쁨이 있단 말인가?

그것은 종족이 아닌 개인, 단 하나의 존재라고 말하는 부류가 있다.

그런가 하면 단순히 이계의 괴물이며 개중 하나에 불과하다고 말하는 부류도 있다.

묘사할 수 있는 **그것**의 외형도, 힘도, 모든 특징이 천차만별이고 애매하며 불확실하다.

그것 본인 또한 실제로 어떠한지는 잘 알지 못했다.

자기 자신의 정체가 무엇인지 알지 못한다면 살아갈 수 없다? 유년기의 미숙한 존재도 아니고서야.

유일하게 절대적으로 분명하다고 말할 수 있는 것은 단 하나.

그것이 플랙이라고 불린다는 사실뿐이다.

§

"아차~차~? 역시 블랍아이는 안 되는…… 아니지, 꽤 위협적이긴 할 텐데."

플랙은 불현듯 꼭두각시의 실이 뚝 끊어진 듯한 감촉을 느끼며 묘실의 어둠 속에서 혼잣말했다.

블랍아이는 무시무시한 괴물이다. 어설픈 모험가라면 속절없이 유린당하고 끝날 것이다.

이 녀석이 데리고 다닌 녀석들치고 꽤 미숙한 무리였으니까.

플랙은 가만히 안아 들고 있었던 남자의 머리를 마치 공을 던지는 것처럼 아무렇게나 굴려뜨렸다.

—몸뚱이를 가져오는 편이 더 좋았을까?

하지만 괜히 부피가 커서 불편하잖아. 뭐, 상관없나.

"어떻게 해치운 걸까. ……하스니르인가? 징글징글하네."

미궁 안에서 뜻밖의 사태가 일어나지 않는 것이 오히려 뜻밖의 사태이다.

그리고 그 절망적인 상황을 뒤집을 만한 수단은 아무리 생각해 봐도 단 하나밖에 존재하지 않았다.

따라서 플랙이 이렇듯 판단한 것을 자만이라든가 방심 따위로 표현하겠다면 너무 오만한 생각일 테다.

역량의 차이가 지나치게 확연하다. 개미가 한 마리 방에 몰래 들어왔다는 이유로 진지하게 반성하며 개선을 고민하는 사람은 없다.

게다가 하늘과 땅 사이에는 사람들이 전혀 생각도 못할 기이한 현상이 가득 들어차 있다.

과거에 선과 악, 중립의 조화를 믿을 수 있었던 존재는 성룡 엘케브레스뿐이었으니까.

—곧 녀석들이 이곳에 올 테지.

플랙은 도망쳐도 상관없었다. 당장 이곳을 떠나 물러나도 괜찮았다.

다만— 뭐, 잘 생각해봐라. 그냥 내빼면 전혀 재미가 없지 않은가.

"노력에는 상응하는 보답이 주어져야 하는 법이니까."

키득키득 목구멍 안쪽으로 웃음을 굴려뜨리며 플랙은 천천히 손에 《파편(샤드)》을 쥐었다.

일찍이 이 물건에 깃들었던 고대의 마력은 천 갈래 만 갈래로 조각난 지 오래인지라 이제는 잔재가 조금 남아있을 뿐.

그러나 그럼에도 미궁 지배자라는 **보잘것없는** 권능, 그중 일부분을 집중적으로 행사하는 것은 가능하다.

이것을 단지 우수한 장비로 치부할 뿐 넓은 안목을 갖지 못하니까 인간이라는 족속은—.

플랙의 의중에 따라 미궁의 구조가 점점 변화한다.

오고 싶다면 어서 오도록 해라. 상관없다, 기꺼이 환영해줄 테니까.

그렇게 길을 준비해준 뒤 플랙은 대낫을 손에 들고서 기다렸다.

조금 뒤, 기대한 대로 모험가가 왔다.

아무리 긴 세월이 흘렀음에도 바뀌지 않는 행동. 쾅, 문을 걷어차고 묘실로 들이닥친다.

"후후. 지하 미궁에 목숨을 내던지러 온 걸까, 여러분—."

플랙은 연극을 하는 듯한 말투로 모험가들을 맞이하며 누더기 천 안쪽에서 살짝 눈웃음을 지었다.

선두에 서서 뛰어든 자는 빨간색 머리카락의 들개. 등에는 징글징글한 악마 멸살의 검, 하스니르.

그리고 엉거주춤하게 용살의 검을 겨누고 있는 키다리 마술사. 최후미에는 부들부들 떠는 레아 사제. 문제없음.

문제는— **지팡이를 손에 든 흑색 외투의 남자**.

—흐음?

"그런 짓은 말이야, 깜찍하다고 말하지 않던가?"

"yelp!!"

가비지가 컹컹 떠들어 대며 돌진하는지라 플랙은 훌쩍 피했다.

허공에 몸을 던졌다가 묘실의 들보를 걷어차고 더욱더 가속.

설마 이알마스가 소생을 받아서 다시 나타났을 가능성은 **말이 안 된다**.

물론 《디(생명)》, 《카도르트(소생)》와 같은 고위의 기적이라면 미궁에서도 부활은 가능하다.

그러나 저주에 침식당한 저 레아 소녀가 썩 대단한 성직자일 리 없지 않은가.

이알마스가 갖고 다니는 모종의 매직 아이템이라는 가능성도 생각할 수 있겠지만—.

—아무튼 잠깐 놀아주도록 하자.

무슨 꿍꿍이를 숨겨 놓았을까. 아무리 시답잖은 수작이어도 흥미는 있었다.

머리 위에서 사뿐히 내려앉는 플랙의 그림자, 모험가들은 재빨리 흩어진다.

개중에서도 민첩한 몸놀림을 보여주고 있는 까만색 외투. 정체가 누구인지는 이미 뻔했다.

크게 휘둘러 올린 애용품 대낫을 보통은 다루기도 힘들 가녀린 팔로 힘껏 치켜든다.

"자, 어떤 재미있는 발악을 준비해줬으려나? 라라자 군!"

§

—아차, 아……?!

사실, 맞았다.

라라자는 돌바닥을 마치 빵처럼 가볍게 베어 가르는 대낫의 일격을 간발의 차이로 회피했다.

바닥 위에서 꼴사납게 구르다시피 하는 움직임이다. 이알마스라면 조금 더 근사하게 구경할 재미가 있는 방식으로 피했을 테지.

몸에 걸친 외투는 갑갑하리만큼 무겁고, 낡아 빠졌고, 기묘한 냄새가 자꾸 들러붙는다.

—피와, 재의 냄새다.

무슨 이유일까, 자연스레 든 생각이었다.

소년은 외투 안쪽에서 자신의 두 손으로 꽉 지팡이를 움켜잡으며 적과 대치한다.

알고 있다. 아주 잘 알고 있다. 이딴 우스꽝스러운 변장에 속아 넘어갈 리 없었다.

처음에 제안했을 때 오를레아는 진심으로 어이없어했다만, 곧 체념하는 표정을 지었더랬다.

벨카난은 진지하게 생각하며 한두 마디 조언을 해줬다지만—.

—그래도, 뭐, 일단은 한 수……!

저 녀석의 주의를 이쪽으로 끌어들이는 데는 성공했다.

이어서 두 번째 공격.

"roaaar!!"

"으앗, ……야압, 으엇……?!"

그것을 죽기 살기로 피한다. 피한다. 피한다.

배후에서 가비지가 적에게 달려들고, 플랙이 그쪽도 같이 상대하기 때문에 성립될 수 있는 공방이었다.

플랙이 두 손으로 쥔 낫은 빙글빙글 춤추듯 회전하며 문득 깨달았을 때는 매섭게 칼날이 들이닥친다.

어떤 자세, 어떤 각도에서도 목을 노릴 수 있는 것 같다고 라라자는 생각했다.

사선을 넘나들 때마다 식은땀이 맺히고, 집중력(히트 포인트)이 소리를 내면서 깎여 나간다.

왜냐하면 꼭 머리가 날아가지 않더라도 아주 살짝만 맞닿는 피해조차 허용되지 않기 때문이다.

적이 플랙임을 알게 된 이상—.

—돌덩어리로 전락할 수는 없잖냐……!

용이 불을 뿜는다는 것을 모두가 알고 있듯이 플랙이라는 마인이 가진 힘은 주지의 사실이니.

실제로 당했을 때 어떻게 되는지 라라자는 상상도 할 수 없었다.

《모그레프(철몸)》에 대해 물어봤더니 벨카난은 애매하게 웃음 지었다만.

"에이, 뭐야. 설마 어설픈 변장으로 잠깐 허를 찌르는 게 작전의 전부는 아니겠지?"

"라라자……!"

플랙의 말을 무시한 채 오를레아의 외침이 들린 방향으로 빠르게 시선을 보낸다.

소녀는 전장의 끝부분에서 얼굴을 딱딱하게 굳힌 채 이쪽을 보고 있었다. 그 옆에는 벨카난.

벨카난은 당장에 울어버릴 듯한 표정으로 입을 꽉 다물고 죽자살자 버티고 있다.

두 손으로 쥔 용살의 검의 무게가 견디기 버거웠는지 엉거주춤 꼴사나운 자세.

무의식중에 오를레아가 옆에서 부축해주고자 손을 뻗고 있을 정도다.

플랙이 코웃음을 치는 소리가 들렸다. 그래서 라라자는 소리질렀다.

"시끄럽다, 너희끼리 알아서 해라……!"

"Groooaar—!!"

"아차차!"

플랙의 등 뒤에서 가비지가 우렁차게 외치며 달려들었다.

다만 플랙은 진공의 칼날을 두른 하스니르의 일격을 가뿐하게 공중제비를 넘어서 회피.

허공에 떠올랐던 플랙의 대낫이 곧장 라라자를 노리고 사납게 날아든다.

"슬슬 좀 지겨워지네. 별로 재미도 없는데 이만 마무리를 짓도록 하자!"

두 손으로 지팡이를 꽉 붙잡아 움직이며 라라자는 흡사 다 포기한 사람처럼 입가를 비뚤어뜨렸다.

"이거나 처먹어라……!!"

휙 내미는 지팡이를 플랙은 피하려고도 하지 않았다.

대체 왜 두려워할 필요가 있나?

이알마스의 외투를 걸쳤을 뿐, 딱히 무예에도 마술에도 숙달되지 못한 애송이 도적의 일격.

—결국 이 정도인가.

폐막이라기에는 너무 허망하고 흥이 깨지는 기분.

다만 때때로 놀이의 결말은 이렇듯 기대를 배반하는 법이잖은가.

실망은 있었다. 다만 이때까지 겪은 과정은 제법 즐거웠다. 그럼 적당히 만족하고 끝내도록 하자.

이미 플랙은 저 애송이를 돌로 만들어 놓은 뒤 나머지 계집아이 셋을 어떻게 희롱하다가 어떻게 죽일지를 생각하고 있었다.

본인의 눈앞에 들이댄 지팡이 따위 아무런—.

—**지팡이**?

다음 순간, 《마할리토(큰 불꽃)》의 주홍색 빛이 플랙의 시야를 집어삼켰다.

§

"YIKEEEEEEEEEEEEESSSSSSSSSSS?!"

"하, 하핫…!!"

라라자는 안면을 감싸며 몸을 홱 젖히는 상대에게 기꺼이 회심의 미소를 지어주었다.

아무렴, 자신이 굳이 상대해줄 가치도 없는 단순한 도적이라는 사실 따위 라라자는 한참 이전부터 잘 이해하고 있다.

까만 외투를 걸치고 지팡이를 손에 든 정도로 플랙이 속아줄 리 없다.

간파당하고, 공격당하고, 일방적인 방어전— 심지어 가비지를 상대하며 짬짬이, 장난삼아서.

소년이 끝내 살아남은 것은 오로지 플랙이 적당히 봐주며 장난질을 즐겼기 때문에 불과하다.

그 정도는 누가 말해주지 않아도 알고 있었다.

다만 라라자 또한 **몬스터 배치 센터를 돌파했다**. 따라서.

"갖고 있단 말이지, **불꽃의 지팡이**를!"

라라자는 까딱하면 반동 때문에 나자빠질 것 같은 와중에도 두 다리에 힘을 꽉 주고 버티며 지팡이를 겨눈다.

끝부분으로 불꽃을 내뿜는 그것은 단지 까맣게 마구 먹을 칠했을 뿐인 불꽃의 지팡이다.

이알마스가 들고 다니는 기병도(사벨)와는 다른 물건이다. 애당초 라라자는 다룰 엄두조차 못 내기도 했고.

따라서 라므사므, 그 기묘한 쌍둥이에게 물어봤던 것이다. 이 물건은 어떻게 쓰면 되느냐고.

『글쎄요, 사용법은 딱히.』

『손에 들어서, 겨누고.』

『쏘면, 맞는다.』

『그런 물건입니다.』

—그렇다면야 어쨌거나 잘 맞히면 그만이다.

없는 지혜를 쥐어짰다. 없는 지혜를 쥐어짜봤자, 뭐, 플랙에게 간파당하는 것도 당연하다.

그럼 간파하도록 보여주면 되지 않겠나.

플랙이 이 위장을 어린애의 속임수 같은 잔꾀로 생각해주면—통할 수 있다고 판단했다.

통하지 않는다면? 뭐, 죽을 뿐이다. 어쩔 수 없다—.

"GAAHHHH……?!"

"howwwwwl!!"

괴물 같은 비명을 지르며 몸부림치는 플랙에게 즉각 가비지가 달려들었다.

어둠 속에서 찬란하게 반짝이는 성검 하스니르의 선명한 일격.

그 반짝거리며 빛나는 검섬은 확실하게 적을 가격했고, 플랙의 몸에서 녹색의 점액이 분출되었다.

"Eek?!"

얼굴에 점액을 뒤집어쓴 가비지가 기겁하며 신음하는 한순간의 틈을 찔러서 플랙의 몸이 공처럼 튕겼다.

연기가 피어오르는 불탄 얼굴을 손바닥으로 가려 숨기면서도 누더기 천 안쪽으로 하얀 나신이 드러난다.

녹색의 피를 비처럼 뚝뚝 떨어뜨리는 궤도를 쫓아 라라자는 지팡이를 휘둘렀으나 미처 쫓아가지 못했다.

플랙은 벽을 박차고, 천장을 박차고, 들보를 박차고, 색깔을 입힌 바람이 되어 묘실을 이리저리 날아다닌다.

그리고 마침내 불꽃을 다 떨친 플랙이 돌바닥에 내려서자마자 곧장 라라자에게 몸을 날렸다.

"꼬마가 꼬마를 괴롭히지 말란 말이야……!"

"으, 엇……?!"

벼락같았다. 눈을 한 번 깜빡이는 사이에 피아의 거리가 확 줄어들어서 지척까지 닥쳐든 플랙.

저 누더기 천의 안쪽에서 급속도로 치유되고 있는 불타 문드러진 얼굴— 바닥을 가늠할 수 없는 호수처럼 티 없이 맑은 푸른색 눈동자.

““《카프아레프 타이 눈잔메(혼아, 멈춰라, 그대의 이름은 미몽이로다)》!!””

라라자가 사고를 더 이어 나가기보다 빠르게 소녀들의 목소리가 묘실에 울려 퍼졌다.

서로가 서로를 부축하며 벨카난의 마검을 지팡이 대신에 들어 올리고 두 손을 겹쳐서 읊은 윤창이다.

해방된 무색의 마력이 묘실 안으로 반향하며 가득 차올랐다가 단숨에 플랙을 향해 덮쳐들었다.

“윽, 크아앗……?!”

“그야 주문도 잘 통할 테지……!”

견디지 못한 플랙이 휘청거리고, 그 틈에 라라자는 급하게 뒤로 뛰어서 물러난다.

“잘했다!”

무심코 쾌재를 부른 방향에는 물론 후방에서 대기 중이던 소녀들이 있었다.

그렇다, 라라자의 작전은 결국 아무리 애써봐도 『잔꾀』에 불과했다.

따라서 진짜 중요한 역할은— 자신이 아닌 동료들. 진짜 주문술사들.

“서, 성공…… 했다……?!”

“무작정 치른 실전치고는 꽤……!”

본인이 거둔 성과를 차마 믿지 못하는 벨카난의 옆에서 오를레아가 대담하게 웃는다.

—라라자와 **함께** 라므사므에게 이것저것 물어보기를 잘했어……!

"너, 《카티노(수면)》를 구현하는 솜씨가 제법 괜찮더라……. 의외로."

"에, 에헤헤……."

쑥스러워하며 웃음 짓는 벨카난. 무척 소녀다운 저 몸짓은 평소 같았다면 오를레아가 짜증을 낼 만한 대상이었다만.

—오늘 정도는 용서해줄게……!

"자, 한꺼번에 몰아붙이자! 너도 앞으로 나가!"

"으, 응. 알았어……!"

마치 꼬리를 흔드는 강아지처럼 잽싸게 벨카난은 마검을 꽉 쥐고 앞에 나섰다.

"Wooof!!"

자기도 뒤처지지 않겠노라며 가비지 또한 우렁차게 재차 외치고 하스니르를 번쩍 쳐들었다.

움직임이 둔해진 지금이라면 제대로 때릴 수 있다고 판단했을 테지.

물론 소녀는 이제껏 거듭됐던 수 싸움의 내용을 단 하나도 이해하지 못한다.

동료들이 소녀의 손에 들린 하스니르에 모든 것을 걸어서 타격을 위한 기회를 만들어주고자 애쓴 결과임을 알지 못한다.

가비지가 이해하고 있는 것은 단 하다.

—펄쩍펄쩍 뛰어다니지 못한다면 죽일 수 있다.

"에잇, 쫄랑쫄랑 귀찮게 구네……!!"

플랙의 목소리에서 여유가 사라지고, 마침내 조바심이 배어 나오기 시작한다.

무엇보다 하스니르를 경계하는지라 가비지의 검에 잔뜩 주의를 기울여야만 했다.

그런데 그때 「에이잇」 하고 맥 빠지는 코맹맹이 소리와 함께 드래곤 슬레이어가 휘둘러진다.

변함없이 드래곤 슬레이어는 의욕이 없었다만, 검을 쥔 당사자는 최근 들어서 가장 열심히 분발하고 있다.

그런 주인에게 의리는 적당히 지키려는지 칼날의 위력은 비록 강해지지는 않을지언정 둔해지지도 않는다.

아예 무시하기는 어렵다. 회피한다. 대낫으로 받아 흘린다. 튕긴다. 자루로 쳐서 빗나가게 한다.

다만 누더기 천 끝자락으로 드러난 하얗고 가느다란 손발에는 살짝살짝 상처가 늘어나고, 녹색의 피가 맺혀서 떨어지고 있다.

변함없이 플랙의 대낫은 종횡무진 휘둘러지고 있고, 칼날이 부딪치는 소리가 묘실에 울려 퍼지고 있지만—.

—둔해졌다……!

기예가 무뎌지고 있다, 약해졌다, 집중력이 떨어진다.

표현은 아무래도 좋다. 이 기회를 놓치면 승기는 없다.

라라자는 외투를 벗어 던지고 불꽃의 지팡이를 겨누며 소리 질렀다.

“오를레아, 주문을 써라! 뭐든 알아서!”

“다 떠넘기기야……?!”

농담을 지껄이는 것은 여유가 없다는 증거.

그러나, 그럼에도 라라자와 오를레아는 별 이유도 없이 웃으며 바보 같은 소리를 주고받았다.

이알마스가 있었다면 그것이 중립, 중용의 요체라고 말하며 평소처럼 엷은 웃음을 지었을 테지.

마냥 심각하게 굴어서 이길 수 있다면 모두가 똑같이 한다. 그런 게 전부는 아니라고.

“인마, 이쪽에도 신경 안 쓰면 뜨거운 맛을 볼 거다!!”

“이게……! 도적 따위가, 시건방지게 굴지 말란 말이야!”

묘실을 힘차게 달려 다니며 가비지, 벨카난과 무기를 맞대고 있는 플랙의 옆에다가 불꽃의 지팡이를 들이댔다.

플랙이 섣불리 간격을 벌려 뛰쳐나가고자 한다면 즉각 그곳을 《마할리토(큰 불꽃)》로 노려서 쏜다.

쏟아지는 화염은 과거에 봤던 붉은 죽음의 용이 내뿜었던 숨결과는 전혀 비교도 되지 않는다.

그러나, 그럼에도 자신의 손안에 마법의 지팡이가 있고, 마치 채찍처럼 화염을 휘두를 수 있다는 것은—.

“이거 꽤 아찔한데……!”

라라자의 얼굴에 웃음이 떠오르도록 하기에는 충분한 흥분을 가져다준다.

뭔가 한 수, 실수하면 —까딱 손발이 어긋난다면— 누군가가 틀림없이 죽을 것이다.

—시건방지게 굴지 마라?

정말이지 맞는 소리다.

그렇게 자신을 다잡으면서도 라라자는 등줄기에 찌릿찌릿 솟구치는 아찔한 흥분을 느끼고 있었다.

"……뭐, 회복 수단을 남겨놔도 어차피 죽으면 다 끝이니까."

그리고 후열에 한 사람.

다른 세 사람이 화려하게 싸우고 있는 모습도 흐릿하게 번지고 희미한 시야에는 너무나 먼 광경 같다.

냉정하게 상황을 부감하고 있을 뿐— 암흑의 안쪽, 하얀색 선, 정보만이 머리에 들어오는 듯한 착각.

자신은 무관계하다는 생각이라도 하는 것인가? 오를레아는 입가를 비뚤어뜨리며 별을 붙잡으려는 것처럼 손을 뻗었다.

이러고 싶지는 않았다. 끔찍한 기억을 떠올리게 되니까. 하지만—.

—좋아, 어디 제대로 해보자고.

구함을 받았으니까 마냥 쫑쫑거리며 뒤를 따라다니며 누군가를 열심히 칭찬하는 머저리 장식품 신세는 절대 사절이다.

"《밈아리프 타우크(위대한 기운의 수호를)》!"

낭랑하게 읊조린 《마츠(공막)》의 주문이 공기의 갑옷을 만들어 내서 라라자와 파티원들을 감싼다.

다만 오를레아의 의지는 어질거리고 정신이 눌어붙는 감촉을 견디면서도 혀에 정지를 허락하지 않는다.

“《밈아리프 타우크(위대한 기운의 수호를)》!”

목이 찢어질 것 같다. 눈 안쪽이 반짝반짝 명멸한다. 피를 토하다시피 한 번 더.

“《밈아리프 타우크(위대한 기운의 수호를)》……!”

—아직, 아직이야……. 조금 더! ……조금만 더!!

《마츠(공막)》, 《마츠(공막)》, 《마츠(공막)》, 《마츠(공막)》, 《마츠(공막)》, 《마츠(공막)》, 《마츠(공막)》, 《마츠(공막)》, 《마츠(공막)》, 《마츠(공막)》, 《마츠(공막)》, 《마츠(공막)》.

—아직, 부족하다. 아직……!!

“《카프아레프라 카프이(신의 축복 있으라)》!”

오를레아는 지금껏 살아오며 과연 얼마나 진지하게 신께 기도했는지는 별로 자신이 없었다.

어쩌면 그 정체불명의 존재에게 《하만(변화)》을 탄원했을 때 정도인지도 모른다.

다만 적어도 이 순간이 살면서 신께 올리는 가장 진지한 기도 중 한 번이었다는 사실에는 의문의 여지가 없다.

“《카프아레프라 카프이(신의 축복 있으라)》!”

카도르토 신은 신도의 굳센 의지에 호응하여 소소한 수호의 힘을 라라자와 파티원들에게 베풀어줬다.

칼날을 물리치고, 술법을 물리치고, 숨결을 물리친다. 삶과 죽음의 경계는 종이 한 장 차이임을 카도르토 신께서는 알고 계시니까.

"《카프아레프라 카프이(신의 축복 있으라)》……!"

《칼키(축복)》, 《칼키(축복)》, 《칼키(축복)》, 《칼키(축복)》, 《칼키(축복)》, 《칼키(축복)》, 《칼키(축복)》, 《칼키(축복)》, 《칼키(축복)》, 《칼키(축복)》, 《칼키(축복)》.

스스로를 단지 주문만을 읊조리기 위한 기계로 정의한 뒤 오를레아는 한결같이 영창을 되풀이한다.

아무 생각도 않고 마음을 텅 비운 채 오로지 명령(커맨드) 하나를 자기 자신에게 때려 박는다.

약한 주문을 거듭함으로써 강화하는 것도 라므사므가 구사했던 기술이다.

그것을 혼자 해낸다. 단지 그뿐이다.

확실하게 효과가 있는 주문으로 아군을 지킨다. 목적을 위해서. 남아있는 주문을 모두 이 순간에 소모한다.

이미 소녀는 자신이 서 있는지 쓰러져 있는지도 알 수 없었다.

육신이 과연 있는지도 애매했던지라 단순히 글자에 지나지 않느냐는 생각마저 들었다.

혼이 소리를 내면서 깎여 나간다. 다만 무의미하지는 않았다.

—내가 몇 번을 당해봤는지 알지도 못하면서……!

단 하나 남은 눈동자에서도 피를 흘리며 오를레아는 진언을 부르짖는다.

"《카프아레프라 카프이(신의 축복 있으라)》……!"

기도는 멈추지 않는다. 또한 그 기도는 분명하게 카도르트 신에게 이르렀다.

"카아아앗!!"

플랙의 폐부에서 쏟아지는 절대영도 눈보라의 한복판을 가비지가 힘차게 뚫고 달린다.

그 가느다란 신체에 가차 없이 냉기가 들이닥치지만, 피해는 겹겹이 중첩된 신의 수호가 막아준다.

그리고 하스니르의 날카로운 칼날은 서리가 내려앉아 더욱 늠름하게 다이아몬드의 광채를 쏟아냈다.

자그마하고 가녀린 신체가 어색하리만큼 큰 검을 등에 지고 소리를 내며 춤추듯 뛰어오른다.

바닥을 디뎠던 발이 쌓인 눈을 흩뜨렸다. 검풍이 칼몸을 뒤덮은 얼음을 날려버린다.

"wouaaaaahhh!!"

깊숙하게, 무겁게, 신속하게 번뜩이는 일검.

휘잉, 베이는 소리와 함께 직격당한 플랙의 몸이 거하게 날아갔다. 녹색의 체액이 솟구친다.

"OOOOOOOOFFFFFF?!"

플랙의 입에서 인외의 비명이 터져 나왔다.

요컨대— 아직 죽지는 않았다는 뜻.

"그때— 죽는 게 나았다고 후회나 해라……!"

후방에 단 한 사람. 빈약한 레아 사교. 처음 조우했을 때와 마찬가지. 플랙은 표적을 결정했다.

이제는 얼마 전까지 가득했던 여유도 비웃음도 없었다.

영겁을 살아가는 요마일지언정 우습게 봤던 상대에게 상처 입었을 때 느끼는 굴욕은 도리어 더 크다.

괴물은 앞으로도 쭉 영원히 어느 모험가 파티 나부랭이에게 호되게 당했다는 사실과 함께 존재해야만 하는 처지에 놓인 것이다.

굴욕을 씻어내지 못하면 더는 제정신으로 버티지 못한다.

또한 그것은 모든 촌극의 시작, 그때 죽이지 못한 계집의 목숨으로 아주 약간이나마 앙갚음할 수 있겠다.

바닥으로 나가떨어졌는가, 바닥을 박찼는가, 이미 판별이 불가능했으나 마인이 달린다.

그 움직임은 이제 진정한 의미로「기묘한 동물」이외에 달리 적당한 표현이 없을 만큼 인간의 흉내조차 저버린 사나운 짐승이나 마찬가지.

사지를 다 써서 마치 그림자처럼 묘실의 바닥 위쪽을 미끄러지며 달려든다.

오를레아의 입에서 비명이 새어 나오지는 않았다.

정신력도 체력도 전부 바닥나버린 소녀는 바닥 위에 허물어져서 주저앉은 채 멍하니「죽음」을 바라보고 있을 뿐.

그것은 마치「죽음」을 받아들이고 기꺼이 맞이하는 듯한 태도였다.

가비지가 손을 쓰기에는 이미 늦었다. 라라자는 감당할 수 없다. 따라서.

"에잇, 얍……!"

벨카난이 거의 울음에 가깝게 소리 지르며 제 커다란 몸으로 구르다시피 뛰어나갔다.

벨카난은 드래곤 슬레이어를 번쩍 치켜들고 뭔가 불명치 않은 말을 떠들어 댔다.

순간, 플랙이 휘두른 대낫이 용살의 검을 쓱 지나쳐서 방패로 나선 마술사를 강하게 가격했다.

맑은 금속성의 소리가 울려 퍼지고— 다음 순간에 키다리 소녀는 기우뚱 흔들리다가 소리도 없이 쓰러졌다.

쿠웅. 묵직하고 둔탁한 소리를 내며.

"벨카난……!!"

소리를 지른 인물은 라라자인가, 오를레아인가.

다만 소녀를 걱정하는 대신에 전혀 다른 행동을 취한 일행이 있었다.

"aaarrrrrrf!!"

가비지였다.

분노의 포효를 쏟아내며 가비지는 온몸을 용수철처럼 써서 땅을 박찼다. 자그마한 몸이 허공을 난다.

온몸을 활처럼 굽혀서 등까지 때릴 만큼 힘차게 휘둘러 올린 검의 자루를 두 손으로 단단히 붙잡아 여력을 불어넣는다.

그 검의 이름은, 성검 하스니르. 악마 멸살의 검. 다이아몬드의 기사의 보검. 지상 최강의 검 중 하나.

간격은 멀었다. 도저히 검이 닿지 못한다. 그러나 이 소녀에게 그딴 것은 알 바가 아니었다.

—죽인다고 결정했다면 죽일 뿐이다.

하스니르는 주인의 뜻에 호응했다.

세차게 불어닥치는 검풍, 칼날에 휘감기는 기운이 너무나 거센 압력에 의해 공간을 왜곡시키며—.

"Wooou! Ouuuuuuuuuuuh!!"

해방된다.

묘실 전체가 싹 날아가겠다는 생각이 들 만큼 강력한 충격과 달리 소리는 아무것도 들리지 않았다.

그 날카로운 진공(로르토)의 칼날은 소리보다도 더 빨랐던 것이다.

"GAAAAAAAAAAAAA……?!"

온몸을 갈기갈기 베여서 조각난 마인의 몸은 또 세차게 날아가서 묘실의 벽과 격돌했다.

그리고 우뚝 움직임이 멎었다.

이번에야말로 진짜 단말마의 비명이었다.

§

"벨카난……!"

전투가 결판났다고 판단한 순간에 라라자가 향한 곳은 마술사 소녀의 곁이었다.

석화— 석화! 어떻게 하지? 캔트 사원에 데리고 가면 괜찮은가?

아니, 혹시나 쓰러졌을 때 부서져서 손상된 곳이 있다면 정말

혼이 소실(로스트)되어버리는 것은 아닌가?

피폐한 몸을 채찍질하며 구르다시피 다가간 곳에서는 이미 오를레아가 소녀의 곁으로 기어서 와 있던 상태였다.

이미 일어설 기력도 없었을 테지. 벨카난에게 바짝 달라붙어서 매달린 자세를 보고 라라자의 등줄기가 서늘해졌다.

"벨카난…… 상태는 어때?!"

"보면 알잖아."

쭈글쭈글, 울고 있는지 잘 분간이 되지 않는 얼굴과 목소리로 오를레아가 말했다.

라라자는 침을 삼켰다. 그리고 무릎부터 허물어지는 듯한 움직임으로 쪼그려 앉는다.

살며시, 벨카난의 몸에 손을 가져갔다. 자기가 의식해서 여자의 몸을 만지는 것은 익숙지 않다.

차갑고, 딱딱했다. 말랑말랑한 평소의 부드러움은 온데간데없다.

벨카난의 몸은— 완전히 **강철**로 변질되어버렸다.

"아—?"

"그야…… 철도 어떤 의미로 『돌』이니까……."

《모그레프(철몸)》였다.

라라자는 어리둥절하며 입을 쩍 벌렸다가 이내 몸속의 기운이 싹 빠져나가 시든 것처럼 뒤로 벌러덩 쓰러졌다.

"……뭐라는, 거냐……!"

"이러고도 본인은 마술사로서 자신이 없단 소리나 하니까 화가 나거든…….”

그 순간, 그 찰나, 벨카난이 공격을 막지 못했던 것은 당연했다.

벨카난은 드래곤 슬레이어를 지팡이 삼아 주문을 외쳤던 것이다.

나의 신체는 마음이 없는 강철의 조각이로다
《밈잔메 가인레에인포》라고.

철을 돌로 바꿀 순 없다. 왜냐하면 철은 이미 돌의 일종이니까.

물론 석화의 저주를 단지 주문 하나로 막아냈다는 것은 어림도 없는 소리였다.

운이 좋았다. 일단 틀림없다. 다만, 하지만—.

“……미리미리 말을 해줘라, 제발…….”

라라자는 벌렁 누워서 천장을 올려다보며 땅이 꺼져라 숨을 내뱉었다.

—젠장, 피곤하네…….

승리의 고양감은 없고 안도감도 없이 단지 「끝났다」라는 감각만 남아 있었다.

하지만 다 끝났다고 생각하고 싶을 뿐이다. 아직 아무것도 제대로 다 끝내지는 못했다.

이곳은 미궁의 안이잖은가.

복귀를 해야 하는데— 슈마허 파티는 아직 기다려주고 있을까?

아니, 기다려주고 있더라도 파티를 분할해서 지상까지 올라가야 하는 것은 마찬가지.

운이 좋다면 승강기까지. 최악의 경우는 계단을 통해서 한 층씩. 까무러치겠군.

—맞다, 아니지…… 그보다…….

"이알마스의 머리, 찾아야 할 텐데……."

"……그러게……."

오를레아의 전혀 패기가 없는 목소리. 이 녀석의 약한 목소리를 듣는 것도 오랜만이라는 생각이 든다.

"잔반이 플랙이랑 같이 베어버리지 않았다면 어딘가 주변에 굴러다니고 있지 않을까?"

"또 시체를 끌고 가야하는구나……."

이알마스가 있었다면 이렇게까지 고생은 하지 않았으려나.

어쩌면— 살아 있었더라도 이알마스마저 죽을 만큼 격전이었다고 말할 수 있는 것인가.

아무튼 간에 각별한 경험이기는 했다. 두 번 다시 비슷한 경험을 쌓고 싶은 생각은 들지 않는다만—.

"으, 아……."

그렇게 오를레아와 둘이서 같이 허탈하게 가만있던 중 이윽고 비리비리한 목소리가 들려왔다.

"앗, 어라……. 으음, 나……."

느릿느릿. 벨카난이 침대 위에서 하는 행동처럼 상체를 일으켰다.

소녀는 잠시 잠꼬대를 하는 모습으로 멍하니 주위를 둘러보다가 이윽고 상황을 파악한 뒤 벌떡 일어섰다.

"오, 오를레아. 얘, 괜찮아……?! 라라자, 군은……?!"

"걱정하려면 처음부터 딴 사람 놀래키는 짓은 하지 말아줄래……?"

쓰러져 있는 두 사람을 보고 뭔가 착각을 한 벨카난이 오를레아에게 뒤덮다시피 달라붙는다.

오를레아가 「무거워」, 「무거워」, 「부드러워」, 「찌부러진다」 등 질투 비슷한 앙심을 드러내며 신음하고 있었다.

저항하고 싶어도 이미 팔다리를 버둥버둥 움직일 힘조차 남지 않았나 보다.

라라자는 자신에게로 목표가 바뀌기 전에 서둘러 느릿느릿 몸을 일으켰다.

—잔반은…….

"alf!"

단적으로 말하면 우쭐거리고 있었다.

가비지는 하스니르를 무슨 막대기처럼 어깨에 짊어진 뒤 거칠게 콧김을 뿜으며 제 얄팍한 가슴을 자랑스레 젖히고 있다.

저 발밑에 굴러다니고 있는 것은— 이알마스의 머리인가.

가비지는 한바탕 승리를 만끽한 뒤 머리를 덥석 잡아다가 이쪽을 향해 쫑쫑거리며 다가왔다.

우연히 눈에 들어왔는지 의식해서 찾아냈는지 알 수는 없다만……. 아무튼 간에 잘 찾아내준 것은 확실했다.

득의양양, 티 없이 맑은 푸른색 눈동자와 시선을 마주친 라라자는 문득 맹렬한 기시감을 느꼈다.

—저 얼굴…….

전투 중 언뜻 보았던 플랙의 누더기 천 안쪽.

하얀 나신. 빨간 머리카락, 그리고— 깊은 호수처럼 바닥을 가늠할 수 없는 푸른색 눈동자.

분명히 가비지를 쏙 빼닮은…… **소녀**가 아니었던가?

"아, 맞다! 플랙…… 어떻게 됐지?!"

아니나 다를까— 그곳에는 아무것도 없었다.

플랙의 시체가 있어야 하는 곳에는 단지 돌바닥 위에서 퍼져 나가는 검은 얼룩만이 남아 있었다.

그리고 그곳으로부터 마치 슬라임이 기어간 듯한, 혓바닥으로 핥은 듯한 칙칙한 녹색 점액의 줄.

그것은 묘실에서 미궁의 더욱 깊숙한 곳으로 이어지는 문 아래, 그 빈틈으로 사라졌다.

"wouaff!!"

즉각 가비지가 짜증스레 아우성쳤다.

소녀는 누더기 천에다가 주저 없이 하스니르를 내리찍었다가 바닥의 얼룩을 노려서 칼날을 휘두른다.

그러나 그곳에는 아무것도 없다. 도주했다— 놓쳐버렸다— 쫓아냈다?

"crouahh……!!"

아니—.

라라자는 발을 구르며 분통을 터뜨리는 가비지의 발 주변으로 슬쩍 손을 뻗었다.

달리 딱 하나 남은 것이 있었다.

《파편(샤드)》.

몹시 오래된 《호부(애뮬릿)》의 조각으로 짐작되는 물건이 거기에 걸려 있었다.

라라자는 그것을 조심스레 잡아 들고서 손바닥 위에 올리고 꽉 움켜쥐었다.

—요컨대…….

아무것도 끝나지 않았다는 말인가.

전투는 계속된다. 모험은 계속된다.

미지의 계층을 탐색하고, 미지의 괴물과 싸우고, 죽음……그리고 재.

—이런 짓을 하염없이…….

거듭 되풀이했던 것일까, 이알마스는.

거듭 되풀이하는 것일까, 모험가는.

자신은.

—제정신으로 할 짓은 아니군.

그렇게 생각하면서도 라라자는 미궁에서 벗어날 생각 따위 애당초 하지도 않는 자기 자신의 마음도 알아차릴 수 있었다.

적어도 지금 이 순간에 한정 짓는다면 확실한 것은 하나뿐이었다.

기어이 살아남았다는 사실이다.

그거면 충분하다고 라라자는 생각했다.

제 8 장

리턴
오브 위저드

《디(생명)》여—.

끝없이 이어지는 암흑 속에서 흔들거리고 있던 때 희미한 목소리가 들려온 것 같았다.

터무니없이 먼 곳이라는 생각이 들지만, 바로 근처라고도 느껴진다.

밀려왔다가 물러가는 파도와 비슷할 테다.

무시해도 괜찮다. 귀를 기울여도 괜찮다. 어찌하든 간에 몸속에 녹아들 테니.

이대로 가만있어도 상관없다— 라는 생각이 든다. 할 만큼 최선을 다하지 않았던가.

《카도르트(소생)》여—.

다만 물속에 잠겨 있어도 언젠가는 폐가 산소를 요구하게 된다.

저항은 불가능하다. 그것은 본인의 의지에 따른 행동이 아니라 몸이 알아서 움직이는 작용이니까.

혼이 아직 완전히 타버리지 않는 한 신은 본인의 생명조차 끝을 허락하지 않는다.

속삭임— 기원— 영창— 염원하라!

이알마스는 숨을 토하며 눈을 부릅떴다.

일순간 그곳이 어디인지 알 수 없었다. 캔트 사원이라고 생각했다. 캔트 사원의 제단.

이곳이 아닌 **별개의 캔트 사원**이다.

다만— 그렇지 않다는 것을 깨달았다.

이알마스의 몸 위쪽에 부드러운 무게가 포개졌다.

수녀복에서 새어 나오는 은발이 말향을 풍긴다. 그 틈으로 보이는 버들잎처럼 기다란 귀.

기도를 위한 형태로 맞잡은 하얀 양손에는 흠집 하나도 없다. 꾸밈새가 밋밋한 반지가 하나, 저 손가락을 단장하고 있었다.

"……아이네인가."

"……네, 맞아요. 아이닛키랍니다."

이알마스의 몸에 매달리다시피 붙은 채 기도를 올리고 있었던 엘프 수녀가 살며시 얼굴을 들어 올렸다.

그 얼굴에는 기쁨의 빛과 안도의 빛이 있었다. 변함없는 아름다움이 있었다.

"당신, 한 번은 **재**가 되었다고요."

"고작 한 번은 아니지."

이알마스는 웃었다. 아이닛키의 눈초리가 치켜 올라간다.

"그런 뜻으로 한 이야기가 아니잖아요."

"알다마다."

못살아, 정말. 변함없는 대답에 시스터 아이닛키는 한숨을 쉰다.

다만 기꺼운 일이었다. 무엇보다도 일단 이 소식을 어서 전해줘야만 한다.

"신께서는 아직 당신의 삶에는 더한 가능성이 있다고 말씀해주셨어요."

더 열심히 매진해야겠군요. 평소와 같은 설교의 말— 진심에서 나온 축하의 말을 수녀는 전달했다.

이것이 얼마나 멋진 순간인지 이알마스는 전혀 알아주지 않는다.

한탄스럽기 짝이 없다— 이런 말까지 들은 다음에야 이알마스는 어깨를 으쓱거렸다.

"내가 신의 도시라는 곳에 들어가는 것이 더 기쁜 일 아닌가."

"누구도 아쉬워하지 않는 삶에 도대체 얼마나 큰 가치가 있다는 말씀인가요?"

시스터 아이닛키의 엷은 초록색 눈이 똑바로 이알마스를 꿰뚫었다.

"흠. 일리가 있군."

이알마스는 그렇게 중얼거린 뒤 고개를 끄덕였다.

다만 자신의 가능성보다도 먼저 꼭 확인해야 하는 사안이 몇 가지 있었다.

"내가 이곳에 있다는 것은…… 우리 파티는 생환한 건가. 다른 사망자는?"

"없어요."

아이닛키는 변함없는 기쁨과 찬사를 담아 천천히 고개를 좌우로 흔들었다.

"모두가 제 삶의 가치를 더욱 드높이셨어요. 정말 훌륭하지요."

"그건 잘됐군. ……어떻게든 잘 돌파한 건가."

나중에 무슨 일이 있었는지 물어봐야겠다.

왜냐하면 녀석들이 상대한 괴물은— 음, 아니지.

—먼저 이 소식을 전해야 했나.

"그것은 역시 플랙이었다."

이알마스는 마치 아무것도 아니라는 듯이 말했다. 그리고 잠시 생각하다가 설명을 조금 덧붙였다.

"미안한데 왕태자는 아직 구하지 못했고."

"……못살아."

이번에 쉰 한숨은 미소와 함께 살짝 풀어진 입술에서 새어 나온 반응이었다.

"네, 네에. 잘 알고말고요!"

"뭐지, 이미 알았나."

아이닛키는 아무렇지도 않게 대꾸하는 이알마스에게 기뻐해주면 되는 것일까, 화를 내주면 되는 것일까.

이 남자가 하는 생각보다 훨씬 더 많은 사건이 일어났건마는!

시스터 아이닛키가 귀엽게 씩씩거리며 꺼내는 말에 이알마스는 묵묵히 귀를 기울였다.

—괜찮게 싸웠나 보군.

설령 사망자가 없을지라도 소생은 몇 번 했을 것이라고 생각했으니까.

한데 아니었다. 전원이 누구 한 사람도 빠짐없이 돌이 되지도 않고 승리를 거둔 뒤 생환.

분명 경험도 꽤 **올렸을** 테지.

레그너가 속한 파티, 더 정확하게는 슈마허의 파티에 빚을 진것도 딱히 상관없었다.

모험가는 서로를 도와야 하기 마련이니까.

이알마스는 그것을 적어도 보주를 찾아 사다리 산에 도전했을 때는 이미 깨달았었던 듯싶다.

"언제든 꼭 보답해야겠군."

"당연하죠!"

흐흥, 아이닛키는 아름다운 능선을 그리는 가슴을 젖히며 분명하게 말했다.

"빚은 정확하게 갚아야 한다고요!"

그것이 자신이 소생 비용에도 적용되는 말임은 이알마스도 짐작할 수 있었다.

다만 단순히 독촉은 아니었다. 아이닛키 또한 빚이 있으니까.

—아직 아무것도 끝나지 않았다.

플랙은 아직 사멸되지 않았다.

플랙의 정체가 무엇인지를 이알마스는 알고 있다.

그것의 실체는 바로 마계의 심연에 도사리고 있는 점균(슬라임)임이 분명해졌다.

그것은 광대다. 광대는 혼자만 따로 행동하지는 않는다. 반드시 주인이 있다.

플랙이 목숨을 부지해서 도망친 곳에 —미궁의 심연 — 이번 사건의 수괴가 있다.

왕자/공주는 아직 구조하지 못했다.

자신은 플랙과 싸워 죽었고, 다른 동료들이 시체를 끌고 지상으로 복귀했다.

이번 사건은 요약하면 기껏해야 한 줄이다.

승리도 패배도 아니다.

평소와 마찬가지—.

—모험의 도중이다.

그렇다면 할 일은 하나.

"갈 텐가?"

"네."

아이낫키는 힘차게 대답했다.

"가고말고요!"

미궁 최심부를 목표로 전진하고자, 두 명의 모험가는 함께 고개를 끄덕거렸다.

§

"그런데 넌 주점에서 궁상이나 떨고 있구나."

"시비 걸지 마라."

시끌벅적한 주점 안에서도 날카롭게 귀를 찌르는 것은 히죽이는 하얀 레아 여자아이의 목소리.

슈마허는 맥주잔의 내용물을 마시며 레그너를 힐끗 쳐다봤다.

이제 와서 이 소녀의 야유에 번번이 짜증을 느끼지도 않는다만,

그럼에도 불쾌한 심정은 달라지지 않는다.

"에이, 좋잖아. 누나가 일부러 같이 마셔주러 왔거든?"

쏙, 자그마한 몸으로 폴짝 뛰어서 슈마허의 옆자리에 앉는다.

그대로 옆에 착 달라붙어서 맞대는 살의 부드러움은 여성의 감촉이다. 슈마허는 얼굴을 찌푸렸다.

사르르 떠다니는 향은— 재의 냄새.

"뭔가 고민 있으면 얘기해봐. 내가 잘 들어줄 테니까."

그리고 피처럼 붉은 눈동자가 똑바로 슈마허를 바라보고 있었다.

그 눈빛에는 평소와 마찬가지로 놀리려 하는 기색은 있었다만, 그럼에도 평소보다는 이쪽을 제대로 봐주는 것 같다는 생각이 들었다.

따라서 슈마허는 아주 조금만 이 여자와 진지하게 마주해보기로 결심했다.

"딱히 고민을 하는 건 아니다."

"흐음?"

"생각을 하고 있었지."

에일을 입으로 가져가서 입술을 적셨다.

"어디까지 갈 수 있을지."

이제 와서— 겁먹고 내빼거나 할 단계는 지났다.

뇌리에 깊이 새겨진 붉은 죽음의 용. 소생에 실패하고 재가 되어서 사라져버린 친구. 떠나가는 동료.

남겨진 자신은 결국 평범한 구두 장인의 아들이다.

그 가치를, 목숨을 걸고 미궁에서 쭉 확인해왔다.

추구하는 것은 부가 아니다. 명성도 아니다. 칼 솜씨도 아니다. 만남도 아니다.

—어디까지 갈 수 있는가?

오직 그것뿐이었다.

이알마스는 죽었다. 올스타즈는 아직 복귀하지 않았다. 자신은 어떠한가?

더 깊숙이 전진해야만 한다.

설령 라므사므, 섀도윈드, 코레타스, 그리고 레그너의 시체를 밟고 넘어가게 될지라도.

동료들의 재를 걷어차 흩뜨리더라도.

"하지만 생각 없이 돌진하는 짓은 두 번 다시는 사절이란 말이지."

"……그냥 다 내팽개쳐도 괜찮은데?"

슈마허의 화상 입은 얼굴을 빤히 뜯어보다시피 쳐다보던 붉은 눈동자가 끈적하게 흐려졌다.

"나는 또 혼자서라도 들락날락하면 되니까."

너 같은 녀석이야 손가락질하면서 비웃고 잊어버릴 거야.

레그너는 그렇게 말한 뒤 귀에 거슬리는 웃음소리를 쏟아냈다. 공동 안에서 울려 퍼지는 허허로운 웃음소리였다.

—이 자식.

자신이 파티를 제안하기 전까지는 어떻게 지냈던 걸까.

혼자서 거듭 미궁에 드나들었던 건가. 긴 시간 동안, 그 엷은 어둠 속을 돌아다녔던 건가.

미궁의 암흑 속, 끝없이 방황하는 하얗고 작은 그림자를 슈마허는 뇌리에 떠올려서 상상할 수 있었다.

줄곧 혼자서 깔깔거리며 비웃음을 짓고 다녔던 건가. 만약 그렇다면—.

—딱히 알 바는 아니지.

생각하는 것은 자신의 문제뿐이다. 자기 자신의 문제만으로도 벅차다.

"멍청한 소리. 너는 마음에 안 드는 부분도 많지만 그냥 놔주기에는 아까운 전력이다."

슈마허는 욕설하다시피 말했다.

"군소리 말고 따라와라, 마지막까지."

"—."

레그너는 천진난만한 여자아이처럼 눈을 끔뻑거렸다. 홍옥이 번쩍거리며 빛났다.

"……좋아."

소녀는 속삭임처럼 부드럽게 입술을 벌렸다.

"나도 그런 남자를 더 좋아하거든."

§

"등 굽히지 말고, 빤듯하게!"

"으, 응……! 저기, 미, 미안해……?"

"어휴, 쓸데없이 덩치만 커다래서는……!"

모험가 숙소의 뒤편, 우물가에서 소녀 두 명의 시끌벅적한 목소리가 울려 퍼진다.

앉은 자세에서도 여전히 커다란 벨카난, 그 흑발을 상대하며 작은 오를레아가 필사적으로 격투 중이다.

평소에는 늘 묶고 다니는 벨카난의 흑발도 지금은 치렁치렁하게 풀어 헤쳐서 마치 외투처럼 몸을 덮고 있었다.

머리카락을 풀어서 씻기고 빗기고 향유를 곱게 바른 뒤 다시 땋아준다.

혼자서 해도 고생하는 머리카락 손질을 오늘은 오를레아가 맡아주겠다고 말을 꺼냈던 것이다.

이어 붙인 손가락을 잘 움직이려면 연습이 필요하다고 우기면서 끌고 나오기는 했다만—.

—얼마 전 죽을 뻔했을 때 도움을 받은 보답이겠지.

멍하니 숙소 뒤편의 입구 부근에 앉은 채 라라자는 그런 생각을 했다.

저래 보여도 오를레아는 주변에 꽤 신경을 쓴다— 이것은 라라자도 파악하고 있는 사실이다.

죽을뻔했고 목숨을 구함받았다. 친구가 몸을 던져서 지켜주었다.

다만 그것은 모험가로서 파티 전체가 생환하기 위한 행동이었고, 자신에게 특별히 의미가 있기 때문은 아니리라.

이렇듯 명분이 있는 이상은 솔직하게 뭐라 감사의 뜻을 표현해야 할지 알 수 없었을 테지.

결과가 저 모습이고.

"모험가라고 관리 제대로 안 하면 게을러 보이잖니. ……어때, 머리카락 어디 뜯기지는 않았지?"

"아, 아프지 않아. 응……. 괜찮아……."

"제길, 왜 이렇게 찰랑거리는 거야. 열 받네……."

투덜투덜 불평을 늘어놓으며 오를레아는 벨카난의 머리카락을 씻겨주고, 벨카난은 황송무지.

—아무튼, 뭐, 사이가 좋다면 상관없나.

이 이상 뭔가 고민하거나 생각할 마음도 생겨나지 않았다.

완전히 기력이 빠져버렸다— 라는 것이 라라자의 본심이었다.

그때, 지하 미궁을 기어다니고 이알마스의 시체를 질질 끌어서 지상에 복귀했다.

그리고 사원에서…… 한 번은 재가 되었음에도 이알마스는 소생에 성공했다.

할 만큼 했다.

그렇게 생각하니 더 이상은 한 발짝도 움직여지지 않았고, 뭔가 하고자 할 기력도 솟아나지 않았다.

사고가 둔해진 것은 아니다. 단지 다음에는 무엇을 할지 떠오르지 않을 뿐이다.

그대로 뒷문 돌계단에 벌렁 드러눕자 시야 가득히 펼쳐지는 침침한 회색.

오늘도 두꺼운 납빛 구름이 《스케일》의 하늘을 뒤덮고 있다.
이대로 잠시 더 뒹굴거리고 싶구나— 라는 생각이 든다.
이알마스가 언젠가 말을 했더랬다.
로열 스위트 같은 곳에서 며칠이나 묵었다가는 나이를 확 먹은 기분이 든다던가? 대체 뭔 소리인지 몰랐다.
다만 지금이라면 라라자도 대강 어떠한 뜻인지를 이해할 수 있을 것 같았다.
마구간에서 아주 잠시간 쉰 것으로는 도저히 가시지 않는 심신의 피로—.
그것이 너무 무거워서 자신이라는 존재 자체를 꽉 내리누르는 것 같다는 느낌을 받는다.
"alf."
쫑쫑거리는 발소리 —발소리가 들리기 전에 더 빨리 우짖는 소리로 알아차릴 수 있었다만— 가비지.
시야 가득히 빨간 머리카락 들개의 얼굴이 거꾸로 끼어들었다.
라라자의 머리 위쪽에 다리를 벌리고 우뚝 서서 이쪽을 내려다보고 있는 모양새다.
길 막지 마라, 뭐하는 짓이냐. 아마도 이런 뜻에서 하는 행동이겠지.
"너는 기운도 참 좋구나……."
"woof!"
당대 다이아몬드의 기사는 자신감 가득하게 답했다.

하지만 소녀가 그 싸움 이후에 몹시 짜증을 내며 사납게 굴었던 것을 라라자는 잘 기억하고 있다.

그래서 더더욱— 생각이 든다.

—이알마스가 아예 **사라졌다**면.

자신은 어떻게 했을까. 어떻게 할까, 라고.

이 빨간 머리카락의 들개, 잔반이야 뻔하다. 적을 해치우기 위하여 또 미궁에 들어갈 테지.

이 녀석의 앞길을 결정하는 권한은 언제나 본인에게 있다. 다른 누구도 방해하거나 꺾을 수 없다.

오를레아는, 아마 갈 것이다. 평소처럼 불평을 늘어놓으며 이를 악물고.

벨카난도…… 아마 마찬가지. 흠칫흠칫, 느릿느릿, 용살의 검을 꽉 쥐고.

그럼— 자신은?

아마 미궁에 갈 테지. 또 미궁에 들어갈 것이다. 어째서인가?

그 괴물…… 플랙을 쓰러뜨리기 위함인가? 다른 녀석들에게 자랑하기 위함인가? 부인가, 명성인가?

그중 무엇도 답은 아니라는 생각이 든다. 그렇다면—.

"모험가……이기 때문인가."

"whah?"

그 또한 어쩐지 소름 끼치는 이야기였다.

자신이 정체를 알 수 없는 무엇인가— 자기 자신조차 이해할 수 없는 무엇인가로 바뀌어 가고 있다는 생각이 든다.

라라자는 살짝 얼굴을 찌푸리며 누워 있었던 돌계단에서 상반신을 일으켰다.

가비지가 휙 몸을 피한다. 또 쫑쫑거리며 소녀는 자신의 옆에 다가와 섰다.

빨간 머리카락, 푸른 눈동자. 하얗고 가느다란 몸. 누더기 옷에 비치는 윤곽이 뇌리에 떠오른다.

—그 **여자아이**는 누구였을까.

답을 확인한다. 혹은— 구출한다.

적어도 『모험가이니까』보다는 뚜렷하게 형태가 있는 목적이다.

“그건 그렇고 또 평소랑 같은 모양으로 땋기는 뭔가 심심한데……. 어떤 머리 모양이 좋아?”

“으, 으음……. 글쎄? 난, 머리 모양이라든가, 별로…… 바꿔본 적이 없고…….”

“그럼 이것저것 시험해볼까? 일단은—.”

우물가에서는 오를레아와 벨카난이 같이 붙어서 시끌벅적하게 떠들고 있다.

—좋아.

라라자는 손바닥 위에 올려놓은 《호부(애뮬릿)》— 그때 손에 넣었던 《파편(샤드)》을 꽉 쥐었다.

또한 이어서 심드렁하게 우물가를 바라보고 있는 가비지를 힐끔 돌아본 뒤 말해줬다.

"재 끝나면 아마 다음은 네 차례일걸?"

"yap?!"

§

"이런, 맙소사. 조금 지나치게 깊이 내려왔나?"

그렇게 세즈말이 중얼거린 말에 답하는 자는 없었다.

미궁에서 새로운 문을 지날 때 「또 이알마스가 있을 것 같군」이라고 농담하며 함께 웃었던 때는 얼마나 이전이었나.

파티의 앞에 우뚝 서 있는 것은 묵중한 철문이다.

과연 얼마나 옛날부터 이곳에 있었고, 이제까지 과연 얼마나 긴 세월을 쌓아왔을까.

다만 저 문은 흠집 하나도 없이 반들반들하며 마치 기름이라도 바른 것처럼 광택을 발하고 있다.

어쩌면 가볍게 밀기만 해도 열려버리지 않을까.

그렇기에 도리어— 여섯 명의(올스타즈) 모험가는 입을 다물고 있었다.

저 문의 틈새에서 가득 흘러넘치는 요기를 감지할 수 있었기 때문이다.

끈적끈적하게 탁한 물감처럼 갖가지 색채가 한데 뒤섞인 듯한— 그런 착각마저 느낀다.

"있잖아, 저 문…… 진짜 열어도 돼?"

"아니, 안 되지. 아무리 봐도……."

흠칫흠칫 떨면서 꺼낸 사라의 말에 프로스페로가 거의 단언하다시피 고개를 옆으로 흔들었다.

사제와 마술사, 각각 다른 분야의 마도에 정통한 두 사람이 똑같이 반응한다.

레아다운 느긋함을 표정에 내비치고 있었던 모라딘조차 「흐어어」라고 묘한 반응을 보이고 있다.

"그렇다면 긁어 부스럼은 일단 피하는 게 마땅한가. 선사는 어찌 생각하나?"

"나 또한 찬성일세. ……꼭 살필 필요가 있는 곳이기는 할 터이나."

드워프 노사교는 신중하게 답했다. 불현듯 수십 살을 더 먹은 것처럼 피로한 음색이었다.

"문이 있다는 것은 이 너머가 있음을 의미하니……."

"이 너머로 왕자님이 진짜 납치당했다면 이미 손쓸 도리가 없지 않으려나……."

사라가 추위를 견디려는 것처럼 자기 어깨를 힘껏 껴안고 부르르 몸을 떨면서 중얼거렸다.

"어쨌든 간에 이대로 정보를 끌어안은 채 나자빠지는 신세는 사양하겠어. 일단 복귀하자?"

"동감이군."

세즈말은 투구의 차양을 살짝 들어 올리고 다시금 저 커다란 문을 올려다봤다.

"지도에 장소를 기록해두면 또 찾아올 수 있지. 괜히 이상한 일이 생기기 전에 일단은—."

철수한다, 라고.

그렇게 세즈말이 말을 꺼내기보다 빨리 모험가들의 발밑으로 색깔을 입힌 바람이 불어 지나갔다.

그것은 기어다니는 그림자 같았고, 녹색의 점액이기도 했고, 하얀 나신의— 빨간 머리카락의 소녀이기도 했다.

"앗……?!"

그렇게 소리를 지른 인원은 누구였을까. 모두가 반응이 지체됐다. 막을 틈조차 없이 소녀는 문에 달라붙는다.

"돌아왔습니다! 지금 막 돌아왔습니다! 제발 문을 열어주세요, 제발— 저를 들여보내 주세요!!"

소녀의 몸에는 심상치 않은 칼자국, 상처가 애처로울 만큼 비스듬하게 그어져 있었다.

그곳에서 녹색의 혈액이 뚝뚝 떨어진다. 명백하게 치명상. 그런데, 묘하게도 **그것**은 아직껏 살아있었다.

그뿐 아니라 상처가 마치 꿰매서 붙인 것처럼 유착되어 아물고 있지 않은가.

그에 따라서 소녀의 목소리가 더 날카롭게, 더 힘차게— 마침내 한 이름을 외쳤다.

"다팔푸스 님!"

순간, 문이 굉음과 함께 안쪽으로부터 싹 날아가버리듯이 열렸다.

곧장 탁류와 같은 요기가 밀려닥쳤고, 여섯 명의 모험가들을 그

한복판으로 던져 넣었다.

요란하게 소리를 울리는 압력만으로도 도저히 서 있을 수가 없었다. 시야 따위, 아무것도 보이지 않는다.

"꺄아앗……?!"

터크 선사 및 프로스페로, 모라딘이 다리에 힘줘 버티는 와중에 가녀린 엘프 여인이 바람에 날아갔고—.

"아차차……!"

"으으……. 아, 아앗……?!"

이런 상황에서도 쾌활함을 잃지 않는 세즈말의 호완이 동료의 가느다란 팔을 꽉 붙잡아서 끌어안았다.

사라가 몸을 떨면서 얼굴을 딱딱하게 굳힌 이유는 공포인가, 안도인가, 수치인가, 혹은 다른 무엇인가.

"고, 고마워……!"

"별것 아니다!"

사라를 등 뒤에 세워서 보호하며 세즈말은 「어디 보자」 하고 기합을 넣고 어깨를 돌린다.

—보아하니 지금이 바로 기꺼이 목숨을 걸 때로구나!

이 남자는 언제나 긍정적이나 밝고 쾌활한 것이 자신의 장점이라고 믿어 의심치 않았다.

세즈말은 애검 워 슬레이어를 뽑아 들면서 어깨를 나란히 하고 선 흑의의 밀정에게 말을 건넸다.

"위로 돌아갈 텐가?"

"돌아갈 수 있다면 말이지."

호크윈드는 나지막이 웃었다. 도수공권으로 기이한 자세를 취한다.

세즈말도 같이 호응하며 쾌활하게 웃었다.

"자, 뭔지 모르겠는데 뭐든지 와라! 상대해주마!"

문 안쪽에서 세차게 쏟아진 검붉은 육종이 모험가들을 집어삼킨다.

다팔푸스의 저주 구덩이가 다시 열렸음을 사람들이 알게 된 것은 조금 더 나중의 일이다—.

■ 작가 후기

반갑습니다, 카규 쿠모입니다!

블레이드&바스타드 5권, 재미있게 읽어주셨을까요?

이번 5권은 위저드리를 다루자면, 뭐, 도저히 피할 수 없는…… 소재입니다.

아이고, 크리티컬 히트라니, 시체를 앞에 두고 머리를 부여잡다가, 어떡하지!

……이런 상황은, 뭐, 위저드리에서는 꽤 자주 일어나지요.

게임이라면 오토 세이브가 되지 않았기를 바라고 기도하면서 리셋할 테지만 말입니다.

(최근에 나온 리메이크 버전은 세이브 데이터를 별개 파일로 격리시키는 꼼수가 있죠…….)

아무튼 간에 그런 상황을 묘사하고 싶다는…… 생각이 들어 이렇게 이야기를 진행해봤습니다.

후기부터 읽어주시는 독자분도 계실 테니까 끌려가는 「놈」이 누구인지는 비밀입니다만.

그나저나 이 시점에는 이미 발표도 끝났을 테니 써버리겠습니다만, 애니메이션 제작이 결정되었습니다.
놀라운 소식이죠.
위저드리 OVA 이후 드디어 애니메이션입니다. 마력과 살육의 미궁계여, 우리를 맞이하라!
솔직히 말씀드리면 원작자라는 입장보다 위저드리 팬으로서 기뻐하고 있습니다.
본작을 통해서 많은 분이 위저드리를 접해주신다면 더할 나위가 없겠지요.
그런 의미에서는 적잖이 긴장되기도 합니다.
처음 접하는 위저드리가 블레이드&바스타드인 분도 계실 테니까요.
으으음, 책임 막중…….
어쨌거나 이야기는 이미 다 써버렸으니 믿고 맡길 수밖에 없습니다만.
위저드리 애니메이션, 모쪼록 잘 부탁드립니다……! 라는 마음으로.
그럼 역시나 입장은 일개 위저드리의 팬이 되는 걸까요?

아무튼 간에 이래저래 벌써 5권입니다.
이번에는 4권부터 이어지는 새로운 전개, 그중 전반부라는 느낌이기는 하네요.
이알마스 파티 이외에도 수많은 모험가가 있는 곳이 위저드리니까요.

와글와글 다양한 파티가 등장합니다. 훈련소에서 다양한 모험가를 만들어보고 싶어집니다.

다만 분산이 지나치면 레벨이 모자라서 공략도 막히는지라 고민이 되죠…….

따라서 다음 권에서도 계속해서 이알마스 파티의 모험을 써나가자는 생각입니다.

부디 계속해서 응원을 잘 부탁드립니다.

그러면 이만, 또 만납시다.

블레이드&바스타드 5

초판 1쇄 발행 2025년 10월 20일

지은이_ Kumo Kagyu
일러스트_ so-bin
옮긴이_ 김성래

발행인_ 최원영
본부장_ 장혜경
편집장_ 김승신
편집진행_ 권세라 · 최혁수 · 김경민 · 최정민
편집디자인_ 양우연
국제업무_ 박진해 · 조은지 · 남궁명일
관리 · 영업_ 김민원 · 조은걸

펴낸곳_ (주)디앤씨미디어
등록_ 2002년 4월 25일 제20-260호
주소_ 서울시 구로구 디지털로 32길 30, 코오롱디지털타워빌란트 1301-1308호
전화_ 02-333-2513(대표)
팩시밀리_ 02-333-2514
이메일_ lnovellove@naver.com
L노벨 공식 카페_ http://cafe.naver.com/lnovel11

BLADE & BASTARD: Drag Him High Volume 5

Special Thanks to Jun Suemi

ISBN 979-11-278-8442-0 04830
ISBN 979-11-278-7440-7 (세트)

값 11,000원